·读史卷·

U0639966

时光煮雨，岁月缝花

韩小蕙 主编

光明日报出版社

图书在版编目（ＣＩＰ）数据

时光煮雨，岁月缝花：读史卷 / 韩小蕙主编. --
北京：光明日报出版社, 2024.3
　（四读年选）
　ISBN 978-7-5194-7760-8

Ⅰ.①时… Ⅱ.①韩… Ⅲ.①散文集－中国－当代
Ⅳ.①I267

中国国家版本馆CIP数据核字(2024)第038591号

时光煮雨，岁月缝花——读史卷
SHIGUANG ZHU YU, SUIYUE FENG HUA —— DU SHI JUAN

主　　编：韩小蕙

责任编辑：谢　香　徐　蔚
封面设计：李果果　　　　　　　　责任校对：孙　展
版式设计：谭　锴　　　　　　　　责任印制：曹　净

出版发行：光明日报出版社
地　　址：北京市西城区永安路106号，100050
电　　话：010-63169890（咨询），010-63131930（邮购）
传　　真：010-63131930
网　　址：http://book.gmw.cn
E - m a i l：gmrbcbs@gmw.cn
法律顾问：北京市兰台律师事务所龚柳方律师

印　　刷：河北朗祥印刷有限公司
装　　订：河北朗祥印刷有限公司
本书如有破损、缺页、装订错误，请与本社联系调换，电话：010-63131930

开　　本：145mm×210mm
字　　数：205千字　　　　　　　印　　张：8.25
版　　次：2024年3月第1版　　　印　　次：2024年3月第1次印刷
书　　号：ISBN 978-7-5194-7760-8

定　　价：58.00元

百年来的薪火相传

四读年选·序

韩小蕙

相比于其他门类的跌宕起伏，我认为散文这些年过的还是平实日子。

不过平实是平实，散文的写作却从来不缺乏激情，就像初春时节的枝头，看似没多大动静，却一天天在变绿、含苞，乃至于忽然一夜春风来，千树万树的花儿就竞相绽放了。特别是优秀的散文写手们，于探索创新，于拓展散文的写作手法等方面，从来就没有满足过，从未停下攀登的脚步。

古代的太遥远就不提了。自白话文时代始，一批批大家筚路蓝缕：梁启超、鲁迅、胡适、朱自清、梁实秋、沈从文，茅盾、刘白羽、杨朔、秦牧等。新时期启程后，散文和随笔像满天的彩霞，像漫山的杜鹃，像沙漠里的金沙，像大海里的浪花，有一段时期甚至几乎所有的作家、艺术家、学者、教授、工程师乃至会写字的人，都拿起笔来写散文，一大批名篇名作如银河泄水，喷涌而出，到处奔腾在报刊、广电、互联网、手机、书店、图书馆乃至所有文化场合。太阳对着散文微笑，散文对着世界微笑，轰轰烈烈的散文写作真是惊涛拍岸，卷起千堆雪；真是大海狂涛，一片汪洋知向天际线。

这滚滚滔滔的扬波中，后浪推前浪，旧浪推新浪，当然是历史的必然，社会的必然，文学发展的必然，也是人性不断求新、求变、求发展、求前进的必然。世上智者何其多，才俊何其多，每个人都在努力耕耘，争取写出别出心裁、与众不同的佳作。

于是，一代代的积累，就有了《少年中国说》（梁启超）、《野草》（鲁迅）、《背影》（朱自清），就有了《白杨礼赞》（茅盾）、《夜走灵官峡》（杜鹏程）、《茶花赋》（杨朔），就有了《赋得永久的悔》（季羡林）、《不悔少作》（金克木）、《负暄三话》（张中行），就有了《过不去的夏天》（张洁）、"燕园系列"（宗璞）、《流向远方的水》（谢冕），就有了《文化苦旅》（余秋雨）、《我与地坛》（史铁生）、《清洁的精神》（张承志）……

于是，一代代的求索，就有了"狂飙散文""革命散文""现实主义散文""浪漫主义散文""先锋实验散文""在场主义散文""非虚构散文""哲理散文""心灵散文""诗性散文"，乃至"微信散文""AI散文"……

于是，一代代的传承，就仍有着"百万雄师过大江"一般雄壮的散文队伍，仍在日日不辍、孜孜矻矻地行进在散文的康庄大道上；就仍有着热心乃至痴迷的万千读者，不离不弃地随行。

作为一个散文工作者，我是看见好文章就走不动道儿的职业病患者，老想把自己读到的一篇又一篇佳作，分享给天下所有人；并且还老想着应该为社会、历史和后人，留下这些属于我们这个时代的印记。因此，尽管自己写文章的感觉更爽，但我终究还是舍不下编辑散文集的事业——我觉得这是我自己的人生必须做、而且是必须做好的一项重要工作。

所以我就自讨苦吃,与光明日报出版社合作,每年编辑出版这套"四读年选"丛书。"四读"者,谓读风、读史、读人、读心(兼及读书)也。丛书不求字数多,但求文章好,但求记录下我们这个时代走过的脚迹。

我听见鸟儿在树上唧啾歌唱。我听见绿叶和花儿在喁喁私语。我听见麦子稻子在拔节生长。我听见牛儿羊儿在喊叫。我听见风儿在拍抚一只蝴蝶。我听见两只蚂蚁在传递消息。我听见海浪在拍打礁石。我听见太阳在驾车前行。我听见老屋在哼唱旧歌。我听见动车在急速奔跑。我听见苹果和梨子在树上荡秋千。我听见炊烟在送出红烧肉的香味儿。我听见快递小哥在紧张中喘息奔跑。我听见学子们在读写吟诵。我听见超市里的商品在轮转。我听见成千上万个二维码在快乐地蹦跶。我听见飞机在飞。我听见云儿在飘。我听见动物园里在打闪腾挪。我听见各个战线上的劳动者们在艰苦奋斗、顽韧不息、咬紧牙关、不舍不弃,豁出命来为一家老小的好日子挥汗苦干着……

这就是我们的生活。

这也是我们经历的散文。

2023.7.22 初稿,8.15 定稿

于北京西城燕草堂

目 录

缤 纷

江 花

远　山

缤

纷

张
炜

你读到了什么

"全民阅读"无论怎么提倡都不过分，这是一个国家、一个民族的重要事情，没有阅读就没有未来。但是一般意义上的提倡阅读、号召阅读，并没有多少意义，因为许多时候我们并不缺少读者，也不缺少可以阅读的文字。人类对于文字的好奇心是生命之中固有的，最重要的是如何引导他们进入深沉的、深刻的、个人的阅读。手机是个好东西，也是个坏东西，它的便捷迅速无须多说，可也常常使人精力分散，形成一种碎片化的阅览。我们应该寻找那些寂寞的书。热闹的、商品属性太强的书，一般来说不会是理想的读物。依赖书商推荐并不可靠，因为大多数书商的目的不过是把书卖出去。

怎样让读者回到深沉的、深刻的、个人的阅读，大概需要一个过程。整个族群的人文素质提高了，自然就会选择书籍。即便是一个很浮躁的人，阅读的欲望也是蛮强的，睁开眼睛就想寻找图画和文字。人天生好奇，阅读是一种生命本能。问题是读到了什么？获取和拥有了什么？是有品质的文字还是粗糙的文字？阅读造成的伤害时刻都在发生。让文字滋养人生，提升精神，这种阅读才有意义。笼统地提倡阅读，弊大于利。现在的各种阅读不是少了，而是多了，我们每天都可能被大量庸俗、肤浅、泡沫化的文字簇拥和包围。这不仅浪费了自己的时间，更严重的是还要传递给他人。这种传达交流会使整个社会变得向下。

读书不必追求数量，但要追求语言与精神的高度，要读得准确精良。热闹的书有可能是好的，但更有可能是比较糟糕的。要读那些深思、坚卓有力的文字。有人认为热闹的书也能引人思考，但思考总是有方向的。浮躁的表达只会把思考引向一个很低的层次，引向无聊。就像一些诱人的充满各种添加剂的食物，吃多了健康会亮起红灯。即使是让人产生一点共鸣的所谓"心灵鸡汤"，也只是聊补空虚。

20 世纪六七十年代可读的书较少，书成了紧俏品，是稀缺之物，人们饥不择食。现在书多得读不过来，甚至难以做出选择。数字时代各种电子读物、动漫绘本、书籍报刊等，中国外国，人文科技，文学艺术，实在是太多。所以选择就成了一个大问题。在这个不缺少读物的时代，选择就应当慎审。面对阅读的海洋，古今中外，都要采取同一标准，即必须是优秀的杰出的。只有不错过那些丰富而独特的灵魂，生命才不是苍白地浅浅地划过。

文字足够优秀，足够深刻和个人，它就不会是迎合读者。真正的好书必须拥有自己的思想和发现，能够对阅读者的生命经验有所拓宽和扩大、延长和补充。如果不是如此，便不能把我们引向深处和高处。

当下的阅读如同进入了海洋，在这里寻找钻石，何等困难。但是有人具有这样神秘的能力。每个人的生命品质是有区别的，这也决定着一个人的阅读品质。时间是无情的，时间会淘洗，留下沉甸甸的、有分量的心灵。商业倾销之物无法在时间洪流的冲刷之下留存，因为它是轻浮的，没有精神的重量。真正意义上的灵魂之作、真正的心灵结晶，与强烈的商品属性常常是对立的。

　　现在不缺少书籍销售的商业炒作、强力推送，缺少的永远是从业者的纯粹：写作者的纯粹，出版者的纯粹。他们会影响整个社会的阅读氛围。我们大可不必为网络上的那种文字的大范围翻滚与覆盖，甚至蔓延至国外而感到自豪，它不是什么光荣。完全否定一个事物是不对的，但我们要有一种警醒。这非但不是我们对世界文化、对人类文明的贡献，而且还很有可能是一种伤害。把对汉语言的敬重、珍惜、热爱，把汉语言艺术的精华奉献给世界读者，才能代表我们民族语言严谨、精致、优美的品质，我们的文化才会赢得世界的尊重。如果只把大量的语言垃圾输送给其他民族，并且不以为耻，反以为荣，就太渺小了。在整个人类历史、人类文明面前，我们民族的文化自信当来自悠久而灿烂的文明、仁善宽厚的德行、深沉而精致的思维，是漫长时光中诗书之国积累、沉淀下来的那种厚度和高度。

　　写作是有尊严的，为追求功利而丧失了尊严，有百害而无一利。作品影响再小，也要是好的影响。我们要告诉读者：写作是何等有尊严。在文学价值和文字品质面前，没有什么妥协和让步可言。

　　不能将文学写作当成是解决个人物质生活的最好办法，解决生存问题要靠做别的工作，最好不必依赖写作。像鲁迅、惠特曼、萧伯纳、杰克·伦敦、狄更斯、马克·吐温、艾略特、海明威、聂鲁达、马尔克斯等人，分别做过老师、牧童、码头小工、麦收雇工、水手、领航员、矿工、乡村教师、地产公司抄写员、印刷工人、律师事务所学徒、法庭记录员、金融证券从业者、外交官、新闻记者等。

　　文学写作有可能解决生活问题，但前提是要写得好。一切都为了解决自己的物质生存、为了让自己拥有一种优越生活而去写作的人，都是言不及义的末流，是没有前途的。功利之徒只能使这里变得更芜杂和更低劣。精神方面的劳作就是需要纯粹。

写作连接阅读。现在许多读者之所以那么浮躁，就是因为有太多浮躁的作者。文学作品被拍成影视固然有利于大众传播，但与文学不是一个东西，二者关系很少。一旦离开了语言文字，就已经成为另一种艺术产品了。文学的受众在哪里？表面看是分布于书市书店、学校机关、图书博览会、读书交流会等。其实不是。读者在时间里，要对时间有信心。平常说的"为人民写作"，"人民"在哪里？在时间里。在时间的长河里，上千万的阅读积累都会变成可能。东晋诗人陶渊明在二三百年光阴里都是不受重视的，他的好友颜延之当时的诗名比他大多了，而现在除了古诗研究者，有谁知道颜延之？鲁迅的书当年印几百本，随着时间的推移，鲁迅书的印量是中国现代作家中最多的。而当年那些盛极一时的俗艳读物遍布大街小巷，如今又在哪里？

即使流传下来，品质也仍然不同。今天的文学价值如何，都在各自固有的位置上，这是时间给予的。一切由时间来选择、积累、形成，概无例外。眼前的许多判断是靠不住的，尤其是对于语言艺术。因为它相对内向、复杂，它的内核是诗。诗的沟通不可以轻易达成，它需要特异的心灵质地和精神渠道。

此文为作者 2021 年 7 月 15 日在济南书博会上的演讲

陈世旭

自行车咏叹

二十世纪八十年代初，我所在的县属单位取消公用自行车，作价处理给个人，需要的就抓阄。我抓到一辆作价十块钱的——其实那也不算太便宜，我当时的月工资三十五元。但我很快乐，我也拥有了私家车，成了有车族。

这是一辆"永久牌"，车架子很结实。只要把破胎补好，把缺失的车辐补齐，换掉磨损的刹车皮，齿轮和链条上油，就足以照骑不误。车铃铛锈死了，不响，干脆卸掉，反正我骑车也不按铃。我做不了大事，车技一流。下乡出差，路上没有交警，我双手脱把，奔驰如飞。小镇集市人那么挤，我骑着车像鱼一样在人流里钻来钻去。

这辆车一直跟着我回到省城。

送儿子上幼儿园，拉液化气罐，都要穿过大半个城市。

这辆车载着我小小的幸福。

编辑朋友远道来组稿，火车误点五小时，凌晨两点才到站。等了大半夜，终于见面，两个人都兴奋不已。他横抱着在沿海城市买的双卡收录机，跃上自行车后座。我们在寂静的大街上肆无忌惮地欢声笑语，横冲直撞。

这辆车载着我浓浓的友情。

上幼儿园的儿子喜欢坐前杠。偶有一次，我感冒痰急，随口啐在地上。儿子立刻扭回头盯住我：爸你怎么可以这样？老师说了，不可以随地吐痰！

这辆车载着我大大的尴尬。

特区方兴，想去搜集写作素材，又囊中羞涩，打主意借住省里一单位在特区的办事处，免去宿费。行前请一位朋友给那单位的头儿打了招呼，我再去当面说明原委。大雨中到那单位，自行车被拦住，先在门卫登记，然后进大楼，问清那单位头儿的办公室，小心把雨披留在门外，进去，恭恭敬敬自我介绍。对方正埋首阅文，抬首问：怎么来的？我答：骑车。对方复埋首阅文。

良久，我看他再没有抬头的意思，只得悄然退出。出门前我一直期待他会在身后喊住我。没有。骑上自行车在大雨中返回单位的时候，我莫名地有一丝遗憾——不是为我的自取其辱，而是为他的不再抬头，他本来是可以多少表现出起码的教养的。

事后我告知那位打招呼的朋友，朋友哈哈大笑：你的事坏就坏在那辆破车上！你这么聪明个人，就不知道让你们单位的小车送一趟吗？我大不以为然。

这辆车载着我深深的骄傲。

然而，这辆车也载着我的莽撞。因为这莽撞，差点闹出人命。

早年和我一块去外地农场务农的初中同学，因为母亲老迈，想要调到省城郊区农场。我用自行车载他去那个农场找关系。他腿长，坐后座得老提着，避免蹭地。我让他坐到前杠，也方便说话。接近农场，尽是丘陵。沙子路在丘陵上起伏。下坡和上坡都不得不下车步行。我烦了，在一个高坡上，让他上车，然后跨上车座，用心带着车刹，顺坡下溜。没有想到刹车皮突然崩了，失去车刹的车子猛然向幽深的山坳直扎下去。

那个下坡很陡很陡，又很长很长，似乎没有尽头。公路两边，数丈以下是水田。停车完全没有可能。车子一旦翻倒，人必死无疑。我唯一能做的是低着头，咬紧牙关，握紧车把，听任越来越疯狂的车子飞驰而下。耳边"嘶嘶"响着风的叫嚣，眼前"唰唰"闪过墨黑的车轮、煞白的沙子路，以及恍惚中阎王爷的狞笑。同学转身死死抱住我的腰，脸紧贴住我的胸口，等待命运的判决。

车子终于到了坡下，因为惯性，往前面的上坡冲了一段，停下。

一场惊心动魄的生死劫总算结束。从鬼门关回来的我和同学瘫倒在路边，仰面看着蓝天白云，知道自己还活在这个有昼有夜、有风有雨、有冷有热、有花有果的世上，不知想哭还是想笑。

我终于不能不接受一个结果：该与这辆"永久"永别了。回家的第二天，我看着工人一边嘲笑"这样的烂车也有人骑"，一边很不屑地把车子扔到堆满废品的板车上，一阵刺痛钻心。

这辆车载着我酸甜苦辣的一段人生。

儿子成家立业后，攒钱买了小车。偶尔我搭车，感觉自然是颇为享受，但那辆自行车曾经带给内心的那么强烈那么深刻的激动，却没有了。

原载 2021 年 1 月 28 日《新民晚报》

赵本夫

酒话

　　我祖上并没有人贪酒。三位祖父只有三祖父爱喝一点。他当过兵，爱交朋友，喜为人排除纠纷，是场面上人，喝点酒是常事。有时，他也会倚住杂货柜台，打二两散酒自饮。但我没见他醉过。

　　二祖父平日从不喝酒，只喜欢养鸟。他院子里一棵黑槐树下，老挂着几只鸟笼，有画眉、百灵。出门总提一只鸟笼，或用一根小竹扁担挑两只鸟笼，悠悠颤颤，往野地里走，那里人少。二祖父是个散淡的人。我的祖上曾很富有，是丰县城西有名的"大瓦屋"家。但曾祖父三十九岁就去世了，曾祖母一个女人，带着一大片土地和一大群儿孙，在兵荒马乱的年代，日子过得异常凶险。三个祖父以及父亲、叔叔们，先后十四次被土匪绑票，曾祖母走投无路，只能一次次卖地赎孩子。后来三个祖父长大后不甘受辱，曾筑起高墙大院，买枪建炮楼，试图和土匪对抗，结果更惨。家乡丰县地处四省交界处，土匪太多，防不胜防。无奈之下，三个祖父改为应酬土匪，以保家中平安，却都染上了抽大烟的恶习。到新中国成立前，家道终于败落。这段家族史，我曾在小说《地母》三部曲里写过。曾祖母是个要强的女人，家道败落后，她一直鼓励儿孙们重振家业。但二祖父却心灰意冷，几乎不问家事，也不和人来往，只专心养鸟。后来父亲告诉我，二祖父其实酒量很大，当年应酬土匪时常用大碗和人拼酒。但他养鸟后就不喝酒了。父亲说他是怕酒气熏坏了鸟儿。20世纪50年代，二祖父自杀了。那天，他还挑着鸟笼在田野里遛了一下午，傍晚回家后就上吊了。他上吊前破了戒，喝了很多酒，一屋子酒气，门外都能闻到。当时，我八九岁，就站在门外，看着父亲和几个叔叔把二祖父从梁上放下来。事后我问父亲，二爷爷无缘无故的，干吗要自杀？父亲叹一口气，淡淡地说，他活腻了。

我的祖父是长子，父亲是长子长孙。也许因为是长门，天然有家族中兴的使命感，一生都在辛勤劳作，拼命挣钱。祖父因在新中国成立前应酬土匪，染上吸大烟的恶习，新中国成立初期曾在县城戒毒所关一年多。"文革"爆发时，曾有人在大会上揭发祖父新中国成立初期蹲过监狱，应抓起来批斗。母亲性情刚烈，当场站起来怒斥说："胡说八道！你懂不懂？去的是戒毒所，不是监狱，两码事！"祖父年轻时还喝点酒，从戒毒所回来后，不仅戒了大烟，也戒了酒。他的生活不再有任何闲情，只有忙忙碌碌。在我的记忆中，祖父就没有一步步走过路，总是手里拿着锄头镰刀什么的，一路小跑，路上看到一根柴棒树枝，弯腰捡起再跑，仿佛时间永远不够用。父亲也极少喝酒，只在特别劳累或帮人办红白喜事时，才会喝几盅，绝不贪杯。他一生最大的爱好是听戏。新中国成立前后的几十年里，他一直四处飘荡，挑着担子或推着独轮车，在苏鲁豫皖四省交界的十几个县做小生意，贩卖粮食、布匹、麻油、糕点、香烟等，生意不大，但总能赚钱。父亲做生意的信条是"不拒微利"。当然，也有路上被人打劫的时候。那时乡村小镇常有小戏班，父亲每到一地歇脚，晚上必定去听戏。他比祖父更会忙里偷闲，享受生活，也是苦中作乐。父亲晚年常到县城我家小住，只要买一张戏票，就让他心满意足。有时我也陪他去剧场听戏。父亲听戏就是"听戏"，对舞台道具灯光不感兴趣，就是低头坐在那里听。他几乎精通所有的古典戏曲，内容、唱词全都烂熟于心。他听戏只是"听角"。同样一出戏，不同演员会唱出不同味道，一开嗓就知高下。偶尔，他会抬起头，突然喊一嗓子："好！"引得众人回头笑起来，知道这是个老戏迷了。父亲并不经常喊好，他见识的"角"太多了。他有自己喜欢的角，曾多次向我说起。

父亲兄弟二人，我还有个叔父。叔父出生时，祖母已没有奶水。恰好我二姐出生，叔父便吃我母亲的奶长大，正是长嫂如母。叔父自小贪玩，尤爱玩鸟，比之二祖父尤甚，偌大一座院子，挂有几十只鸟笼，小鸟叫得像鸟市。叔父爱喝酒。他有很多朋友，时常小聚。酒后脸红红的，呼着酒气，继续侍弄小鸟。这和二祖父的养鸟之道截然相反。我问过他："你不怕酒气熏坏了鸟儿吗？"叔父说不会，鸟儿闻到酒气，会叫得更欢更忘形，能叫出和平日不同的声音。我不由得笑起来，立刻想到杜甫的名句："李白斗酒诗百篇"，敢情鸟儿微醺才会尽情欢唱？叔父说的也许有道理。我有一个短篇小说《绝唱》，被雷达先生主编的《百年百篇经典短篇小说》收录其中。这篇小说就是讲一只百灵和一位名伶一位名票的故事。其中的知识和灵感就是从二祖父、父亲、叔父那里得到的。叔父去年去世。去世当天，他院子里几十只鸟笼被大家哄抢一空。叔父一生爱鸟如命。如果有在天之灵，他最想念的一定是他的鸟和那些酒友。

我从年轻时就小有酒名。因为爱喝酒，且独爱高度白酒。20世纪70年代，我还在家乡工作，因不愿害人而得罪领导，被连续六年派驻农村工作队。

记得有一年工作队结束任务，下着大雪，村里摆酒送行，有村干部，也有村民代表。三桌二十四人。酒过三巡欢送仪式后，开始拼酒。二十四只一两的酒杯，集中起来全倒满，我带头一气喝光，除去泼洒，足有二斤酒下肚。然后大家轮流喝，当场倒下七八个。我当时二十多岁，毕竟年轻，没有当场倒下，却哭了。那正是我最苦闷的几年。但在乡下，村干部和村民没有歧视我，却待我为上宾和亲人。正是那六年，让我真正深入到农村最底层，懂得了何为生命的卑微、高贵和韧性，为我后来的文学创作打下深厚的基础。

1981 年，我以处女作《卖驴》获当年全国优秀短篇小说奖，得奖金三百块。当时是一笔大钱了，我那时月工资才三十几块。消息传到我在工作队时驻过的六个公社，许多人奔走相告，说本夫写小说全国得奖了，发财了！咱们去县城找他喝酒去！于是他们结伙成群，带着送我的大米，坐着手扶拖拉机，来县城我家喝酒。在一个多月的时间里，我接待了一拨又一拨，一气花掉八百多块，亏大了。可这种情谊的酒，得喝，借钱买酒也得喝！如今四十多年过去，我有时还会在梦中见到他们：陈支书、黄队长、金玉、金荣弟、怀贝弟、小岳、为我做饭的二嫂……你们都还好吗？希望有一天还能重逢，再喝一场酒。都上岁数了，咱们不拼酒了，少喝点……

原载 2021 年 11 月 24 日《中华读书报》

孙
郁

尘落衙门弄

复州城人的口音有点杂，初听起来是胶东味儿，偶尔带有一些南音。因为是辽南重要驿站，混合着不同的调子。八旗军过来后，满语一时流行。之前有西域的一些回民迁居城里，说的是另一种方言，他们和汉人杂居在此，各种语言混搭着，融合着。一些地名的叫法，发音有点南腔北调。有的属于古音，比如，称饭盒叫"小钵（钵，音bě）"，把我说成"某（音mǔ）"，胡同念作"胡弄（弄，音lòng）"。省城里的人听了这类话，笑话我们太土。

古城里许多地方的名字都有点意思，我常常想起那个叫衙门弄的地方，是从中心街往南靠东的一条小街。明清以来，知州办公于这条街的深处。历史上这里是个热闹地方，官民之间的冲突也不时发生。一部复州史，都是与此纠葛在一起的。友人老林写过清代古城衙门的故事，惊心动魄的地方殊多，阅之神奇感顿生。关于复州历史，出入这个地方的人物，被述说的可能是最多的。

衙门弄很窄，走进去几百米，便是旧县衙。房子大而古，乃三进院，南北房与东西屋的位置都很讲究，布局错落有致，体现了古老的阴阳观念，一看就知道设计者懂一点风水。院内有几棵古树，遮天蔽地，也暗示着这里有过漫长的光景。现在回想起来，和一般古城的县衙比，这里要多一点文气，比如，屋檐刻着各类花纹，房前有几尊雕刻，旧时还有古对联在，内容不过读圣贤书、做清明人之类。读书人来此，自然也会生出思古之情。

城里的文人好熏染本土的历史，坊间流传的故事颇多，都有点传奇色彩。比如，一些知州如何无能，强盗怎样猖獗。明末曾有个南方人来此做官，官与匪斗智斗勇，最终，知州制服了一个叫刘三的痞子，仿佛小说般有趣。那个知州因为能力颇强，使县城一时平安和顺。他不仅有韬略，也写一手好字，有点董其昌的味道，还喜欢作诗，词语简洁，走的是宋诗的路子，讲究情中之理。虽留下的诗句不多，但据说同代人都能够看出好来。复州城自古是辽南重镇，兵匪出没，文墨甚少，这位南来的知州，却带来了诗文之趣，草莽气渐渐被压了下去。因了他的存在，一时文武修定，倡儒学，修寺庙，尚武之地也有了一丝儒风。

上述的传说，曾记于古城中学一位陈先生的笔记里，人称其为陈老爷。他与我的母亲在一个教研室，名气很大，懂得一点野史，善于搜集乡邦文献。他在学校喜欢吟诵，朗读课文的时候，情绪饱满，摇着头，晃着脑，每到妙处，便挥动着手臂。学校的前身是横山书院，教室都古色古香。小时候我去学校，总能听见他浑厚的嗓音，咬文嚼字中，有古风飘来。时代风潮到了小城后，他被抄去本子，被绑了起来，被称为封建遗老，需洗心革面才是。大约1967年夏，挨斗不久后陈老爷便辞了世。关于他的笔记，民间也有争论，有的说是小说家言，不可作信史看。但他的弟子周大，有一册不全的抄本，却说真切无伪。我从周大那里听了不少那本笔记里的内容，觉得一部复州史的隐秘，多藏于其间。可惜，二十世纪七十年代初，周大下放到了很远的山区，陈老爷那本笔记的抄本也踪影全无了。

周大复述的衙门弄旧闻，我一直是相信的，原因是在什么人的家里看到过那个知州的墨宝。扫除"四旧"时，这些不能幸免，人们烧了他的字画。有人历数其尊孔之罪，名声反不及刘三了。课堂上有老师说，刘三代表了底层人的思想，不能都信文人的笔记云云。不过民间不太信这些新说，百姓有了病，还愿意到衙门弄拜拜知州的旧址，赶赶邪气。周大离开复州前，和我说起衙门里的一些事，提及衙门内有处牢房，关押过许多人，那时候人们怎样用刑，如何打官司，让我听起来有些毛骨悚然，非今人可以想象。有一年冬天，周大还曾领我看了那间房子，虽然已经破了许多，但阴气犹在。它在城里的神秘性，多年在心头挥之不去。莫言曾在自己的小说《檀香刑》里写过类似的地方，那是山东的故事，然而也像辽南生活的写真，其惨烈之状，复州的老人们早从身边的故事里领略过了。

明清两代的历史离我们太远，许多故事都无法考证。近代以来的历史，还有案可稽，能够理出一点头绪来。二十世纪六十年代后，孩子们对于古城的历史知之甚少，唯一了解的是革命烈士张筠。他是二十世纪四十年代的中共复州区委书记，山东人，在国民党反扑辽南的时候被俘。他在衙门弄的狱里坚贞不屈，像个铁打的汉子。从衙门弄到永丰塔赴难的时候，颜色不改，就义时才二十四岁。我们在小时候，对于这位在永丰塔下殉难的青年，一直心怀敬意。后来发生的许多事件，也与张筠殉难的故事有关，衙门弄还举行过展览，记录着二十世纪四十年代辽南史悲壮的一页。

除了张筠的故事可以公开讲述，复州的其他历史人物，似乎都在禁忌里，青年人多不晓得内情。1970 年，周大曾秘密和几个人结成诗社，我也偶尔去凑过热闹。记得众人只是抄一点唐诗和复州几个先贤的旧文。日子过了不久，因有人举报，诗社很快就解散了。这个过程，我知道了许多旧史，才知道除了张筠之外，还有那么多可叹的旧人物。比如，辛亥年间，新党与旧军间的厮杀，在城里留下很多血迹。衙门弄自然成了两派交锋的地方。1914 年，从辽阳来的石磊接受革命党人委派，力图阻止占据大连的日军将日本军火运到营口，被日本人逮捕，押送到复州衙门内。彼时袁世凯复辟，复州城杀气腾腾。石磊在县衙里被囚禁时，写下几首奇诗，其中一首云：

武昌革命下江楼，胜者王侯败者囚。
廿四英雄空纪念，永丰塔下守孤丘。

还有一首，乃死前所作：

一夕半北未分开，只落魂飞上九台。
今生未能雪袁恨，但等投胎转世来。

诗句那么坦然、自信、磊落，在死亡面前的悲慨之气，完全可以和秋瑾那样的英雄媲美。后来在旅顺博物馆查到复县县志，发现民间对于石磊的一些传说，多是对的。我注意到民国初年几位县知事的诗文，都带着桐城派的老气，与石磊的作品均无法相提并论。石磊就义是在 8 月 7 日，那天的天气大热，从衙门弄走出，直到永丰塔，路途围观者甚众。据说有人送给他一杯酒，石磊喝下后，面带微笑，毫无惧色，还侃侃而谈。这个场面，被几代城里人叙述着，我的一位老师曾画过石磊的赴刑图，虽然是想象中的场景，但是过来的老人们还都认可那幅油画。

民国时期，衙门弄的大宅院换了牌子，县政府在此办公。不久县城搬到他处，复州从此开始衰败下来。新中国成立后，这里变为镇政府，"文革"期间又成了复州公社的革命委员会的办公地。千百年间人来人去，这里的政治功能未变。所以，谈复州的历史，衙门弄县衙旧址，见证了多朝的人事更迭。

记忆中的衙门弄，是各类名角出入的地方，百姓没有大事，不会到那里。1967 年，全城的旧书及各类古董被扫荡了，多堆在衙门弄古宅的大堂外，彼时要去除"封资修"的影响，旧物烧了大半，天空弥漫着烟味。我从家跑到那里，见到诸位同学，像过节一样狂欢着。在那热浪里，除了惊异，我隐隐还感到了一丝恐惧。

衙门弄的人，见过世面，所以遇到世上的风风雨雨，都不觉奇怪。有几位同学就住在衙门弄，也有了造访它的机会。不过那胡同很窄，马车经过其间，牲口被惊吓的时候，偶尔还发生过车祸。当年听到过一些传闻，说几条人命案，也与这条街巷有关。它的晦气，让人有点望而生畏。我有时候从那条古老的街面走过，想着那远去时光里的人与事，觉出它的深不可测。

但久居那里的人，似乎并不在意这街面的不幸的记忆，照例过着平常的日子。同学铁哥是一个有趣的人，他住在胡同里，家里窗明几净。邻居家都是铁门，紧紧锁着，有冷冷地拒绝人的感觉，但铁哥家不在意干扰，白天也不锁门，外面找水喝的人推门可进，可见主人的亲和。不过铁哥一家人都不喜欢官场的东西，与衙门大院里的人也有点格格不入。1975 年，我到离城不远的地方插队的时候，我俩在相邻的生产队，偶尔见面。听他讲了许多衙门弄的故事，才知道复州历史是那么复杂。

铁哥是个善于交际的人，对于复州掌故也略知一二。印象里，他有点早熟，好像对于社会的风气已经颇为了解，所以干什么都有点慢半拍。那时候我们都是理论辅导员，常常去公社开会，彼此的交流渐多，也互相信任起来。衙门弄的旧县衙变成革命委员会驻地后，旧时的雕塑不见了，院子干干净净，一片革命气象。公社搞理论工作的是柳先生，一位中学的老师，曾是去世的陈老爷的老友。他也是一个复州通，但嘴紧得很。我们每月要在他那里学习两次，主要阅读《共产主义运动史》《哥达纲领批判》《唯物主义和经验批判主义》《国家与革命》《毛泽东选集》。柳先生为人随和，性格儒雅，对于经典的理解很谨慎，多抄录《人民日报》上的语录。我曾向他求教复州历史的一些问题，他笑而不说。在县衙的老宅里，吟诵马、恩、列、斯、毛的经典，才是正道。不过，这样的学习，也引来铁哥的牢骚，有次他与柳先生悄悄说："老这样学，与现实有点距离，是本本主义吧。"铁哥狡黠地看着我："老百姓的衣食住行，才是根本。报纸上的调子，有些不食人间烟火。"

复州人对于自己生活的地方有一种特殊的感情，当年的天主教堂、清真寺、关帝庙，吸引了善男信女。不过，无神论者也甚多，铁哥一家，大概是一个典型。他们是不太迷信书本上的文字的，心里自有一套哲学。有一年的春节，知青们都回到城里过年，他跑到我家里神秘地说，去了乡下周大的家，看到了陈老爷的那本《复州笔记》的抄本，好玩的内容并不多。据他的父亲讲，关于复州历史，民国前几乎没有什么记载，民间传说未尝不带虚构的元素，与原型不太一致。与刘三周旋的那位知州老爷，其实并不那么好。衙门弄的历史真貌，没有几个人知道。在他看来，书本里的东西多是诗，而不是史，文人只能望风捕影，看到的不过皮毛。

没有想到平时不太言语的铁哥，对于世间之道悟得如此之深，这得益于家里的前辈的熏陶也说不定。我由此对于衙门弄有了另一种感觉，好像远去的岁月里的人与事，都在一片雾里。旧县衙成为人民公社的革命委员会的驻地后，延续了当年的神秘。关于此，铁哥等居住于那里的人，都略知一二的。不过对于那些台阁间事，我一点也不了解。印象深的是广播站，就设在那座老院子里，许多时代的声音，都从这里出来。我那时候是积极写稿的人，常常去站里送稿。进了大院子，像一座军营，不自觉地有点肃穆的感觉。我一直奇怪自己每每到了官府的地方就何以会产生这样的心态，以致后来去北京工作，到国家文物局报到的时候，不知为什么，想起的竟然是复州的衙门大院。

1976 年，我频繁往来于生产队与衙门弄之间。对于大院的许多人，慢慢地熟悉了。开会、学习、写稿、策划演出，都在那里进行。我写的文章，也得到了衙门大院领导的肯定，自己不免也有点飘飘然。但那些文章夸张、浪漫，超越实际的地方很多，连自己也觉得有些过分。一天遇到铁哥，说在县小报看了我的文章，内容讲得太虚了。听到此话，我有点不好意思。公社里的人多带着腔调，我们这些舞文弄墨者也随着呼东喊西。其实对于报刊里的理论与思想，又何尝真的了解呢。

9 月 9 日那天，我和大队的孙书记一起到公社开会，老县衙的大厅里坐满了人。公社书记在布置工作，说得正在兴头之际，秘书老从慢慢走到他的旁边，递上一张条子。书记的脸一沉，气色不好，一时语塞。过了一会儿，书记很沉重地说：主席过世了。

世间怎么能没有毛主席？我们都觉得五雷轰顶，低下头来。会场传来了几个人的哭泣声，然后是久久的沉寂。

衙门弄的广播站转出的消息，很快遍布了全城。大街小巷传来的哀乐沉重、苦楚，缓缓地流着，像复州河的水，逝向很远的地方。我怎么离开那座县衙老宅，已经忘记了。只记得当时在衙门弄的路口站了许久，脑袋一片空白。望着西边的太阳一点点从衙门弄的尽头落下，好像丢失了灵魂，刹那间有了茫然之感，不知道未来的路在哪里。

后来回忆自己的一生，才恍然觉得，我的命运的变化，似乎就是在那一刻开始的。衙门弄的路像一把刀，将时光切成两半。一面是过去，一面是未知的明日。那之后的每一年，都过得与先前不同，且变化起伏。转年间，我参加了"文革"后的首次高考，离开了复州。不久知青成批回城，城里又热闹起来。再后来是改革开放，历史的一页就那么翻过去了。

现在想来，年轻时那么想离开复州，也是寻找异路的心使然。不料在远离故土的时候，才慢慢明白了它的特殊价值。二十世纪八十年代末，我进入博物馆系统工作，偶尔随专家到各地做田野调查。遇见一些古镇与古村落，都很兴奋，也连带刺激自己想起过往的生活。中国许多地方的古城，都留有寺庙、县衙，相关的文化也带有相似性，但历史有时又有差异。为了研究地方志，我找来了牛正江先生的《复州史话》，许多模糊的线索才清楚起来，也知道江湖的传说，多有不确的地方。牛先生是县文化馆的馆长，也是我当年的老领导，他的书不仅写了县衙的片影，也记录下诸多民间风情，百姓衣食住行都有描述，且颇多味道。这在北方小城研究史中，是不可多得的。

当我和那些考古学专业的朋友谈起复州时，却发现知道它的人寥寥无几。只是第七批国宝评选的时候，地方报送的名单就有复州城，让我异常兴奋起来。作为评委，我细细阅读了相关的资料，知道了家乡的一些详细沿革。因为那次被分配在南方组，不能去辽南现场核实，最后是故宫的朱先生得到了造访复州的机会。我曾讲过的故事朱先生都很感兴趣，多日后，他回来说，复州城虽已经破坏，但所剩的遗物，依然颇有价值，只是保护得有些晚了。

那一天北京下着大雨，我们几个刚从江西的古村落回来，显得有些疲倦。听到朱先生的话，忽地内心五味杂陈。雨中回味朋友带来的信息，一切都那么熟悉，但却没有给我带来欣喜，反而像那日的天气，有莫名的凉意袭来。古城已经面目全非，只留下了横山书院、衙门弄和永丰塔，以及一道残破的城墙。余者，多已不见了。那次评选，复州顺利进入了名单，几个重要的古建筑，部分地保留下来。后来看到几张照片，县衙的老屋已经落满灰尘，永丰塔重修后像个假古董。只是从衙门弄到永丰塔的路，没有改变。石磊、张筠烈士当年就是从这条路上走向刑场。那是一条有着血腥的路，复州往事最沉重的部分，似乎都刻在泥土里。年轻的时候不懂历史，到了老年，才知道自己属于那旧迹里的一部分。每个地方都有自己的记忆，当远去的人影依然摇动的时候，先人的灵魂还都活着。

原载《天涯》2021 年第 3 期

劳
军

特殊年代的别样爱情

陶莲玉，是十多年前我在新疆工作时结识的朋友。如果还健在的话，老人该有九十岁了。

她住在乌鲁木齐天山区一个很有些年头的小区里。从穿着看，老人和乌鲁木齐那些上了年纪的老太太没有多大区别。不过，等摘了围巾、帽子，你会发现，她活脱脱就是个外国人：高高的鼻梁，蓝蓝的眼珠。

认识她，缘于采访她的父亲陶喜陞。

陶老爷子原籍黑龙江宁安县西沟屯，当年曾参加过东北抗日义勇军。

在这里，有必要把义勇军的情况简略介绍一下：九一八事变后，东北人民奋起抗战，出现了多种群体的抗日义勇军，队伍一度发展到三十多万人。日本关东军集中精锐，疯狂"清剿"。由于敌众我寡，为保存抗日力量，根据上级指示，部队转移到了苏联境内。

苏联远东一带人烟稀少，加之连年打仗，青壮年大批战死，许多村落只剩下了老人和孩子。苏联政府动员这批中国将士留下来。找到陶喜陞时，他拒绝了："不行！我的母亲和弟弟都被小鬼子害死了。

连这个仇都不报，还算爷们儿吗！我要回去抗日！"

就这样，陶喜陞和他的三万多名战友绕道西伯利亚从塔城巴克图口岸回到了祖国！

陶莲玉告诉我的故事，就从这里开始了。

当时正值国共合作，根据国民政府的命令，父亲这批人留在新疆巩固西北边防。他被编入塔城边卡大队，任司务长。

作为司务长，父亲每天都要到附近的市场或菜园子里替部队采买生活用品。时间久了，姥爷一家引起了父亲的注意。

俄国十月革命后，沙俄贵族、地主、资本家纷纷逃往国外，有一部分逃到了塔城。姥爷一家，就属此列。

新疆地方政府在塔城一个叫克孜别提的地方把这批人安置了下来，划出一大块草原、河谷荒地，供他们放牧开垦。

姥爷是个知识分子，在沙俄时代过惯了养尊处优的生活，哪里会种什么地啊！所以，全家的日子一直过得紧巴巴的。父亲很同情这一家人，去克孜别提买菜时，有时候便搭把手帮着干些农活。

一来二去，这家人都很喜欢这个勤快的中国小伙子。

有一天帮着干完农活后，姥爷一家硬要留父亲吃饭，姥爷装作很随意地问："陶喜陞，你在老家有没有婆娘？"

"没有！"父亲没有领会这句话的意思。

"我的姑娘瓦莉亚怎么样？"姥爷单刀直入。

这可把父亲吓着了。在父亲眼里，瓦莉亚就是一尊神：袅袅婷婷，端庄娴雅，说话总是轻声细语，脸上永远带着微笑。她平时喜欢看书。只要有书在手，就会忘了周围的世界……

再说，父亲比她大将近二十岁呢。

那顿饭，父亲没有吃饱，慌慌张张离开了姥爷家。此后好多天，他再也没敢往姥爷家去——他不愿意让人家以为自己帮人，是有所企图。

见父亲不再过来，姥爷猜透了小伙子的心思。他把女儿找了来："瓦莉亚，你觉得陶大哥怎么样？"

母亲低着头，揪着辫梢不出声……

"如果认为是个好小伙子，你就主动点！"姥爷给母亲支招。

在姥爷、姥姥的鼓励下，她便到边卡大队找父亲。谁知，小伙子不见了……

经姥爷、姥姥同意后，母亲开始在塔城打工，到处寻找心上的这个小伙子。可以找的地方都找遍了，一直没有小伙子的踪影。

母亲还在找。日复一日、年复一年地找……

八年后的一天，有个小姐妹告诉母亲，城东头新开了一家理发铺，是个东北人开的，会不会就是你要找的那个陶大哥？

母亲放下手里的活计，急急忙忙找了过去，小跑着到了门口，可又一脚门里一脚门外站住了：正是日思夜想的他！

她呆呆地看着小伙子，任凭眼泪哗哗地流。

父亲也呆住了：没想到这么多年了，姑娘还在找他。

真是个傻姑娘啊！那一刻，父亲心里一定翻江倒海一般：不知是喜还是悲？！

就这样，两人结了婚。

婚后，一溜儿生了五个孩子。

知识分子家庭出身的母亲，即使在生活最灰暗的时候，也保持着那份高贵和优雅：饭桌上什么时候都要铺台布——那块台布是姥爷陪嫁过来的，早洗得变了色；每个人面前要铺餐巾。她要求每个孩子都要有教养，不许讲脏话，饭前一定要洗手，不洗脚不许上炕。

每天晚饭后，她会就着昏黄的油灯，给我们读俄罗斯童话故事。父亲也端端正正坐在一边津津有味地听。

理发铺被她打理得井然有条：墙壁永远用石灰刷得雪白雪白；前一个理发的人刚走，她马上就把地板擦得干干净净；洗头的池子也从来都是一尘不染。父亲的围裙尽管有些旧，但没有一个污点……

人们都说："陶喜陞好福气啊，找了个能干的洋婆子！"

"干净"成了父亲店铺的招牌，别人的理发铺冷冷清清的，而他店里的生意一直不错。

尽管如此，塔城毕竟是小城市，客流有限。所以，日子只能说勉强维持得下去。

随着孩子们年龄增大，饭量也在增加。打我记事起，就有这样一个印象：每到吃饭的时候，母亲很少上桌，独自一人躲在厨房里忙活。即使上了桌，碗里也盛得很少很少。

父亲问是怎么回事儿，她推说吃饱了。

小时候，我很羡慕母亲：如果什么时候也能像母亲那样，吃那么一点就能饱，该有多好啊！

懂事后我才知道，母亲这样做，都是为了自己的老汉和孩子啊！我在厨房窗外不止一次发现：等大家吃完了，母亲把锅底铲一铲，兑些水喝下。还把我们的一只只碗冲了水，一口一口喝掉。

有一次，我忍不住冲进去抱着她"哇哇"痛哭。她把我揽在怀里悄悄说："乖女儿，千万不要告诉你爸爸。"

长年累月这样，谁受得了呀！五十年代中期，母亲的胃就开始出现问题：经常胃痛。

症状越来越严重。到了后来，痛的时候，她整个人蜷缩成一团，脸色煞白，豆大的汗珠沿着额角往下流。

看她病成这样，父亲急了，要带她到乌鲁木齐大医院看看。可母亲心疼钱，一直不肯去。直到后来，母亲的病情发展到吃点东西就吐，有时还会吐血，这才去了医院。

一检查，是胃癌晚期。

知道了母亲的病情，父亲哭得像个孩子："你为啥要嫁给我啊！为啥要嫁给我啊！我早就知道自己命苦，怕拖累你，看我……看我都带给你了什么……瓦莉亚，你这个傻姑娘！"

母亲倒很镇定，攥着父亲的手，笑吟吟地看着他："我乐意！我乐意！下辈子，还跟着你！永远跟着你，别想甩了我！"

她平静地等待着最后时刻的到来，有条不紊地干着手头的事：把父亲的毛衣拆了又织好；把哥哥陶莲海的衣服改小了给弟弟穿；把我手套上的洞也给补上了……

弥留之际，她拉着父亲的手说："陶大哥，再困难，也要让咱们的娃娃都能念上书……"结婚后，母亲一直称父亲陶大哥。

为了老汉和子女，我的母亲像没了油的灯芯一样，就这样熬干了自己。

母亲走了，永远地走了！家里没了能干的女主人，整个天似乎都塌了下来。父亲一下子衰老了许多，人蔫了，眼神也没有以前活泛了。

一个男人要养五个娃娃，艰难可想而知。

那时候，大哥陶莲海正上初中。看父亲天天愁眉苦脸的，他要求退学回家帮助父亲。

父亲对哥哥发了火："你要好好念书。念完初中，再念高中，将来还要念大学……我答应过你母亲的。"

哥哥遗传了母亲的长相和性格，身材修长，五官俊秀，彬彬有礼。在学校，一直是班上最好的学生。从一年级开始，几乎年年都是全年级第一名。校长和老师们都很喜欢他。

母亲去世不久，开始公私合营。父亲积极响应，成了塔城公私合营的积极分子。为此，还受到了表扬。

每次发了工资，父亲都会认真做规划：何时该给孩子们添件衣服；菜金该留多少；每天家里买几个馕，大小孩子该怎么分……总是菜场就要关门了，他才去买一点最便宜的菜帮子。

经常是很长时间，家里都见不到一点荤腥。

不久，又发生了一件事情：政府要建设克拉玛依大油田，从塔城抽调工人前去支援，父亲第一批被选上了。

支援祖国大建设是好事，可女主人不在了，家里的娃娃都还小，这该怎么办？

父亲愁得吃不下睡不着。

这种情况，哥哥看在眼里，急在心头。他擅自做出了一个大胆的决定：退学。

当他拿着书包、凳子站在父亲面前时，父亲火冒三丈，上去就是一记耳光："回去！马上给我回去！家里，还轮不到你操心！把书给我念好！"

父亲拉着哥哥就往外走。

哥哥挣脱了，平静地说："爸，我已办完退学手续。莲玉、莲江他们需要照顾。在家里我最大，我回来了，他们就可以把书念完……"

父亲举起了巴掌。

"打吧！您就是打死我，我也不会回学校了。"

这是哥哥生平第一次和父亲犟嘴。

"克拉玛依石油会战需要人，咱不能拖国家的后腿。家，您就交给我吧。"哥哥依然平静地看着父亲。

看着懂事的孩子，父亲扬起的巴掌终于放了下来，他搂着哥哥哭了起来："我可咋跟你妈交代呀？！咋跟你妈交代呀？！都怪爸爸没本事……孩子，你是读书的料啊……"

就此，十五岁不到的大哥，从父亲手里接过了推剪和白大褂——担起了支撑家庭的重担。

他不但要料理我们的生活，每天还要挨个检查我们的作业。有些作业，他会在废日历的反面自己重做一遍。我们明白，其实他很留恋学校的生活。

生活的重压，让这个曾经俊朗活泼的少年，变得沉默寡言起来。

这时，一个女孩闯进了我们这个家庭，也闯进了哥哥的心扉。她就是我后来的嫂子妮娜。

妮娜也是从苏联逃难来塔城的白俄的后代。就住在我家的隔壁。

英俊潇洒、品德又好的哥哥早就赢得了姑娘的芳心。

俄罗斯姑娘发育得早，和哥哥同岁的妮娜，此时已经像个大姑娘了。

现在，看着隔壁这个家庭的女主人去世了，男主人又远去他乡，姑娘心里别提有多么着急，暗中不知抹了多少次泪。

两家隔着一堵篱笆墙，每天一有空，妮娜就会过来帮着哥哥照顾这个家庭。家里缝补浆洗这些活，她全包了。哥哥想搭一把手，她剜哥哥一眼："去！去！去！这不是爷们儿该干的活。"

每天一大早，她就会过来帮哥哥烧饭。饭做好了，她会像家里的女主人一样把大家一个个吆喝起来："陶莲江，太阳晒屁股了，快起来吃了饭上学去！""陶莲玉，昨晚把你的衣服洗好了，晾在厨房呢。"

每逢她的家里做了好吃的，她就会借口过来聊天，端着饭碗来到我们家，把她的碗倾倒在我们的锅里，再和我们一起吃。

她看哥哥的眼神，就像秋日里成熟的野莓，蜜汁似乎就要沁出来了。尽管当时的环境是那样肃杀，但两颗爱情的种子，顽强地突破坚冰发出了油绿绿的嫩芽。

过了四年，援建克拉玛依工程结束，父亲重新回到了塔城。这时，妮娜和哥哥的爱情果实，也已经成熟了。正当两人商量着准备结婚时，塔城又发生了另一件让人意想不到的大事。

随着中苏关系的紧张，苏联唆使在中国生活的苏联侨民返乡，重点集中在新疆。正值国内人民生活非常困难时期，有人乘机跳出来煽动："苏联已把粮食和糖果运送到边境上了""快过去吧，苏联那边有肉吃、有啤酒喝，苏联还要派飞机来接"……

这些言辞，在饱受饥饿的边民心中，有相当的蛊惑力。边境附近发生了边民零星越境逃苏现象，数日后，塔城地区所属的裕民、额敏两县边民也开始非法越境，并逐渐波及托里、和布克赛尔、乌苏等县。

非法越境逃苏势头不断扩大，由零星非法越境发展为成批越境；由夜间秘密越境，发展为白天公开成群结队地大规模非法越境……

妮娜全家也准备走。她找到哥哥，央求他能一起过去。一边是心爱的姑娘，一边是亲生父亲和骨肉同胞。哥哥为难了。

看着被生活重担压得过早衰老了的父亲和一个个尚未成年的弟弟妹妹，哥哥肝肠寸断。

那些日子里，他茶饭不思。给人理发时，推剪推着推着就停下来，望着远处发起了呆。夜里也是整夜整夜睡不着……

最终，他选择了留下。

这可能是哥哥一生做出的最艰难的选择！

妮娜和哥哥洒泪而别后，哥哥就像哈密瓜断了瓜秧。他满嘴是泡，一下班就躺在床上不吃不喝。

第三天半夜，哥哥突然离开了家，天要亮了才回来。一天都魂不守舍。

此后几天，他都是每天半夜出去，天要亮了才回来。回来，便一整天都沉默不语。

父亲经见的世面多了，一定洞悉了儿子内心的煎熬……

可他又能怎么办呢？！

我发现，父亲几次一个人躲在无人的角落里偷偷抹眼泪。

作为一个已经懂事的姑娘，我心很细。发现此后的几天，大哥似乎又变成了另外一个人：没人的时候，一会儿摸摸桌子，一会儿摸摸凳子，一会儿摸摸那片土炕，一会儿又进到厨房不停地摸着灶台……似乎家里的一切他都没有见过，都感到新奇，都要摸一摸。

摸的时候，眼睛里有一种异样的光。

见了我们姊妹几个，他都要抱在怀里，久久不愿放开，弄得我们莫名其妙。

白天忙完了店里的活，夜里他又接着忙家里的活：把菜园子的篱笆墙重新扎了一遍；房顶也上了新泥；把父亲的理发工具重新磨了几遍；把我们每个人的脏衣服都给洗了，破了的全给补好——自从母亲去世后，这些活，他都会干。

我很担心：是不是因为妮娜走了，他受到的打击太大了，魔怔了？

我想把这一情况悄悄报告给父亲，可还没有来得及说，一天清早，我们起床后，发现大哥不见了。

一开始，大家没有多想，以为他出去买菜了。可左等右等不见他，才觉得情况不对了。这时，弟弟陶莲江发现了一封信：

爸爸：

请您原谅我！我已随妮娜去苏联了。

前些天，妮娜跟着全家走了。她舍不得我，又一个人越边境回来躲在隔壁等了我好几天。她见了我就哭……说，没了我，她就活不下去了。

您年纪大了，弟妹们又都小，我有责任帮您操持这个家。可又不愿意伤她……这几天，儿子心都碎了。

炕角的一毛四分钱是今天买菜的菜金。

塔城天冷，我把棉衣、棉裤都留给弟弟了。袜子我也脱下来洗了，放在炉子边上烘烤，大小，估计莲江可以穿。您的那双劳保手套，右手拇指烂了个洞，我已经缝好，放在了理发铺的工具箱里。

那个铅笔盒是我上小学三年级的时候考了全年级第一，校长亲自奖给我的。这是我从小到大最珍爱的宝贝，我一直舍不得用，把它留给莲玉了。

妈让我们好好念书，我没有听话，没能做到。希望弟弟妹妹都能好好学习。

爸，原谅儿子的不孝！我一定惹您生气了，昨晚我在您的窗外跪了大半夜，真想让您好好打我一顿……

陶莲玉告诉我，从此，他的哥哥便没了踪影。

又是十多年过去了，我国对外开放的大门越来越敞宽，对外交流越来越频繁，周边关系越来越和睦，不知道有没有陶莲海的下落……

节选自《芳草》2021 年第 3 期

马
叙

旧物美学（节选）

之三：喷雾器——简约，几何之美

春夏两季，是苗圃也是农田与山地的病虫害旺发季节。除虫害或治苗圃幼苗的白枯病，得用对症的化学溶液用清水稀释后灌进喷雾器里。我先是领到一个单筒喷雾器，去苗圃打农药。

单肩背式的单筒喷雾器，在我所使用的农用器具里，是最具结构意味的一件器物。圆筒里面内置一个空心圆柱体，这是一个固定式手动高压充气筒，推杆末端置一高强度的橡胶皮碗，倒扣，当喷雾器里灌满约三分之二的液体（农药）时，再密封顶部，手握推杆把手，反复用力地往下推压，不断地把空气压入喷雾器筒的空腔部分，把这一部分变成一个充满高压气体的空腔，用它的高压膨胀动力压迫液体顺着橡皮管道向外冲，到达喷杆顶端的喷头，喷头处有一个铜质叶片，中间有一小孔，高压液体通过喷嘴冲到这个叶片上，液体在此突遇阻力，再形成更高压力从小孔里喷出时就成雾状散开。喷雾器有着良好的密封结构，铁制的密封盖，橡胶密封圈，铜螺丝，固定旋钮，铜扣链。这个单肩背式喷雾器是一种粗犷与精密结合的共生结构，单肩背式喷雾器整个外形看上去简单、粗犷，呈现一种简约的工业几何制造之美，不过，还有固定在顶部粗大的打气握手柄，是对喷雾器整体形状的一记暴击。它的设计理念是从武器的暴力与结构美学延伸而来，既延续了武器的坚硬风格，铿锵，有力，直达，粗暴，也延续了武器的结构意味，简约，坚固，精密。武器是填压装弹，喷雾器则紧紧地把空气压缩进去，喷雾即射击，这是本质上的类似。让我感到更加愉悦的是从喷雾器延伸出来的连接喷杆的黑色橡皮软管，以及有很好握感的喷杆手柄，与喷头处的精致的喷嘴与铜片。它们使我在生活与劳动中最早感受到了器具的结构美学与使用意味。

我常常想，喷雾器密闭的空间内部，空洞，黑暗，沉闷，当人情绪低沉的时候，有时会带来坏心情。特别是天空乌云密布，空气中湿度增大，暴雨将到，而这时如果力气用尽，耐心消去，又正背着喷雾器的话，则情绪低落，神情沮丧，不愿看一眼眼前的天空与山峦。有时，又恰恰相反，用手摇晃喷雾器，可以听到它内部的溶液晃荡声，这声音仿佛魔性歌唱，令人兴奋，精神倍增。

用喷雾器喷农药，如果是除虫，则分别有乐果、敌敌畏、六六粉，这三种农药中前两种是液体溶剂，后一种是粉剂，液体溶剂的话用清水稀释就可以了，六六粉则放进清水里必须用棍子搅拌许多时间，仍然不能彻底溶解，但也马马虎虎地用喷雾器喷药液。但喷雾器的喷嘴部分会因粉剂沉淀而堵塞，因此，得时不时拧开喷头清理沉淀的粉剂，才能继续打药。六六粉剂的使用，有时也有用手抓起一把一把干粉撒向作物的，那样的撒法味很浓，有时一阵风吹来，相当于给自己身上与鼻孔里撒六六粉，很呛鼻。而乐果有着烂苹果味，喷打乐果溶液时，如果遇风，喷出的雾状药液也一样会飘到鼻孔里，但这味能忍受，甚至有点喜欢，可惜它有毒。

　　如果是苗圃里的幼苗发白枯病了，有时会配制一种名为波尔多液的农药，灌到喷雾器里喷洒到苗圃里。这种溶液是需要配制的，得去林场仓库里按技术员开的配方比例分别领到深绿色的硫酸铜与生石灰，到苗圃那里，找一水源，然后用两个桶分别以一斤硫酸铜一百斤水、一斤生石灰一百斤水的配比，分别各自搅拌溶解。配制波尔多液需两个人，分别溶解好硫酸铜与生石灰后，一人提起装有硫酸铜溶液的水桶，另一人提起生石灰溶液的水桶，提得越高越好，两人同时向一个大水桶里倾倒溶液，这时两种溶液快速融合在了一起。再用棍子顺时针快速搅拌，就成了。调好后的波尔多液是淡蓝色浮液，它是林场所有农药里最具诗意的一种，从配制过程到配成溶液，从深蓝的硫酸铜晶体与纯白的生石灰，直到两种溶液的激烈冲击融合，再到生成淡蓝色溶液，就是一个诗篇产生的过程与结果。我特别喜欢倾倒白色与蓝色两种溶液，看着它们相互冲击、旋转、融合的经过。而且波尔多液对人无毒性。

　　因此，波尔多液是我唯一喜欢的一种农药。往喷雾器里灌波尔多液时是心情愉悦的。喷出泛蓝的波尔多液水雾，而幼苗凝结的水滴也会是淡蓝色的。溶液蒸发后，一些打过波尔多液的幼苗仿佛穿上一件淡蓝色的衣裳。如果说单肩背式喷雾器是武器意象的一种延伸图景，那么，喷洒波尔多液的过程，就是一种经典的和平运动——蓝色，雾状，舒适，诗意。

　　单肩背式的圆筒喷雾器用了几年后，林场里买来了一批新的双肩背式（又叫背负式）喷雾器，它的形状及结构与前一种区别很大。单肩背喷雾器虽然使用多年，已经老旧不堪，但是它同时也有简约之美，造型干脆、有力，视觉效果集中。而双肩背喷雾器的药桶则是扁平弯曲的，开始药桶材料还是用铁制的，后来全改用了塑料材质，并且也不再采用一次性打气储存增压，而是左边安装了一个即时打气手杆，左手必须永远不停地上下运动，得一边走一边打气一边喷雾，不能停，一停止打气，就立即喷不出农药。我一直很不喜欢双肩背喷雾器，不喜欢它必须时刻手动打气，不喜欢它的造型与色彩，它是如此庸俗，丑陋，又不实用，没有工业制造之美，完全是一种供销时代的产物。而且一桶相当于单肩背喷雾器两倍的体积，双肩背喷雾器，沉重，压迫，榨取，充满了一种简单粗暴的弊病。仅提高不多效率的获得是连续运动式重体力劳动加倍付出的结果。原本的单肩背式喷雾器的武器美学，到了双肩背式喷雾器时，已经完全被抛弃了，抛弃的不仅仅是武器美学，也同时抛弃了源于工业几何学的制造美学，抛弃了器具的风格及风骨之美。

之四：柴油机——它的吼叫震撼了我

林场原本是沉寂的。

原本只有人声，有时播放一下广播。其余的时候就没什么声音了。当然还有风声、松涛声，以及鸟声，这些都是自然的声音。林场整体上是安静的。

林场增加了茶场面积后，产茶量倍增，需要建一个制茶厂。建制茶厂就需购置制茶设备。制茶设备一件一件购置回来了。

茶厂的一套制茶机械需要一个动力源。这就得购买一个核心机器——15匹柴油发动机。这也是成套设备的最后购置部分。

一天，我看到一群人喊着号子，出现在出山进山的一条山路上，他们从看不见的山那边上来，露出头顶，露出肩膀，露出上身，然后是全身。完整的一群人。他们到了山岭的岭头，歇脚。数一下，是六个人，其中四个人抬着一个沉重的木箱子。二十分钟后，他们到达了场部。他们抬得面红耳赤，肌肉绷到最紧，肩膀摩擦着顶着杠棒，木箱子里是柴油发动机。

我跟着去了制茶厂的柴油发动机的拆箱现场。当封箱的木条一根根拆去，渐渐露出柴油发动机全貌时，我是激动的，柴油发动机的机器形式震撼了我，它的造型，机械结构，主油箱，大飞轮，上翘的排气管，这些裸露于视线里的部件，这些由制造产生的钢铁的各种形状组成了一个发动机整体。

我等待着它怒吼的一刻。它会产生奇迹吗？会令我激动吗？会对整个茶厂产生冲击吗？

先是运来水泥、沙石，按设计图纸浇灌水泥地坪。等水泥地坪硬化两个星期后，安装上柴油发动机。这时候也到了茶厂全面试机的时刻了。我看到炒茶机、捻茶机的飞轮都套上了传动皮带。一级一级，第一级是由柴油发动机连接捻茶机，再由捻茶机连接杀青机，再由炒青机连接到炒干机，一共三级，三级传递的源头动力是柴油发动机。

一个县城来的青年负责保养与发动柴油机。当他从铁桶里把皂色柴油倒入敞口的油箱时，他脸上的表情是快乐的，他用口哨给刚才的劳作伴奏，口哨与亮汪汪的柴油一道注入了油箱里面。接着是把乌黑的机油注入一个小油箱。仍然吹着口哨——《打虎上山》。接下来他脱去了上衣，随手把衬衣扔在了地上。他取出钢铁摇臂，套到摇臂孔上，一只手摇动摇臂，一只手扳动着油门开关。开始几声，仿佛放了空炮，呼——哧——呼——哧——很快地，声音响起来了，连贯了，成为周而复始的声音的循环，无休止，仿佛要永远这样响下去。接着，他把连接杀青机的皮带拉过来，套在连着飞轮的转轴上，整个茶厂的机器都转动起来了。它无疑是这个茶厂啸叫的灵魂，一动百动，一响百响，一静百静。

我站在柴油发动机旁站了好长时间。一直听着发动机持续的震耳欲聋的声音。我在声音中兴奋，激动，它的巨大的动力，它的飞转的速度，它的周而复始的吼叫，都是我第一次感受到的，我的听觉、视觉、触觉，都是前所未有的一次遇见。

因为这是一次试机，约半小时后，开机器的青年扳住油门，刚才还在轰隆隆怒吼着的柴油机立即停了下来，静止了。突然的静止我竟然不适应了。我被这半小时的怒吼与飞转迷惑住了。但是，安静了。柴油发动机停止了。它恢复到了刚安装完毕时的状态，静立着，收藏起内部的能量，安静，无比安静。

我曾向场部提出去茶厂做事，但是场部没有同意调班组，因此我只得仍然在劳动组干活。产茶忙季时，茶厂连夜加工茶叶，柴油发动机的声音在夜幕中响起，我的听觉仍然被它所牵制。那时觉得它就是世界的声音，就是轰轰烈烈的人生。

一年中，采茶自清明开始至初夏结束，制茶时长三个月不到，过了五月，茶厂突然沉寂下来，柴油发动机的声音不再震撼山谷，一切回归沉寂，林场也回到安静中去。

在茶厂不制茶的日子，有时我会独自去茶厂，在这台柴油发动机旁站立许久。它的结构，管道的连通、扭结，笨拙的排气管，光滑沉重的飞轮，齿轮与齿轮的咬合，内嵌的汽缸、活塞、曲臂，动力的传送。越是安静，它们越是清晰。红色的油箱里面，保存着没用完的柴油，通向汽缸的油路关闭着，活塞安静地停在某一刻度，曲臂的力量仿佛于瞬间消失殆尽后用最后的力保持着某一倾斜角，一切都在等待，等待次年下一次的突然启动与吼叫。

原载《人民文学》2021 年第 11 期

张
金
凤

瓦罐儿

　　想念日久，我终于在农耕博物馆里看见了它。走出乡村之后，我与它如同隔世，但是我知道，它一直在角落里注视着我。如今它瑟缩地蹲在那里，落满一身尘埃，它是已经被岁月折叠进夹页的事物，我今天也只不过是偶尔翻开，才窥见它的容颜。我走过去跟它久久对视，内心无限伤感，瓦罐儿是我童年记忆中最常见却无视的事物，就像我的亲人，我的母亲。

　　拂去一段岁月的尘埃，打开一个乡村的记忆词典，那么多盆盆罐罐矗立在农耕岁月的烟火里，像一座座时光的记忆之碑，它们穿粗布、黑脸，有浑浊的身世，在草莽的人间辛苦行走，盛放了一段珍贵的岁月，喂养了一代问天的生灵。

　　瓦罐儿是乡村的母亲，它替日子盛放米面糠菜，盛放油盐酱醋，日子的五味，烟火的魂魄都被瓦罐儿管理着。瓦罐儿是最寻常的茅檐下的一些女人，它们似乎一生不敢奢望一个什么样的角色，它们灰头土脸，布衣荆钗，它们是人间大舞台上实实在在的青衣。

　　瓦罐儿，也叫泥瓦罐儿，泥塑的真身，火焰的学堂，它们是日子绕不过去的那段简陋，是人在泥巴里寻到的生存窠巢。乡下人本身就是泥土之身，土里刨食，泥里行走，两条泥腿子艰难跋涉在岁月的风雨中。他们从泥和火中找到了瓦罐儿，就像找到了自己失散的亲人，热烈拥抱并一生珍惜。

瓦罐儿坐镇农家的日子，贫贱相守，不离不弃。瓦罐儿它知道自己的身世，只不过一把泥土经了些水的恩泽，多经了些火的烧炼才有了坚硬的筋骨，赋予了它形就是赋予使命，是那水火不容的两极，在自己体内结成闪电，给了自己镇守农家的荣耀。如果不是水的黏合，火的皮鞭，它，还将是一抔散土，春天里扬起尘，冬雪下硬得窒息。

瓦罐儿知道自己的根底浅，资质差，比不得那些精美带花的瓷器，它们取自高地上的土，经过了细箩的筛选，泉水的沐浴，经过了一千二百度的高温；而自己呢，随便地取了一把土，可能是菜地沟垄里的土，田野阡陌下的土，甚至是河滩场院边的土，带着沙粒和草叶，带着草籽和棘尖，甚至带着羊粪的气味、草木灰的影子。不去管它，左右只是制一批陶器。制陶的手也粗糙，心也粗忽，也可能草籽、沙粒还在坛子壁上，形状也还稍稍有些偏差，就那么急匆匆地装进土窑，浴火而行。捉襟见肘的生活，贫贱的日子，容不得细致，也耐不得高温的烘烤，就像百姓的日子，粗一点，慢一点，陋一点，追不到云端的日子，眼睛就别往天上瞟，安于本分，守住贫贱，才是正道。就像陶，原本是这样平凡的土，硬要拿烧瓷的高温来拔高，最后还是会把它烧裂或者烧得变形。做就的骨头生就的肉，没有那个骨头渣子，就得安于本分，做一只粗糙的瓦罐儿就好，盛着粗茶淡饭一样可以喂养身体和灵魂，硬要心高气傲地攀高枝，说不定会摔个粉碎，扭曲了自己。瓦罐儿听着这些教诲，内心越来越谦卑。

瓦罐儿知道自己的资质有限，火候不够、资历尚浅，比不得那猛火里走出来的钢与铁，也比不得瓷的坚硬与华美，它甚至连一层小而薄的铠甲都没有，一件表面没有釉的陶器，甘愿被叫作瓦罐儿或者泥瓦罐儿，人们一眼就看透它的出身。瓦罐儿不去比，它只低头过自己的日子，柴米油盐，日升月落，鸡鸣开门，狗叫落锁。没有釉来保护的瓦罐儿走得小心翼翼，它知道生命的脆弱，生活的多舛，它敛声屏气，站在闹场的外围、江湖的角落，生怕生活的硬石横飞而来，击破它那有限的担当。它薄壳的胸怀走得羞怯，从不张扬于庙宇厅堂，去展览自己粗布的衣裳，本色的骨头。它只有一把骨头，它用它挑起了日子的幡。它躲在粮仓库房，装着米面豆谷高粱，它怀抱着五谷，就像怀抱着婴儿，它知道，自己的怀抱终究只是个驿站，这些麦谷稻豆在它的怀抱里等待一个走出江湖的时机，某一日南风叩窗，它们将作为神圣的种子出使大野，教化蒙昧的土地躬身打开怀抱接纳希望的植入，然后慢慢开花结果，献出精华。离开瓦罐儿的种子们将在那里落地生根，繁衍子嗣，界定疆土，蓬勃成天地间浩大的生机；或者它们随着炊妇的召唤，沐浴、入禅，被烟火从体内置换出热能，去暖苍生的胃腹，去支起生命的火焰。

最初，一块泥巴，在匠人的手里变成碗、变成盆、变成罐儿、变成坛，它们嘻嘻笑着，享受这种变身游戏的生活，它们乐于这种被捏来捏去，破了再拿水黏合，重新再塑一个角色的生活，它们不知道，这样混日子终究只是土，永远不成器。瓦罐儿咬牙切齿地恨过那些烧制它的火焰，它不知道那磨难意欲将它锻造成器。那火把它堵在四面不透风的绝境，黑暗里的恐惧，火焰灼身的彻骨疼痛使它咬牙切齿。它看见自己几乎成了火，浑身通红得几近透明。在它慢慢习惯了火的温度、疼痛过后，所有的疼都已经如风吹衣襟般轻浅。火逐渐暗淡下去，并用诵经般的咒语告诉它：你可以出世了，我的使命完成了。于是，火撤身、委顿、熄灭。瓦罐儿突然就无比怀念火，那个刚刚还给自己苦难和煎熬的火，被自己咒骂和诅咒的火就这么消失了。它的来去，只为给你锻打一副筋骨，你成器了，它也就走到生命的尽头。未曾出窑，瓦罐儿先明白了道理，这一辈子，并不是一定要做什么轰轰烈烈的大事，在黑洞洞的瓦窑深处，默默去成全别人才是最大的功德。

瓦罐儿一出世就带着火的谦卑之德，让做什么就做什么，盛放米面固然被喜欢，有体面，可盛放了草糠它也不怨尤，需要它做一只水罐，它就每天盛放着一罐凉井水，在锅底咕嘟嘟的火焰里将水煲得滚烫，伺候着那些嘴巴。有时候，一只瓦罐儿的命运在制陶的时候就被移植了，一块不兼容的泥巴或几粒粗沙浮在了表面，或者做陶的手那时候恰好想起了什么心事，一疏忽，它的形状缺了一点灵气。出窑的瓦罐儿，被众多的手挑挑拣拣，最后剩下了它。一只品相低劣的瓦罐儿眼巴巴张望着尘世的热闹日子。最后，一只粗粝的手拎走了它。不值钱的家什总得用起来。于是它成了一只尿罐，每夜在更深人静的时候听候调遣，在尿臊的浸泡中完成一生。那瓦罐儿一定也怨尤过，可是世间，有多少树叶就有多少角色，每一个边缘都要有针脚去缝补吧，每一个角色都得有合适的去担当吧。坐在最隐蔽角落里的瓦罐儿，其实知道的比谁都多，它一眼就看透了生活的全部。

瓦罐儿的衣衫朴素，一色灰黑蓝调，不好看的粗大腰身，像那些吃糠咽菜的母亲，怀揣着沉重的生活小心翼翼地行走，走成了一个个补丁摞补丁的陈旧衫子里的祖母，走出了一身岁月的伤痕和锔补。瓦罐，粗粝，笨拙，大口朝天，不停地提醒着、索要着。它的索要有什么用，向生活伸出一千只手，能抓到的也不过是粮糠参半，也不过是喂给了锅碗瓢盆，它自己一点都不留下。

瓦罐儿盛着四季冷暖，盛着人间的所有光阴。瓷瓶在窗台浸养着花枝，暂存芬芳俗世的烟火岁月；瓦罐儿在角落里盛着盐盛着酱，盛着被疼痛盐渍过的日子。入地的种子，入口的粮米，来来去去，瓦罐儿是本流水账。米一半糠一半，日子是平仄的；咸一半香一半，烟火是分绺的。瓦罐儿，什么都得装，粗的细的、咸的淡的、苦的辣的、酸的甜的。爱恨情仇都在一只只瓦罐儿里结怨或冰释，浅的满的命运，都随一只粗陶的跌宕沉浮。每一个坟头下都埋着一只小小的瓦罐，装着它的一生传奇。

装过什么重要吗？一切不过是在这里存身片刻，经过什么重要吗？一具皮囊无非被时光淘洗几十年，最后盛满了看不见的岁月。两个枯木一样的老妪，坐在冬阳里，谁享过富贵花开，谁挺过风雨的皮鞭，都不重要了，重要的是她们坐在同样的时光里接受同样公平的阳光抚摸。

瓦罐儿的岁月无非是满了浅，空了填，在空与满之间轮回；人的欲望无非是得得失失的膨胀与不甘。瓦罐儿主宰不了自己的空寂，人拒绝不了天地的奖罚，一只行走于光影错综里的瓦罐儿，是一个行走于嘈杂浮世灵魂的雪亮的镜子。

瓦罐儿是个神秘的酵坊，那些戴头巾的妇女把日子的疤抠掉，把生活的错节掰开，丢弃一些虚妄的根，一半眼泪，三两辛酸。她们把这些细枝末节甚至旁门左道糅合在一起，存放进瓦罐儿中，期望哪一天他们幡然悔悟，浪子回头。慢慢地，那些瓮中之物却渐渐散发出香气。

"瓦罐儿不离井沿儿破"，在劳劳碌碌的奔忙里，瓦罐儿始终走不脱在磕碰中碎裂的宿命。一只瓦罐儿，一只泥陶的器皿，怎么经得起长年累月的征战？怎么敌得过井沿青石的铠甲？怎么敌得过岁月的流矢？一条炸纹的骨骼疏松着，胆战心惊着，再经不起稍微摇晃的颠簸，一拍两散的肢体张开着巨大的悲哀，就这么了结了吗？这尘世间的奔走虽然劳累和辛苦，它也许多次渴念过丢开这样的日子，可是真要脱胎换骨般换成看客的身份，它是那样焦急和不甘。这时候它需要一个锔露子匠，就像一个病入膏肓的人需要草药汁、手术刀或者经卷的重塑。

那钢钉将它们重新锔补在一起，成为一个补丁，填补着捉襟见肘的粗糙日子，继续如履薄冰的征程。有时候，任是起死回生的妙手，也无法挽救几块瓦片的身世；刀伤药再好终究要留疤痕；时光再绵长，也总有走到最后一天的时候。瓦罐儿碎成瓦片，在牛蹄印下，在小推车的轮子下，在蹦跳着的孩童的脚尖下碎成尘埃。有人拾起它，刮掉植物块茎的皮，留下新鲜的饱满入锅入碗；有人拾起它，在水面写下几个象形字，展读童稚的乐趣；有人捧着它，铭刻了箴言悬挂于书桌。

年轻的瓦罐儿生涩，有着旺盛的欲望，总想把自己装满；满了又空了，空了又渐满，轮回了几遭的瓦罐儿渐渐明白，自己什么都抓不住，就像谁的手都抓不住时光。生活给你的一切，你终将全部还给生活。留下了什么呢？大约就留下些欢喜或者忧伤的心情记忆吧。一切都随风吧。

原载《散文百家》2021 年第 3 期

杨海蒂

汉之玉

玉，珠宝之首，在世界各地广受推崇，尤其在中国。

早在新石器时期，玉就已经进入了人们的生活，是财富地位的象征。"玉"原为"王"，中华民族对之顶礼膜拜，玉尊贵之至，只有君王才有资格佩戴；又，"玉者，国之重器，朝廷大宝"，象征国家最高权力的帝王大印就是玉玺。于是乎，民间一旦发现玉，拥有者就要进贡给君王，和氏璧，就是历史上最著名的关于王与玉的故事。

后来，"王"逐渐演化为"玉"，开始化干戈为玉帛。干戈是国之力，玉则是国之瑰，因此，周穆王西巡时带上大量玉随行，以表求取和平之诚。从那时候起，玉，就成为中华民族重要的文化符号，代表心灵、礼仪、文化，《周礼》曰："以玉作六器，礼天地四方。以苍璧礼天，以黄琮礼地，以青圭礼东方，以赤璋礼南方，以白琥礼西方，以玄璜礼北方。"后来，有一条"玉石之路"专为玉石贸易而诞生，再后来，玉，成为丝绸之路上的主打商品。

玉极坚硬，却又温润，是故孔圣人对玉推崇备至，"君子比德于玉焉"。管子说玉有九德，荀子说玉有七德，许慎说玉有五德，象征"仁、义、智、勇、洁"，因而，"君子必佩玉""君子温其如玉，故君子贵之也""君子无故，玉不去身""宁为玉碎，不为瓦全"，以玉比人喻事，以玉寄托高洁理想，意在提醒自己牢记玉的品德，务必守身如玉般修身养性。

在圣贤们抬爱下，在君子们厚爱下，玉在中华民族传统文化中独树一帜，寓意"美好、高贵、吉祥、柔和、安谧"，是故，无论赞扬人之美貌、美德或其他事物之美，总是用玉来作比：玉容、玉姿、玉言、玉声、玉手、玉臂、玉腿、玉肌、玉照、玉泉、琼浆玉液、琼楼玉宇、如花似玉、亭亭玉立、金枝玉叶、珠圆玉润、软玉温香、玉色暖姿、美如冠玉、芝兰玉树、冰清玉洁、浑金璞玉、金科玉律、珠玉在前、玉成好事……不胜枚举。称三界的最高统治者为玉皇大帝，简直就是登峰造极了。玉，激发了人们无限的想象力和表现力。

想起一则文坛趣闻。当代著名画家、作家黄永玉本名黄永裕，最初发表作品时用的是本名。他的表叔沈从文建议他改笔名为黄永玉，沈文豪说："永裕不过是小康富裕，适合于一个布店老板而已，永玉则永远光泽明透。"他接受表叔建议，从此，"黄永玉"名扬天下。唉，早知道"玉"对扬名立万影响力这么大，我当初取个笔名叫杨玉嬛该多好。

神、人、鬼之间，有着说不清道不明的爱恨情仇，因为玉富灵性，人们相信，在身上挂块玉牌或戴件玉饰，就可以与神灵相通，三界之间便能够靠玉来通灵。玉之所以能够为"宝"，关键就在于"通灵"。所以，玉不仅是王公贵胄生前炫耀身份地位的专享品，也是他们死后的陪葬品。但也不是谁想用玉陪葬谁就可以做到的，即便君王，倘若无德，死后亦不可陪葬玉器。这是因为在长期的历史进程中，国人形成了根深蒂固的全民尊玉、爱玉的民族心理，玉的神化和灵物概念、特殊权力观点，皆植根于此。

佛家雅称玉为"大地舍利子",认为玉是具有祛邪避凶法力的灵石。佛家对玉如此崇尚,于是,人们更加认定玉之灵性不仅能辟邪、镇宅,还能给人带来难以言传的喜瑞、吉祥。对男女爱情来说,玉也有剪不断理还乱的情愫,"华夏玉道,通神达俗,君威国祚玉为鉴,男欢女爱玉作证",男女传情达意,"何以赠之,环瑰玉佩"。

历史上,宫闱中,帝王、嫔妃养生美容离不开玉,著名传说有武则天玉粉养颜,有宋徽宗嗜玉成癖,有慈禧持玉拂面,有香妃因佩戴金香玉而浑身香气迷人,最著名的传说当属关于杨贵妃的桥段:杨氏衔玉而生,得名"玉环"……

随着时代变迁,终于,玉这至尊珠宝,早已"旧时王谢堂前燕,飞入寻常百姓家",人们信奉男无玉不壮、女无玉不美。佩玉不但美观,玉更是越放越值钱,故而老百姓一旦手有余钱,就会升腾起一种强烈的欲望:买玉。所谓"乱世黄金盛世玉",所谓"黄金有价玉无价",说的都是收藏之道。当然也有双管齐下的,"金玉满堂"是历史上达官贵人和平民百姓共同的愿望。

陕西蓝田玉很有名,因为那句"蓝田日暖玉生烟"。其实蓝田玉质地并不很润泽细腻,无非颜色比较丰富。然而,玉,不是普通商品而是文化产品啊,其最大的价值和意义就在于此。几千年来,玉文化对国人的深远影响,是浸入到骨子里灵魂里的。

金香玉远比蓝田玉神秘、名贵。

金香玉貌似质朴无华,因此才有一句俗语"有眼不识金香玉";金香玉是稀世之宝,太难看到,更难得到,所以"有钱难买金香玉"。不过,古代王公贵族对金香玉早有珍藏,且有诸多记载,最早见于唐肃宗以金香玉赠大臣为其辟邪;清代大才子纪晓岚,在其主持编纂的《四库全书》和其所著的《阅微草堂笔记》中,更是对金香玉不吝赞美。

古占星学家认为：金香玉是吉祥的象征，拥有者不仅每每能逢凶化吉，还会得到意想不到的好运。

自金香玉面世以来，人们对她的热爱从未减退，"在古老的陕西汉中，一座幽深的山中，蕴藏着一种会散发出迷人香气的美玉，这就是人们寻觅已久、只见诸史料记载而难得一睹芳容的奇珍玉石——金香玉"，这段神文，广泛流传于世，刺激得一些人做梦都在寻觅金香玉。

汉中，这座"琼台玉宇汉上城"，是一座了不起的城市，尤其对汉人来说。汉中是汉朝的起点，汉中有汉江、汉山，中国以汉中划分南北。汉江，古有"天汉"之美称，来源于《诗经》中"维天有汉，监亦有光"；汉山，是周公祭天的神山，曹操以诗句"周公吐哺，天下归心"歌咏之。土厚水清的汉中，"青山汉水蓄王气"；浩荡着帝王气英雄魂的汉中，自古深山藏美玉，"石韫玉而山辉"。而今，在被联合国认可的"中国千年古县"汉中南郑，在崇山峻岭中的碑坝山，勘探到大储量的汉玉，这真是爱玉者之福。

汉之玉，从远古走过来，从宫廷走出来，从神坛走下来。

玉是石头精华，石之美者谓之玉，而我从来没见过这么美的玉石，赤橙黄绿青蓝紫，各种色彩齐全，汉中玉因而被称为"中国彩玉"。金香玉，则是汉之玉中的极品。

美，是玉的最高法则。美玉养美人，一笑倾国的绝代佳人褒姒，就是汉中人。

因了机缘，我在汉中有幸目睹了金香玉。那古朴醇厚的颜色，深褐如泥土，不事张扬，不露锋芒；那温润细腻的质地，如凝结的油脂，渗透出迷醉心魂的芳香；那纯正明亮的光芒，清新如初阳，凛于内而形于外。金香玉"色可以濡目，性可以涤身，光可以照心"。她聚天地之精华、得日月之灵气而成国色天香，她至朴至艳、至拙至巧、至简至美。

女人常常把梦想寄托在珠玉上，其中最爱首推玉镯。自大汶口文化时期出现玉镯以来，女人对玉镯的热爱一直未减。春秋时期的扁圆形玉镯款式，依然是现代台湾妇女最钟情的"福镯"。隋、唐、宋朝，女子佩戴玉镯成风，连佛教题材绘画，壁画中的仕女、飞天、菩萨，也大都离不开玉镯；到了明、清、民国，玉镯材质之佳、款式之多、造型之美、工艺之精，登峰造极。老年女子钟爱玉镯，则多是为了辟邪——据说只要玉镯在腕，即使不慎摔跤跌倒，身体也不会受伤，自有玉镯护佑。

多年前，看过由白先勇的小说改编拍摄的影片《玉卿嫂》，记忆犹新。因家庭变故，柳家少奶奶单玉卿沦为帮佣玉卿嫂，影片里，玉卿嫂试水温时，皓腕在眼前那么一晃，玉手在水里那么一飞，惊才绝艳。不用前戏交代，一看就知道她是从富人家出来的。玉卿嫂洗衣服的画面，也让我永生难忘：一下一下，玉手在搓衣板上来来回回；一荡一荡，那玉镯荡得我心旌摇曳。玉卿嫂那么笃定、平静、温婉，一派心如止水的模样，这样的处变不惊，这样的外柔内刚，应当来自她内心的底气和她留存的梦想吧，那可都是由她玉腕上的贵重玉镯做底子的啊。观赏过电影《玉卿嫂》之后，我的首饰渐渐演化为手饰——玉镯；见识过汉之玉后，我的手饰梦想壮大了——金香玉手镯。

梦想还是要有的，万一实现了呢。

原载《萍乡日报》2021 年 11 月 21 日

雍措（藏族）

在还没有大亮起来的夜里（节选）

我忘记那是什么日子了，凹村走出去很多年的人都在那段阴雨绵绵的日子回到了凹村。

一条好久没有热闹起来的路热闹起来了，一个好久没有点说话声的村子活起来了，一座座很久没有人住过的房子，夜里到处亮着灯。灯光从每个木窗户里亮出来，忽闪忽闪地，仿佛灯在夜里也不相信自己还会亮似的。

其他村子能跑得快一点的动物，像狗呀，马呀，牛呀，都从自己的村子跑到凹村来凑热闹，它们想来看一个突然就热闹起来的村子到底是什么样的。它们从自己的村子偷偷跑出来，它们在离开自己的村子时，尽量不让自己村子里的人看见自己正在往另一个村子跑。它们怕自己村子的人对养了一辈子的自己彻底灰心丧气，人一旦对牲畜灰心丧气了，整个村子都会有一种灰心丧气的气味飘在天空。空气中的气味会受到影响，空中的风会有影响。风会把这种灰心丧气的味道刮得到处都是，让其他村子的人都知道有一个村子现在已经灰心丧气了。

那些从自己村子跑出来的狗呀，马呀，牛呀，它们把自己以前出村常走的路，绕着走，逆着走，歪着走，它们把自己本来留在地上的脚印走得不像自己的脚印，它们想让自己的主人误以为那不是自己养了几年或十几年的狗呀，马呀，牛呀，不是自己的脚印，自己的主人就放心自己了，他们想自己养了几年或十几年的狗呀，马呀，牛呀，可能只是一时偷懒睡在哪棵树下或哪片荒坡上。谁都在自己的一生里，有过一次或几次谁都不想见谁都不想理的时候，人理解这一点，他们就不会去怪罪谁了。

人不怪罪谁，有些跑不出自己村子的同类会怪罪那些从自己眼睛里逃出去的同类。它们逃不出去有很多原因，脚短、力气不够、胆小、怕被主人发现等等，它们对着那些一心想去凹村凑热闹的同类，发出恼怒、不甘心、指责的叫声，它们不想眼巴巴地坐在原地，而什么事情也不做。那几日其他村子也一样不同寻常，只是它们的不同寻常和凹村的不同寻常不一样。

那些从自己村子赶到凹村来的牲畜，它们躲在凹村附近的山上、树林里，虽然它们费尽心思来凹村凑热闹，但是它们清楚地知道凹村是别人的村子。在别人的村子里，它们不敢大声呼气，不敢想走歪一条路就走歪一条路。别人的村子始终是别人的村子。

那几日，凹村到处是一种陌生的味道和一种诡异的喘息声。那些出去多年再回来的人，感觉不到这种陌生的东西，因为他们早在一座熟悉的村子里把自己陌生了。

那些回来的人，好像是从四面八方回来的，他们说话的口音都带着四面八方的口音。各种不同的口音混在一起，凹村显得奇奇怪怪，仿佛凹村不是凹村，凹村成了别人的村子。

天还没有大亮，我从屋子里走出门。我一晚上睡不好觉，我的觉被说不清楚的什么抢走了。我早早就在床上翻来覆去地折腾，木床被我翻来覆去的身体弄得"吱吱吱"地响。木床的响声在那几日也响得不同寻常。那几日什么都不同寻常。

我从床上爬起来，我在堂屋里走了一圈，在房间里走了一圈，在放粮食的屋子里走了一圈，在灶房里走了一圈。我在自己的房子里再没有可去的地方。我在这四间屋子里走了几十年，我闭着眼睛也能走上好几十圈。有的时候，我真不想在这个房子里再走下去了。就像今天这样。我问自己，在这样一个天还没有大亮起来的夜里，我接下来该怎么办。出去走走，对，出去走走。

我打开自己的门，一扇木门"吱呀"响在倒亮不亮的夜里，像给夜撕开了一道口子。我没再关上那扇木门。我的屋门哪怕是在夜里整整开上一晚，也没什么大不了的。我的屋里除了有点去年生虫的粮食，再没什么值钱的东西可以让别人心动了。但外面回来的人吃惯了外面的粮食，他们嘴吃大了，味吃重了，他们不会再吃习惯生着小虫的凹村粮食。我可以放心地走。

我把自己踏出门的第一个脚步放得轻轻地，我不想让人知道，刚才是我把一片夜打扰了。

我想，即使是有人在夜里听见我刚才的开门声，也没几个人会猜出是我在还没有大亮的夜里走出了自己的家门。他们走后，我天天一个人在村子里走，像我这样一个人绝不会还对这个村子感兴趣。即使有人听见我刚才的关门声，他们也在一片夜里分辨不出那声音来的方向。在一片夜里，声音会拐弯，会变起花样地糊弄人。那些听见我刚才关门声的人，他们想，肯定是像他们一样从四面八方回来的人，想趁他们不注意的时候，走在一片夜里，他们在夜里找寻一些自己曾经丢失在夜里的东西。

无论怎样，他们都怀疑不到我的头上。

而我想说的是，我之所以在夜里翻来覆去地睡不着，真正的原因是那几天我突然住不惯自己的村子了。仿佛我才是一个真正出去很久，从四面八方回来的人。

拐过两道弯，走过三堵废弃的老墙，我站在天还没有大亮的夜里，突然累得不行。夜里的累来得比白天要快些，我想夜自身就带着重量。我把手扶在老墙上，我需要一堵老墙支撑我的累。手刚放上去，老墙上的土就稀里哗啦地掉，我想一堵老墙也是在白天强撑着自己，一到晚上那股强撑劲儿过了，真的累和老就出来了。我把自己的手从一堵老墙上缩回来，我的手僵硬地垂在我的身体旁边，我突然觉得我的手在那一刻离我很远，一种近距离的远，莫名让我恐慌。

我不想把自己直直地站在天还没有大亮的夜里。直直地站着，我感觉自己正在夜里丢失自己。那种缓慢的丢失，那种你无法控制的丢失，那种知道自己在丢失自己的丢失，让人无奈和害怕。

我慢慢向有人住着的房子走。这几天，我知道凹村所有的房子里都住着从四面八方回来的人。不会有一座空房子像以前一样空在夜里。我轻轻地走，我生怕吵醒那些从四面八方回来的人。吵醒他们，就相当于吵醒了四面八方。当四面八方的声音响在天还没有大亮的夜里，凹村的夜又不是凹村的夜了，凹村的夜成了四面八方的夜。

令我没想到的是，在这一路走下来，每座房里都有低低的说话声响在还没有大亮起来的天里。那些声音很小，那些声音是故意不想让人听见的声音。但还是被我听见了。那些人不知道，我在凹村一个人待的时间太久了，一个人待得太久，眼力和听力都会特别好。

在还没有大亮的天里，那些人说着凹村的土话，讲着凹村的龙门阵，说到高兴时，他们还在没有大亮的天里偷偷地笑，那笑是凹村人一贯的笑法。即使我没看见他们的笑，我都知道他们笑的动作，嘴皮上翻，舌头顶着门牙，只有这样的动作才能发出凹村人一贯的笑声。

在夜里，凹村突然回到了很多年前的凹村。很多年前，凹村没有一个向外走出去的人，所有人都待在村子里，所有人都说自己死也不出去，即使死，也要死在一座自己熟悉的村子里。

那是很多年以前的事了。

在还没有大亮的天里，那些回凹村来的人说话讲笑都很谨慎，他们说几句，马上停下来，笑几声，马上就不笑了。他们竖着耳朵听外面的声音，他们怕外面有像我这样的人，听见他们说着凹村的土话，笑着凹村一贯的笑。自从他们从凹村走出去，又从四面八方走回来，他们想自己总该有点变化。如果一点变化没有，他们怕别人说自己在外面白活了那么几年或十几年。如果没有一点变化，这些年走出去，就像荒废了自己一样。他们不喜欢这种荒废自己的感觉。

其实只有他们自己知道，哪怕他们在外面生活几年还是十几年，外面永远是外面，外面永远活不进自己的骨头里。他们在外面生活，过着外面人的日子，身体看似融进了外面的世界，但外面的世界是否真的让他们融进，他们自己是否真的能融进外面的世界，只有他们在外面一次次碰壁，一次次受到嘲笑，一次次在夜里唉声叹气的时候，他们才最清楚。

他们在外面生活，只是选择了一种背着凹村的方式在活。这种背着，有种逃不脱的宿命感。他们在外面一心想回来，他们住不惯别人的城市。他们早就在外面为回来做打算，他们一天天计划回来的日子，一次次告诉外面认识的人说，自己要回来了。他们在说自己要回来时，说得趾高气扬的，说得扬扬得意的。好像外面的世界还没有自己的村子大，外面还没有自己村子好。

但一旦定好了回来的日子，他们又开始担心。他们怕哪个先回来的人问自己为什么从外面回来了。他们不知道这个问的人是从外面回来的还是就一直没有离开过凹村。他们要想好别人问这种话怎么回答别人。他们不能告诉别人自己在外面混不下去了才回来，也不能告诉别人自己融入不进外面的世界才回来。他们要脸。都说人活着是为一张脸。

从外面回来的人都不约而同地想到一种办法，他们用外面的口音说话，说些四面八方的话，说些别人听不懂自己也听不懂的话给遇见的人听。他们在问话的人面前装。装久了，他们嘴巴就痒，嘴巴痒了也不能让别人知道自己的痒，他们就偷偷在夜里说凹村的土话，凹村的土话能治愈他们嘴巴痒的毛病。一家人凑在一起说，一个人偷偷地说。

我的脚步声很轻，那些从外面回来的人耳朵里装着很多嘈杂的声音，即使他们把要讲的话停在那里，要笑的声音空在那里，他们也听不见我的脚步声。他们在好一会儿之后，又接着上半句说，接着上半声笑。空了好一会儿的话和笑重新接上去，他们不知道自己的话和笑要有多难听就有多难听。

我路过尼玛家的窗户，他家的窗户是往后开的。尼玛家窗户里一点声音也没有。我觉得很奇怪，尼玛平时是个把话说得欢的人，尼玛却在这个没有大亮的天里，一点声音也没有。我偷偷把头伸得直直地往尼玛家里看。床空空的，没有一个叫尼玛的人睡在床上。我想尼玛去哪里了，尼玛是不是去了别家。可我清楚地记得，别人回来，都是三五个人地回来，尼玛回来的那天，我远远就看见了尼玛回来，他是自己一人回来的。尼玛平时再是个把话说得欢的人，也不可能和那些三五个一起回来的人马上亲起来。

尼玛那天回来，弓着背，背上背着一个蓝色的包。尼玛自己一个人走的时候，走得病恹恹地，我没理尼玛。那几天凹村回来的人突然太多，我理不过那么多人。我埋着头假装在地里撒白菜种，眼睛低低地斜着看尼玛，只有我自己知道，我斜着看尼玛的时候，我浪费了那块地，浪费了手里的白菜种。等一个月后，我的那块地上长出的白菜苗一个地方密，一个地方可能一根也不会生长起来。地肯定要怪我，我要怪尼玛。是从外面回来的尼玛在我撒白菜种时分了我的心。

尼玛看见了我。我斜着眼睛也知道尼玛看见了我。尼玛看见我，马上把身子走直了，我还看见他把一副黑黑的眼镜戴在了他无精打采的眼睛上。尼玛向我走来，走得精精彩彩的，尼玛用外来的口音喊我，我假装没听见，尼玛还用外来的口音喊我，我直起腰看他，我假装不认识尼玛。尼玛跟我说了很多话，我一句没听懂，我愣在地里，像根木头插在干巴巴的地里活不过来。尼玛急的时候，我看见他好几次要从嘴里吐出凹村的土话，话到嘴边又急忙收了回去。尼玛摘下眼镜，我认出尼玛，尼玛笑着看我，尼玛的嘴皮往上翻了一下，舌头轻轻顶了一下门牙快快收了回去。尼玛在笑外面世界的笑给我看。尼玛认为我会很惊喜，是的，有一会儿我假装惊喜了一下，那是我看见尼玛的嘴皮轻轻往上翻，舌头轻轻地顶了一下门牙的时候，我认为尼玛会笑凹村人的笑，他却突然改了。他突然改了，我也就突然改了，我脸上的笑马上就落了下来，我不想笑给尼玛看。尼玛还在我身边讲着话，我开始撒我的白菜种，我不能让尼玛一直影响我种一块地，尼玛前面已经把我的一块地坏了，不能接着坏下去，只是尼玛不知道他坏过我的一块地。

尼玛见我不理他，说了几句听不懂的外话精精神神地走了。他的那种精精神神是走给我看的。过了很久，我偷偷从背后看尼玛，尼玛又恢复了垂头丧气的样子，我知道那才是尼玛真正想走出的样子。

在还没有大亮起来的夜里，我看见了尼玛。他一个人黑黑地坐在门槛上，面对着整个夜的孤独。夜把尼玛的孤独染出了黑的颜色。尼玛有一个又大又空的黑的孤独陪着他，尼玛在这种孤独中独自走。尼玛或许不知道他有这样一份很大的孤独，尼玛只知道一个人的孤独是一个人的。

我没去打扰尼玛，我轻手轻脚地从尼玛家的后窗走回了家。在回家的路上，我问自己，尼玛的孤独是不是自己的孤独？是不是所有突然回凹村来的人的孤独？是不是整个世界的孤独？

天快亮了，我刚躺在自己的床上，就听见外面到处是四面八方回来的人说着四面八方的话，笑着四面八方的笑，我想，这是凹村历来遇见过的一次最巨大的孤独。

原载 2021 年《清明》第 2 期

吴光辉

枕着运河入梦（节选）

一

扬州的东关街就是先人留给我的一处缥缈的梦境。

我看到整条古街的所有明清建筑全都一起沉默着，矜持而飘逸，就像一位恬静安详的仕女。这时，一曲扬州小调在细雨之中悠扬地飘散开来，我眼前的景致随之变得朦胧起来了，觉得这片细雨如同给这位古典美人披上了一层薄纱。

多情的雨仍在不紧不慢地下着，将东关街的这场梦境打扮得分外浪漫。

在古街的四处徜徉许久，仍然无法寻找到我当年出生的那座老茶灶之所在，唯有高悬着的五颜六色的店幡一直在无声地摇曳，像是给我打着一个哑谜。

无数次，我在梦里将东关街调成了静音、滤去了色彩；无数次，我在梦里让东关街永远下着江南细雨，飘着扬州小调；又有无数次，我在梦里因为寻不到自己的出生地，寻不到自己的根而惶然不安。

这一天是个深秋，我带着这种心境，再一次来到东关街，古街的一切仿佛就是我梦境的再现，居然再一次飘拂起了谜一般的雨雾。

古街两侧是青砖黑瓦的建筑，中间的街道是一条青石板，其间还有正在飘零落叶的杨柳，还有与古街相连的无数条狭窄的巷陌，加上穿梭于街头巷陌撑着花伞的佳人，这些景致联合在一起构成了一幅东关古街的风情画。

这条由青砖黑瓦、飞檐翘角组成的东关街，和飘逸灵动的苏州粉墙黛瓦有着明显的不同，给人一种稳重厚实之感。这条古街东西延展约一公里，全都是明清时期遗留下来的一至两层的古建筑。放眼望去，低矮的古屋密匝匝、黑压压的一片。这时，会有一阵扬州小调《茉莉花》伴随着丝竹管弦的乐曲，不时地缠绕在这些古建筑的四周，缠绵而悠扬，就像是对这些古建筑专门唱起的情歌。

我走到古街边的那家生产销售香粉的老店谢馥春，一阵扑鼻而来的脂粉香气，会让人感到好像坠进了软香暖玉的温柔乡。在这片鳞次栉比的商店里，无论是铺面的装潢、香粉的陈设，还是美貌如花、粉脸微笑的店女，谢馥春总是一副风姿绰约的模样，在整条古街上肯定算是最亮丽的一道风景。

江南的秋雨依然未停，稀疏的雨滴飘洒在我的脸上，让我感到一种清冷。

离开了谢馥春，我一心想寻到当年自己出生的地方，便来到它隔壁的一家杂货店门前，然后在这座古建筑的四周徘徊起来，却看到这个商家的山墙边伸出两根老藤。它们以紫色的花语给这条古街和这户商家带来了无言的叙述。老藤与青砖依偎在一起，一丛一丛地在墙头匍匐着。已经凋谢了花朵的老藤，带着秋季的冷静在轻轻地摇曳着，它是想告诉我这条古街的变迁，还是想告诉我当年出生的往事？

二

东关街两侧的古建筑群一片灰暗，全都是一两层高的青砖灰瓦木板门，全都高悬着大红灯笼，全都飘拂着早已褪色的店幡，全都隐藏着延续千年的老掉牙的故事。

沿着东关街寻觅，看着这市井的繁华，仿佛回到了几百年前的古扬州。油米坊、鲜鱼行、八鲜行、瓜果行、竹木行等近百家店铺全都开门迎客，酱园、五金店、豆腐店、鞋店、纸店、粉店、当铺、茶社、麻油店、南货店等有几百年历史的老字号也都一字排开，前店后坊的连家店遍及整个古街，伞店、箩匾店、漆器店、糖坊店、玉器店、袜厂等应有尽有。

徜徉在石板青砖铺成的街面上，宁静的巷子里轻轻地飘荡着一阵阵轻柔的乐曲。抬头四望到处都是黛瓦青砖，只感到它们的古朴厚重，却寻不到自己当年的故地。

东关街在我儿时的记忆里只有黑白两种色彩，更没有音乐和其他别的杂音。那时的东关街好像没有现在这么宽阔，街面也坑洼不平，路中间铺着一条青黑色的石板，两侧的石板则是竖着铺的，早就被车碾得油光发亮，还留下一道道深陷于石板里的车辙。拉车的苦力沿着这条石板路一直向东，朝运河边的东关城门而去。然后，装满了货物，沿着这条石板路一直向西，车把上挂着一只水壶，走到东关街上的老虎灶时，就停下车来，花一分钱买一壶开水。这家开老虎灶的老头个头很高，总是穿着一件晚清遗留下来的青色旧长袍，在没有客人时就将他的重外孙放在自己的脖子上骑着，在老虎灶的四周街巷里炫耀，走路时他的两条腿显得一拉一拉地不平衡。

这个重外孙不是别人，就是我，当时还不到一周岁。

今天，再次来到东关街，多么想重新沿着这条又深又窄的古巷，一步一步地走回我的幼儿时代。

然而，我注定只是这条古街的过客，注定无法在此永驻，注定我再也不可能返老还童了。

其实，东关街的两侧保留下来的几十条名巷，全都是一样弯弯曲曲，全都是一至两米的宽度。大多数小巷的名字都有来历，甚至还会有一段耐人寻味的故事。有的街巷因形状像剪刀，便取名为剪刀巷；有的因姓氏而得名，如马巷、蔡总门；有的是因观赏琼花，便取名观巷；还有的因为是百年老店之所在，如苏姓商家开有金桂园面馆，起名金桂巷；等等。

然而，按照母亲和我说过的我出生时的一些景况，我出生的那条小巷居然再也找不到了。

那时，东关街哪家生伢子，全都要去带老娘。老娘是老扬州人的专有称呼，老娘就是接生婆。我便是老娘接生的，按东关街的习俗，老娘接生后会将新生儿的衣胞，也就是胎盘，深埋于产妇住的院子里，这叫作衣胞之地，意思是你长大成人之后，无论你赶到哪里，都不要忘记你的根。母亲曾经告诉我，我的衣胞之地就在东关街小巷深处老虎灶的后院，只是因为东关街被改造过了，现在已经找不到这条小巷。

我感到，东关街的每一条小巷全都深藏着一段鲜为人知的故事，这里仿佛不是一条古街，而是由许多古建筑、旧遗址组成的一个个饱经沧桑的人生。

三

到东关街的人都想去冶春茶社品尝扬州的早茶，因而弄得这里每天都是人山人海，排队要等好久。这时，闻到茶社飘来的香味，听着扬州小调《茉莉花》，这婉转悠扬的乐曲会让许多人原本着急的心情放松下来，这时的等待似乎比品尝更是一种享受了。

我从西朝东关街一路走来，两侧的店铺大都是叫卖扬州小吃特产，什么云片糕、马蹄酥、菊花饼、牛皮糖、干菜包子、煮干丝、扬州炒饭、狮子头、干菜包子、三丁包子、四喜汤团、黄桥烧饼、翡翠烧卖、千层油糕，一口气说不完，听着柔软如水的扬州方言的叫卖，我似乎回到了自己的幼儿时代，我联想起母亲曾经给我说过的早已变得断断续续的往事。

眼下这条东关街变成了美食街，整个东关街有很多有名的扬州小吃。当然，我觉得整条东关街上百种小吃中，最适合我的胃口的是藕粉圆。我每次去东关街，总是吃一碗藕粉圆。我知道我的身体里遗传着父母给我的基因，总是喜欢甜食，这藕粉圆就是一种甜点。传统的汤圆是用糯米粉做原料，而藕粉圆则是用藕粉做外皮，馅心是用腌渍过的糖、猪油做成的，再加上金橘饼、核桃仁、花生仁等多种果料，吃在嘴里感到均匀圆滑，富有弹性，甜润爽口，再在汤汁里加上些许桂花汁，就更是清香了。只是甜食不能吃得太多，也就吃不饱，真正让人吃饱的还是来冶春茶社吃早茶。

扬州人有吃早茶的习惯，说是早上"皮包水"，端一杯香茶，吃一笼包子，尝一碟干丝，是扬州人一天慢生活最美妙的开始。

其实，在我看来，扬州吃早茶的最佳之处，并不是东关街上的这家冶春茶社，这只是冶春茶社的一处分店，它的总部设在扬州北门外大街的问月桥下。当然，我还晓得扬州人吃早茶的最佳之处，是在国庆路上的富春茶社，那里每天早上吃早茶的人更是络绎不绝。

只是因为我对东关街的这份情缘，对这家冶春茶社有着自己的偏好。因此，来这里吃扬州的早茶，已经不仅仅是口中之享受，更是一种心理上的回味。

早饭之前喝一壶茶，对扬州人而言，完全是一种生活态度。

这家冶春茶社卖的魁龙珠是用扬州本地的珠兰、浙江的龙井、安徽的魁针配制而成，又取长江之水来冲泡江浙皖三省之茶，将珠兰香、龙井味、魁针色融汇于一壶，色如碧，质醇厚，味清香。

扬州人每天早上喝这样的早茶，喝的虽然是茶，品的却是兼容。

古人云："扬州多水，水波，扬也。"一语道出了扬州的水城特质。早上"皮包水"，晚上"水包皮"，晚上老扬州人还要去澡堂子里泡一把热水澡，所以东关街的几十条支巷里到处都是浴室。我仿佛记得我外太爷在世时，生活再艰难每天晚上也要去"水包皮"，久而久之，他身上的皮肤全都被热水烫得通红。

当然，扬州早茶里最让我久吃不厌的是那道干丝。

这干丝的制法十分精细，先将豆腐干切成均匀的薄片，然后再切成细丝，接着配以鸡丝、笋片等辅料，加鸡汤烧制而成。对此，清人惺庵居士在《望江南》一词中这样称赞："扬州好，茶社客堪邀。加料干丝堆细缕，熟铜烟袋卧长苗，烧酒水晶肴。"朱自清也曾说过："烫干丝就是清的好，不妨碍你吃别的。浇头也最好不要鸡火的而改为清鲜的浸酒开洋。"可见朱自清也常吃这道干丝，这才如此熟谙此道。

想着朱自清的话，吃罢早茶之后，依然沿着东关街一路寻过去，后来居然鬼使神差似的从琼花观的那条巷子里走到了朱自清的故居，只见那几间低矮陈旧的平房门前，挂着一个经过日晒雨淋褪了色的小木牌，上面写着"朱自清故居"几个字。

四

每次去东关街走到最东边的坡道时，我心里总是产生一种揪心的感觉。

夜色阑珊，虽是深秋梅雨季节，凄风苦雨，淅淅沥沥，可东关街的游人依旧不减。他们撑着伞，在古街上无言地游走着，似乎是想尽享扬州雨夜的寒意。

我走到了东关街的尽东头，那条通往河边的斜坡却被一座城门楼挡住了，只见那城门楼高耸在云雾之间，两层高的飞檐翘角已经被灯光亮化，闪耀出古城楼的轮廓，城门楼下便是一个半圆形的门洞，门洞上方挂着"东关"两个大字的牌匾。我站在东关街头驻足，目光从门洞穿过，想看到那条长长的斜坡，却看到城门楼东面的凉亭、吊桥、牌坊。

古城的夜色如此安详，所有的杂乱全都被白天的秋雨荡涤得一干二净，留给我的只是一份宁静，似乎是专门为了让我在此能够静静地回想。

我曾多次来过东关街，每次来全都要走到这里驻足，知道这座东关城门楼是在宋代原址上复建的，接着就看到城门下面有一块介绍东关城门的石碑，上面写道："南宋建炎二年（1128）十月，宋高宗赵构在扬州诏命'扬州浚隍修城'，扬州知州吕颐浩主其事，调动国力，以都城形制，用大砖修硪，史称宋大城，后在元代末年毁于战乱。2000年，对东门遗址进行了考古发掘，2009年参照宋城门，复建城墙及城门楼。"

这个东关是扬州城最东边的一个关口，因为街道由西向东直抵东关城门，这条古街故名东关街，这座高大的东关城门楼就是东关街的名称由来。

斗拱，青砖，雕梁，在夜间加上红色的灯笼，加上古街上游人如织，再加上桂花暗香浮动和偶尔传来的小曲，这条如水一般的小巷，就如同国画里的渲染，亦如京剧中的水袖，灵动而不失韵味，绵长而悠远了。

走到东关街的尽头，这处古城门楼上的一片片残破的砖墙，全都被周围的枯草映衬着，让我的心绪一下子回到了几十年前的旧时光。

我徘徊在这座古城的残垣断壁之间，看着静静地沉睡在钢化玻璃的保护之下长满了青苔绿草的南宋时期的瓮城、便门、露道、城壕遗迹，走向城门楼外的遗址广场，古炮台、仿吊桥、宋井亭等遗迹一一呈现于眼前。

我看到那条长长的坡道早就被雨水淋得闪着光亮，所有的石板全都静静地躺在夜色之中，任凭那位三轮车夫从自己的身上奋力踏过。

这时，我外太爷的身影仿佛出现在我的视线之中，只见他老人家身穿那件旧长袍，用一根长布条扎着他的腰，肩上挑着一担水，正在向高坡一步一步地吃力地前行，嘴里不停地喊着"哎哟，哎哟"的劳动号子，两条腿还是一拉一拉地不平衡。

当年，许多人并不晓得我外太爷的故事，他从少年时期起就在这里担水，回去烧老虎灶。因为年龄太小，挑的水担子太重，他自小就得了大气泡卵子的病，平时他的阴囊就有大碗那么大，一旦劳累就会充气变成了足球那么大。为了不让别人看出来，他整天穿着那件青色长袍，只是走起路来腿裆里的大气泡卵子太大了，只能一拉一拉地不太平衡。

我知道，眼前的这条长长的坡道，静静地深埋着我外太爷的艰辛人生。

五

已是夜深人静时分，梦一般的古运河展现在了我的眼前，古渡码头的夜景被夜雾笼罩得虚无缥缈，古运河里流淌着波光粼粼的一溪秋水，运河岸边高耸着东关古渡飞檐翘角的牌坊，东门遗址园的杨柳、银杏、桂花全都在泛光灯的照射下，显现出仙境一般的色调，河岸的石堤上伸展出无数趋于枯萎的藤蔓，全都在恣意地攀缘着，延伸至有些苍凉的古运河的水间。

这处东关古渡位于东关街的东尽头，和古运河呈丁字形，现在成了扬州的一处景点。

有了码头就有街市，舟楫的便利和漕运的繁忙，催化出东关街的商贸密集、人气兴旺。在明清时期，东关街渐渐成为盐商的聚居地，盐务会馆、山陕会馆、街南书屋、个园、汪氏小苑等盐商大宅林立，众多气势恢宏的大宅门和呈现徽派建筑特色的深深庭院，全都昭示着这条古街曾经显赫一时的盐商辉煌。

这条古运河，这条东关街，成就了盐与徽商的扬州一梦。

这时，我看到古运河两岸无数彩灯辉映在水面上，河面也就变成了一条流动着色彩的河。有一条游船静静地驶过，河水便起伏波动，水中的灯光也跟着一起晃动，使这条古运河多了几分恍然如梦的意境。

我站在古运河边听到东关街上传来的叫卖声，悠长，清脆，如同带着水一般。

此时此刻，我真的想枕着运河入梦，梦见那黑白的、静音的东关老街，梦见我的外太爷。这时，我又忽然想起母亲曾经含着泪水对我说的话，外太爷最终在孤苦伶仃之中死去，临死之前躺在床上连一个端水送饭的人都没有。我不敢想象，他老人家临死之前是怎样痛苦。

母亲说外太爷死于他的大气泡卵子病的发作，因为没钱医治，又要干力气活，大气泡卵子后来长到篮球那么大，我外太爷最终因气泡卵子爆裂而死。

想着外太爷令人唏嘘的人生故事，看着眼前东关街牌坊下的那块铜雕壁画上刻着无数平民百姓正在开掘运河，我在想，这千万百姓没有一个留下自己的姓名，却留下了这条举世闻名的人工运河。眼前的这条运河岂止属于隋炀帝？理应属于那些无名无姓的千万民众。

东关街不但是盐商巨贾的东关街，还是像外太爷那样的小商小贩的东关街。东关街不但属于盐商巨贾，更应属于市井小民。你不信吗？请看今天的东关街上的盐商巨贾早已烟消云散，而小商小贩仍然生生不息。

运河是东关街的根，东关街是我的根。

天下百姓则是大运河的根。

原载《雨花》2021 年第 10 期

王
兆
胜

家住"四合院"

老北京到处是四合院，而今成了新奇。

据说，没被拆除的四合院，在北京已经很少了，不仅价格昂贵，也不易见到。我曾住过四合院，在北京东城区赵堂子胡同 14 号，而且住的时间很长，从 1990 年到 1999 年整整十年。

严格说来，这个四合院不是真正意义上的北京四合院，而是一个杂院，只是形式上像四合院。它坐落在一条只有数米宽的胡同里，北面斜对着的是著名诗人臧克家的 15 号院。两个院子像两个盒子，被挂在彩带一样的胡同两边。胡同东面不远处是五四运动时被火烧的赵家楼；向西横穿南北马路，不远处是蔡元培故居；北面的赵堂子胡同 3 号，是北洋政府政要朱启钤故居；向东南走十分钟，是我所在工作单位中国社会科学院，单位旁有明清考试的北京贡院。

我们的四合院有两扇朱红大门，朝北，它高大、厚实、沉重。进门是一条长长的过道，前几米有顶棚遮盖，后面是露天的；左边是高高的院墙，将风景挡在院外；右边分别是一进院、二进院、三进院，自北向南依次排开。四合院结构图像一把大梳子，过道是梳子的柄部，几排房子是梳子的齿儿，几个院子是齿缝，过道的尽头有棵生机盎然的古树，权作梳子的彩线坠子吧。

我家住在二进院中间。这是由相对的两排平房组成，房子不高，但宽敞舒展；房子中间的院落宽阔，空间较大；抬头可见广大的天空，并不时有鸽子、燕群飞过。当时，我住北排，对面一家的孩子叫大宝，大宝家东邻一家的儿子叫小坤，正在读高中。

北面第一进住了一大家子人，有一对老夫妻和大女儿、大女婿，还有大女儿的两个正在高考的儿子，他们与中院的小坤是姑舅兄弟，也就是说，小坤的父亲是老夫妻的儿子，小坤的父母是一对上海知青。记得，老夫妻的大女婿长得周正，话不多，总是和颜悦色。他很会做饭，常在大门左侧的小平房里炒菜，香气四溢，漂亮的妻子很有福分。

三进院（后院）我很少去，除了去附近的公厕，就去过一两次。冀师傅的儿子比我儿子大几岁，他俩常在一起玩。另外，这进院有点特别，常牵着我的思索和想象，据说中国社会科学院的著名学者杨义、袁良骏、施议对等都曾在此住过。

十年时光是我们这个小家最值得留恋的。妻子大学毕业被分到中国社会科学院，先租住在和平里一个四合院。房间很小，地砖渗水潮湿，一对老夫妻和女儿女婿非常善良，给她很多关照。后来，妻子搬到这个四合院，伴它走过更长时光。1993年我来北京读博士，之前在山东工作四年，我们饱受夫妻分居之苦。那时，每次来京探亲，都能感到这小院和小家的浓浓情意。白天我们夫妻在离家不远的长安街散步，晚上睡在用几块木板自搭的床上，虽只有一间房，里面附带的厨房狭小而潮湿，冬天还要自生煤炉，但一点不缺少温暖，特别是在遥遥无期的分居中，从没失去希望和信心。有个春节，我们俩没回山东老家过年，大年初二并坐在床上看电视剧，《雪山飞狐》那首颇有诗意的主题歌，照亮过我们的人生，也留下美好的回忆。

小院的主人都爱花，前、中和后院种着各式各样的花。春天到来，院子里百花竞放、姹紫嫣红，打开前窗后窗，花香四溢，可充分享受春天的灿然。冬天，雪花纷飞，一片片仿佛天使般纯洁浪漫，它们落在院子的树上、房上、头发上、地上，还有用来过冬的煤球和白菜堆上。此时，我们用胶带将木门、木窗的缝隙封好，将风雪关在门外，在房间生起炉火，高大的炉里红光炽发，热能很快让房间充满春意。那些年，从准备过冬的煤球，到安装炉子和长长的烟筒，再到生火和烧水，虽然麻烦甚至危险，但却熟练掌握了技巧，从没发生过煤气中毒事故。炉火在熊熊燃烧，它将一大壶冰冷的水烧得吱吱震响，热气从壶嘴升腾而起，像唱着快乐之歌，也是幸福的画面。

儿子主要在此度过童年。他在小院对面的幼儿园待了两年，将欢笑、歌声、哭闹甚至顽皮的表情，都留在那里。儿子从小长得可爱，颇爱读书、画画、唱歌。他常常一大早自己搬个小凳，穿一件绛紫色背心坐在门口的藤萝架下静静看书，专心程度令人诧异。不时招来哥哥、叔叔、阿姨、老爷爷和老奶奶围观，还引逗他背诵古典诗词，人们往往为其超强的记忆力征服，并发出啧啧感叹和赞叹之声。

这个小院充满温暖和美好。大家做了好吃的，相互赠送，一为孩子，二为那份难得的缘分。有时，遇到急事，邻居都会主动帮忙接送孩子，帮着代管孩子。晚饭后，孩子们一起玩耍，大人就坐在院子里拿着大蒲扇乘凉，天南海北神聊，没任何生分，仿佛一家人。小坤一家人在四合院中最多，他们纯朴善良，前后院对其评价都很高。那时，小坤的父母是商店售货员，站柜台很辛苦，回来总喊腿累得受不了。大宝妈与我们同一单位，有一副古道热肠，与妻子来往最多，两人总有说不完的话。冀续的父母人高马大，虽是普通工人，但特重孩子的学习，对知识分子充满敬意。知道我是博士，冀续的父亲总愿问这问那，态度谦和诚恳，虽非知识分子，却温文尔雅。前几年，他还给我家打来电话，二十年不见，我们的谈话仍亲切自然。我还是称冀续的父亲为老冀，他一如既往称我小王，现在我们都六十岁左右，曾在一个院里的友情还可以这样继续。

我与左右两家接触不多，但有一事至今难忘。东边隔壁住的是我院文学所的一位段先生，据说他在别处有房，平时住这院的时间不多，只偶尔过来看看。一次，我赶写一本书，因一间房子非常拥挤，又有孩子闹腾，就向段先生提出，能不能让我在他闲着的房间写作？开始，我没把握，几经犹豫，还是硬着头皮提出。没想到外表严肃的他，竟然非常痛快地答应了。当我将他房间的杂物拾掇一下，腾出一定空间时，虽无炉火，但心中异常温暖。那个冬天，我吃过饭，就打开段先生的门，将自己关在里面安心写书，直到快速、圆满完成任务。我与段先生原不认识，交流更少，我甚至没提给他房租，连一包茶也没表示过，但他从无怨言，这让我看到普通人与众不同的灵魂，也让我心存感念。

那时年轻，我喜欢锻炼。早晨，我顺着周边胡同跑步，有时还跑到贡院去。快回家时，我就放下脚步在胡同里转悠，快意欣赏景致：长长的曲折的胡同藏着好多好看的四合院大门，胡同口的每棵古树都颇有阅历，早起打太极拳的老人精神矍铄，清爽的风与湛蓝的天让人心旷神怡，训练有素的鸽子不时发出"咕咕"的叫声。

院子里的那棵大树仿佛是守卫，日夜守护我们平安，但我们很少琢磨也不理解它的心境。秋来了，树叶飘洒一地，跟着风不停地旋转，有一种无家可归的感觉；大雪过后，寒风刺骨，我们都将自己藏在家里，它赤裸的身躯仍不屈地伸向天空；夜深人静，我们躺在温暖的被窝里，却能听到大树枯枝在严冬发出让人难眠的啸叫。

如今，住在这个四合院的人早已各奔东西，像鸟儿一样飞散。而那个美好的院落也被拆除，化为乌有，只留下无尽的回忆，给后人追梦。

曾住过的四合院，一个托起幸福美好人生的小家，是不是也将我们的心田当成了自己的家？

原载《散文百家》2021 年第 1 期

王月鹏

蚕与茧

我家是养过蚕的，那时只觉得累，一种刻骨铭心的累。这种感觉贯穿了我的整个少年时代，一直绵延到今天，成为记忆的底色。

蚕吃老食的日子，需要我们天天在桑地里摘桑叶，母亲提前备好一天的饭，饿了就在桑地里胡乱吃点。桑叶是需要一片一片采摘的，我们把自制的顶针式刀片戴在手指上，机械一样摘桑叶，从天亮忙到天黑，才能勉强摘够当晚的蚕食。母亲一遍遍地把桑叶撒到蚕匾上，房间里像是下起了小雨，沙沙作响。

父母起初并不懂得养蚕，村里号召养蚕致富，他们就积极响应了。买了一块桑田，种上桑树，边养边学，渐渐摸索出了一点门道。记得蚕种是论"张"的，母亲把几张蚕种取回家的那天，颇有仪式感，家里提前打扫得干干净净，房间也用石灰浆消了毒。母亲小心翼翼把蚕种放到炕头上，不让我们凑近看，不许我们大声说话，怕吵了蚕种。炕头的温度也是试了又试，要热，又不能太热。等到出蚕苗了，看上去就像一群蠢蠢欲动的小蚂蚁，让人心里好奇又激动，我屏住呼吸，不敢喘气，生怕嘴里呼出的气流把蚕苗吹飞了。母亲只让我们看几眼，就再也不让随便看了。

　　蚕吃七天，就眠一次。睡眠以后，就不吃食了，醒来再吃，七天以后再眠。如此循环，大约三次，三眠之后就开始吃"老食"了。"老食"是村人的说法，是指最后的吃食，也指食量很大。一层桑叶撒到蚕匾上，很快就被吃空了。这个时候母亲喜忧参半，喜的是终于快要忙到头了，忧的是桑叶食量太大，全家人都在桑地里摘桑叶，也摘不够蚕吃的。在我的记忆里，走进桑地是很纠结的一件事，我不怕劳动，不怕累和苦，怕的是摘桑叶这种活计太机械太单调了，漫无尽头，无人诉说。现在回想那段时光，现实越是苦闷，内心的阳光和梦想就越是强烈。就像我的老实巴交的父母，无论生活多么贫苦，从未怀疑和放弃过劳动，他们相信，唯有劳动，才可能让日子过得好一点。

　　摘不够蚕吃的桑叶是一回事，田里的桑叶不够蚕吃是另一回事，那是最让人担忧的。到了吃老食的日子，最担心自家的桑叶被人偷摘了。我那时年少，对偷桑叶的行为很不理解，摘桑叶那么累那么苦，竟然有人愿意偷偷摸摸地自讨苦吃。直到有一次，我家的桑叶因为被别人偷摘了，不够自家蚕吃的，而距离上蔟结茧还有几天，母亲一夜之间就哑了嗓子，说不出话来。那次养的蚕，因为桑叶不够吃，结茧的质量不达标，卖的价格是全村最低的。母亲为此难过了好多日子。从那以后再看到蚕茧，我会长长地舒一口气，同时又有一份忧虑涌上心头，担心卖不上一个好价格。为写这篇文章，我打电话给母亲，求证一些细节，她说养蚕一个多月的时间就可以见到钱了。时隔30多年，谈起养蚕，母亲最深的记忆是赚钱，当年全家人的生活，还有我和弟弟的学费，都指望卖茧的钱。

　　吃过老食，蚕渐渐就不再吃了，开始结茧。对"作茧自缚"这个词，我一直是不理解的。怎么会说是自缚呢？即使撇开"春蚕到死丝方尽"之类的意义，那也是成长的一个过程，是作为蚕的最后归宿。是我们太放任自己了，缺少"自缚"的意识。那些成大事者，都是勇于"自缚"的，对自己的所为与所取，都有所限定，才不至于过度分散精力，才可能集聚心力，成就某事。

结茧之前的准备工作，可谓繁重。最忙碌的是上蔟，房间显然是不够用的，父亲得提前几天在院子里扎起棚架，到时院子里都会挂满蚕蔟。最担心的是遇到下雨，蚕如果受了凉，很容易患病，在卖茧子的时候会被挑剔，价格降下来很多。记得有一次雨下得太大，架子倒了，雨淋湿了方格蔟，全家人在雨中就像救火一样抢救蚕蔟，邻居和亲戚也都赶过来帮忙。

成茧后开始摘蔟，看得出父母是很愉悦的，辛苦了这么多日子，摘蔟就像摘果子一样，怎能不愉悦呢？我只是在放假和放学的时候帮忙摘桑叶，并没有参与养蚕的整个过程，所以也就没有父母那样的收获感，难以真正体味父母当时的心境。我只觉得如释重负，终于可以歇一歇了。

然而接下来的卖茧，又是让人忧虑的。蚕茧站的技术人员从我们的蚕茧里抽取样品，然后割丝，根据丝的比重来定价。母亲说，大约每斤七块钱，一次最多可卖七十斤，收入五百块钱左右。在二十世纪九十年代初期，五百块钱不是一个小数目，那是全家人一年的生活指望。父母养蚕的唯一动力，就是赚钱；每次养蚕是否成功，唯一的标准就是看蚕茧卖价如何。在我的记忆里，那时与父母一起推车去镇上卖茧，大多是神态沮丧地走回来。我们都不说话，蚕茧的质量没有被蚕茧站的人看好，他们没有给出一个好的价格，而父母又不能不卖，明知吃亏，明知不公平，也只能认了。

我们所能做到的，仅仅是参与了从蚕到茧的成长过程，至于后续的蚕丝加工制作，不在我们的经验范围内，也不是我们所关注的。我们把蚕养成了茧，把茧变卖成了我们所需要的钱，用来过日子和读书。这就是属于我们的全部。"遍身罗绮者，不是养蚕人"。这句诗可以说从小就烂熟于心，我却从没意识到它也与我自己的生活有关，以至于人到中年，当我写作这篇文章的时候，才恍然意识到这一点。我们都是养蚕人。我们陪伴蚕有了一个叫作"茧"的小小的家，就送走了它们。后面的事，我们不再认为是与我们有关的。这就是我们的认知。当年就是这样的。甚至，一直到今天，我也是这样的。我只是把心思用在做好自己手中的事上，很少去想以后该是怎样的。

后来，家里不再养蚕了，桑树被伐掉，桑田改种庄稼。再后来，桑田闲置了几年，送给村人耕种。我不会忘记站在桑田里采摘桑叶时的那种感觉，极度枯燥和疲劳，没有什么浪漫，也谈不上所谓的审美，只是一种劳动，一种生存的必需。养蚕的经历，教给我如何看待生活，如何看待生活中的我自己。这种影响深深地烙在我的心里。就像蚕茧，把自己紧紧包裹起来。这是一种存在状态。有些东西，只能自己体味，自己懂得。

丝绸是美的。可是丝绸的美，在我的审美经验之外。或者说，对丝绸的审美，在我这里是有养蚕经历作为底色的，这个底色被汗水浸渍，以至于三十多年以后回忆起来的时候，仍然清晰如昨。这必然影响到了我对于美的理解。我更多看到的是美的来之不易，是美的背后所承载的那些负重，这似乎成为我的一种审美习惯。日常生活里，我对丝绸制品的理解，总是与艰辛的劳动紧密相连。我甚至很少消费丝绸，我觉得我的生活和生命不需要这样的东西来点缀，这不符合我的审美，不能契合内心的真正所需。那些丝绸，那些蚕茧，那些艰辛的日子，成为我的写作的一种底色，让我这么多年来，不敢懈怠和轻浮。

母亲说，养蚕一个多月就可以见到钱了。在她的心目中，这个赚钱周期是很快的，可以缓解生活中的太多难处。那个年代农村养一头猪，需要一年的时间，猪杀了，才可见钱，不像现在的猪是吃饲料速成的。养蚕一个多月就可赚到钱，母亲对此很是满足。我对养蚕的日子充满了恐惧。我不是惧怕劳动，只是觉得这种劳动太精细了，对劳动之外的要求太多太高，比如，环境消毒，稍有不慎，就会导致蚕茧中毒，功亏一篑。那种累，是有心思的累。我一直觉得养蚕是一种技术活，而这种技术，是我不愿费心耗神去琢磨的。我宁肯推车、刨地，或者去建筑工地打工，只要不须耗神就好。干完了活，把脑筋用到读书和写作上。或许，那个时候我已经开始自觉维护我的写作了，任何想与写作瓜分精力的事，在我的潜意识里都是被拒绝的。

母亲在电话里说，她还想养蚕，没有养够。我说你忘记了当年养蚕是怎么操心上火的。母亲没有回答我，她兀自重复说，还想养蚕。母亲老了。她经常听不完整我说的话，就像我以前也常常听不完整她的话。我总是听一部分，就知道她后面想要说什么，不愿继续听下去。我更多地活在自己的世界里。当我有了足够的耐心听父母说话的时候，父亲已经永远离我而去了。

记得那时家里养蚕，蚕房里是有温度计和湿度计的，门窗也安装了纱网，防止蚊蝇进入，我们那时埋怨母亲对待桑蚕比对待自己的孩子还用心。她小心翼翼地查看温度和湿度，小心翼翼地开门，生怕惊扰了蚕宝宝。童年记忆里，父母是经常吵架的。养蚕期间，家里不允许大声说话，更不允许吵架拌嘴，大家都变得克制，生怕说了不吉利的话，影响收成。而这收成，关涉到具体的生活，是过日子的希望所在。一晃，三十多年过去了。

原载 2021 年 1 期《散文选刊》

江花

高建国

新四军上海扩军记

"到上海去扩军"

1940年夏天，正当阳澄湖畔抗日斗争如火如荼之际，素来大刀阔斧的苏南东路地区党政军主要领导人谭震林，忽然一反常态变得缄默起来。一个事关部队转型建设的大计，在这位20世纪30年代初期就任红十二军政委和福建军区司令员的战将胸中悄然成形。

1939年5月，新四军一支队六团团长叶飞，奉一支队司令员陈毅命令，率部以"江南抗日义勇军"（简称"江抗"）名义东进苏南，建立了苏、常、太和澄、锡、虞抗日根据地，部队猛增到5000多人。当年10月，"江抗"与丹阳游击纵队整编为新四军挺进纵队，北渡长江开辟苏北抗日根据地。"江抗"北渡前，在阳澄湖留下一批伤病员，其中有开国中将刘飞和开国少将黄烽等红军骨干。

1939年11月6日，秋风萧瑟时节，陈毅命阳澄湖后方医院新四军伤病员重建武装，坚持原地斗争，并安排肺部嵌有敌人子弹的刘飞赴上海治疗。夏光任司令员的江南抗日义勇军东路司令部（史称"新江抗"）应运而生，芦荡火种呈燎原之势。

翌年 3 月，谭震林主政东路地区，"新江抗"改称江南抗日救国军东路司令部，与常熟抗日武装整编为 3 个支队。这位新任司令员兼政委雄心勃勃提出，尽快将部队扩充到 100 个连，打造一支上万人枪的雄师劲旅，"新江抗"再度发展到 5000 多人。

怎样给以农民为主体、以抗日游杂武装为补充的水乡新锐加钢淬火？谭震林把目光投向中国共产党的诞生地上海。他认为，这座有 3 次工人武装起义光荣传统的城市，产业工人数量占全国一半。改善部队成分，高起点培养干部，都需要从上海补充新鲜血液。

1937 年"八一三"淞沪会战爆发以来，中共上海地下党组织不失时机组织工人、学生和店员参加新四军。然而，从上海向苏南根据地输送兵员，新兵需乘火车到昆山或苏州，再徒步跋涉到目的地，沿途都要接受盘踞京沪铁路的日伪军检查，风险极大。

"不能咱们炒豆，让上海地下党炸锅！如果为给根据地输送兵员危及上海地下党安全，那就得不偿失，我们会愧疚一辈子！"

谭震林经过缜密思考，决意改弦更张，另辟蹊径。

1940 年 7 月的一天，谭震林找到"新江抗"二支队政治处主任张鏖说："5 月 4 日，毛主席指示我们，今年从江、浙两省敌后扩大抗日武装十万人枪。我想在江南创造十万产业军，建成一支以产业工人为基础的部队。过去部队补充上海兵员，主要靠地下党跨越敌占区向根据地输送。这种做法不符合党'隐蔽精干、长期埋伏、积蓄力量、以待时机'的地下工作方针，十分危险，也很难持久。今后，我们要主动承担扩军任务。"

张鏖眉峰一挑，会意地问："老板的决心是，不再由上海地下党输送新兵，我们派人打入大上海，到日伪鼻子底下去扩军？"

谭震林点点头，一副气定神闲、胸有成竹的模样。

在新四军部队，人们习惯称谭震林为"谭老板"，盖因他从茅山新四军军部赴任苏南东路地区时，为过境敌占区安全计，率一众人马戴礼帽、着长衫、穿皮鞋，大老板派头十足。毛泽东闻之遂戏称他"谭老板"。不料这一雅号不胫而走，传遍高层和新四军。

谭震林看着张鏖棱角分明的脸膛上那双炯炯有神的眼睛，话语中充满信任和期待："到上海去扩军，大量吸收工人、学生和贫民，这是改善'新江抗'成分、提高部队战斗力的关键一招。此事事关重大，需要派得力干部上第一线，你当主任的要亲自出马！"

张鏖建议先派几个官兵试扩，得到谭震林首肯。张鏖向二支队司令员陈挺和总支书记、组织股股长黄烽传达了谭震林的指示。

陈挺1932年参加闽东蓝田暴动，曾任闽东红军独立第四团团长和新四军老六团营长，是陈毅给"新江抗"派来的红军骨干。鉴于沦陷后的上海已成"孤岛"，纵队经研究决定，先派青年干事陈浩、二连文化干事叶时两个上海子弟赴沪试扩，蹚出路子。

陈浩和叶时重返沦陷3年之久的上海，深受日伪蹂躏和战火摧残之苦的市民正大量流落街头，满怀痛苦和仇恨的青年人在寻觅出路和归宿。而"江抗"东进夜袭浒墅关车站和火烧虹桥机场等威震江南的壮举，使很多失业工人、青年学生和贫苦店员始则惊喜，继而心向往之。两人深入饱尝国耻家痛的社会底层群体燃灯播火，经半个月紧张而有成效的工作，成功扩军20多人。

谭震林获悉陈浩、叶时满载而归，高兴地对张鏖说："这次试扩成功，为打开上海扩军的路子创造了经验，证明各部队都可以自行组织力量到上海招兵买马。"谭震林分析了赴沪扩军的环境和条件："目前，日伪对上海控制很严，虎口夺宝风险大。有利条件是，上海人民对日伪有强烈的反抗精神，我们党及其领导的军队在人民中威望很高，官兵有可以利用的社会关系，部队距上海也近。"谭震林提出了上海扩军的基本原则，要求扩军人员不惊动上海地下党，稳扎稳打，由点到面，由少到多，积极稳妥展开。

原"江抗"政治部主任刘飞，是阳澄湖后方医院职务最高的伤病员，陈毅安排赴上海疗伤归队后任"新江抗"政治部组织科科长。他主动找到二支队二营教导员张梦莹，问他在上海有什么关系，张梦莹说，当年参加过上海职业界救国联合会，后在难民收容所干过，能找到一些朋友。陈挺、张鏖也积极撺掇张梦莹扩军打头阵。张梦莹不负重托，成为首批赴沪扩军人员骨干。

十里洋场摆战场

赴沪扩军前夕，"新江抗"3个支队分别与其他部队合编为3个纵队。各纵队根据谭震林指示，借鉴原二支队赴沪试扩经验，形成了小群多路、扎根串联、独立运行、互不联络的扩军规范。

二纵队组建了3个扩军小组。第一小组由教导员张梦莹负责，第二小组由王志明负责，第三小组由陈浩和文化教员肖牧负责，每个小组均为三四个人。第一、二小组常驻上海，第三小组来往于上海与根据地之间。3个小组统一由纵队政治处主任张鏖负责并实行单线联系，各小组之间不发生横向联系，也不与小组之外其他任何组织发生关系，请示汇报事项一律按秘密工作规定办理。

根据侦察掌握的情况，张鏖组织扩军人员把工作重心放在社会底层贫民群体，通过串联亲友和同学故旧"滚雪球"推进。

小沙渡是苏州河流经沪西的一个渡口，两岸工厂林立，是上海共产主义小组最早深入工人群众处，也是上海工人武装起义中坚力量富集地。邓中夏所著《中国职工运动简史》载："上海小沙渡和北京长辛店是中国共产党开展职工运动的起点。""赤色沪西"成了扩军首选之地。扩军人员从串联亲友入手，顺藤摸瓜，开枝散叶，积小成为大成。曹家渡、外白渡桥等失业工人聚集处，也是他们访贫问苦，引导工人奋起抗日救国的精耕细作之地。

张梦莹从无锡寨门包巷一户包姓房东家，借了一件骆驼绒灰色长衫和一顶铜盆帽来到上海，住进法租界霞飞路（今淮海中路）恩派亚戏院（后称嵩山电影院，已拆除）对面弄堂邻居家，找到当年在难民所入党的烟厂管理员俞宝琴和做纸花生意的周守信、祁宝根，通过他们四处联络发动。随后他来到苏州河北岸盆汤弄桥附近一个小五金店，找到部队一位韩姓女同志当会计的哥哥。这位女兵的哥哥与鲁迅是朋友，在文化界颇有人脉。经他介绍，张梦莹进入剧团、学校和职业教育社，在文化界、教育界、工厂和手工业者中建起几条稳定可靠的扩军链。他还带大家分头到自己曾做过苦工的码头和袜厂秘密串联，不长时间就动员几十人参军。

"新江抗"司令部作战参谋黄振中扩军到上海，来到同学父亲开的煤球店，很快与学徒汪贤孝交上了朋友。黄振中了解到，日军进攻上海时，汪贤孝的哥嫂和两个侄儿都被敌机炸死，父亲一病不起住进医院。听完汪贤孝的倾诉，黄振中附在他耳边说："现在热血青年都参军抗日，我老家在无锡乡下，那里有抗日军队，亲近老百姓，官兵讲平等，军民一家人，打了胜仗来慰问……"

不等黄振中说完，汪贤孝就抢着问道："我能去吗？"

黄振中一语入心："只要你有决心，都包在我身上！"说着，摸出 10 块银圆塞给汪贤孝说："这些钱给你父亲治病，救个急！"

汪贤孝紧紧攥着带有黄振中体温的银圆，兴冲冲跑到医院对父亲说："阿爸，我运气来了，今天遇到个好朋友，介绍我到无锡去学艺，这 10 块钱是他接济我的，都给你！"

汪贤孝从上海来到苏南参加了新四军，在战斗中锻炼成长。20 世纪 80 年代，他担任了原二十集团军五十八师后勤部部长。

汤江声（原名唐良楠）1939 年由上海中央特科调东路特委，次年任"新江抗"二支队三连指导员。他到上海扩军总要带些鸡鸭等农产品做掩护，住在万兴食品店（今淮海中路上海第二食品商店）做职员的哥哥唐良楣处，借穿哥哥的衣服，时而西装革履，时而长衫马褂，早出晚归出没闹市和陋巷。这位 1945 年在江苏高邮三垛河伏击日伪军时壮烈殉国的营教导员，没有留下赴沪扩军的成绩单，但哥哥唐良楣证实，弟弟把 130 位上海青年送到了新四军。

为了解决部队医护等专业技术人才匮乏问题，扩军小组还通过可靠渠道和关系定向扩军招揽人才，以解部队燃眉之急。

扩军中最大的风险不在日伪，而在汉奸和部队逃兵。

有个逃兵在法租界认出一位扩军干部，伸手就向他要钱。扩军干部没给，逃兵就把他拖到附近一个巡捕房，大声对巡捕说："这是个新四军干部，他把我弟弟拐到部队卖了！"巡捕虽说端洋人的饭碗，可到底中国人的良知未泯，乜斜着眼瞅瞅那个面容猥琐的逃兵，伸手打了他两个耳光，嘲笑说："你弟弟当新四军是好事，我以为他把你妹妹卖了呢！滚！"巡捕撵走告密滋事的逃兵，又叮嘱扩军干部说："你等一会儿再走，免得再碰上那个家伙。"事发后，张麈马上安排被逃兵盯上的那位扩军干部返回了苏南。

另一个来自苏南的逃兵，三番五次敲诈扩军干部，不给钱就威胁"把你拉到法国巡捕房去"。开始，扩军干部懒得跟他纠缠，想给点钱把他打发掉，不料这个无赖竟没完没了。怎么处理这个有现实威胁的家伙？张鏖向谭震林做了报告。谭震林果断决策："这种人劣性难改，如不采取措施，很可能祸及扩军，必须马上解决掉！"张鏖令扩军小组采取措施，排除了这个隐患。

17岁就入党的孤儿俞忠祥，到市郊工厂扩军因汉奸告密不幸被捕。日本宪兵用铁丝穿透他的手掌和脚掌，将他绑在木架子上严刑拷打，逼他说出其他扩军人员，俞忠祥坚不吐实。凶残暴戾的鬼子牵来汪汪狂吠的狼狗进行威吓，俞忠祥怒视敌寇，一言不发。鬼子放出狼狗直扑俞忠祥，一口就从他身上撕下一大块肉来。钢铁战士俞忠祥宁死不屈，最终被狼狗活活咬死在木架子上。

张梦莹所在扩军小组有个上海兵，置身险境临阵动摇，带上经费逃之夭夭。事发突然，扩军小组以变应变，迅速调整工作计划和住址，外出更加谨慎。上海解放时，这个逃兵夹杂在路边迎接大军入城的群众中，被张梦莹所部官兵认出，受到应有处置。

巧借日寇商船输送兵员

置身狼窥虎伺的大上海招募抗日青年已属不易，要把日渐增长的应征新兵安全无虞送到根据地，更是难上加难。

赴沪扩军之初，各小组每批安排十来个新兵从上海乘火车到苏州，然后步行进入根据地，输送风险尚可控。后来，一周就要回送三四十名新兵，难度和风险骤增。另外，如何搞好特殊环境中招收新兵的政审和体检，新兵送达根据地后，如何安排不合格兵员稳妥快速返回上海，这些亟待解决的问题又摆在了眼前。

张鏖向"谭老板"请示。谭震林沉思有顷说："关于上海新兵如何安全带到根据地，我来想办法。其他问题，你们自己研究解决。"

过了几天，谭震林找到张鏖说："今天，沙洲县的蔡悲鸿来汇报财经工作，你也参加听听。"

蔡悲鸿1940年9月任"新江抗"澄、锡、虞总办事处财经处处长，翌年初任中共沙洲县（今张家港市）工委书记和抗日民主政府首任县长，是新四军有名的财经专家。沙洲县是长江南岸澄、锡、虞抗日根据地的北屏障，也是沟通大江南北的战略要地，又是长江航道东接上海、西连南京的交通枢纽。抗战爆发后，日伪规定长江航线中国船只一律禁航，只允许外国商船行驶。为打破日伪对长江的封锁，蔡悲鸿受命兼任沙洲县江防管理局局长。

汇报财经工作同扩军有啥关系？张鏖不解，像是钻进了闷葫芦。及至听蔡悲鸿汇报，才恍然大悟。原来，侵占上海的日本陆军依靠其把持的京沪铁路疯狂敛财，赚得盆满钵满。日本海军十分眼红，利用其控制的吴淞口和长江口，勾结5艘德国轮船向苏南等地贩运货物，从中渔利和分肥。这5艘德籍轮船通常由上海装载布匹、煤油、西药等日用品到沙洲护漕港和江阴黄田港卸货，然后装运大米等农副产品返回，形成了上海到江阴的固定航线。

谭震林听到这里，打断蔡悲鸿的话说："老蔡，你考虑一下，我们从上海扩招的新兵，有没有办法乘这些船到根据地来？"

蔡悲鸿眼睛一亮，击节赞叹："这倒是个很安全的通道！不过，此事需跟上海方面仔细合计一下，必须搞得很稳妥才好。"

蔡悲鸿说的"上海方面"，是指负责苏南根据地物资采购托运的总代表盛慕莱。盛慕莱是蔡悲鸿的妻兄，中共地下党员，做过黄渡镇镇长。长江禁航后，他毁家纾难，变卖祖产，在上海吕班路（今重庆南路）特务机构"日本海军联欢社"，堂而皇之开办"中华物产公司"，与伪海军上海办事处主任叶树初隔壁办公，与其称兄道弟，觥筹交错，还拉上日本顾问松冈一起做生意，俨然上海的"路路通"。神不知鬼不觉，盛慕莱在长江航道开辟出一条从上海直达苏南的地下运输线，源源不断为根据地输送手摇电台、无缝钢管、印刷机、望远镜、炸药、雷管、药品、纸张等紧缺物资。谭震林赞扬盛慕莱是"反经济封锁斗争的尖兵"。

盛慕莱疏通好 3 艘德籍商船，扩军小组组长分头与船上内线接上关系。新兵乘船来到沙洲县护漕港水面后，由抗日政府安排运送农副产品的驳船接上岸。从 1940 年年底到 1941 年 7 月日伪"清乡"，二纵队扩军小组每 5 至 7 天就可通过水路向苏南输送 30 多名上海新兵，多时一次就能编一个连。张鏖率领扩军人员共从水路运回 1500 多名新兵。日本海军做梦也不会想到，他们严密控制的德国商船，竟成了新四军从上海外输新兵最安全的通道。

输送通道打开后，新兵政审体检问题也迎刃而解。上海扩军展开后，应征者如过江之鲫。危亡之秋，泥沙俱下、鱼龙混杂在所难免，一些投机分子和患有心肺病、花柳病的人也混迹其间。

张鏖等人研究后建议，在沙洲护漕港组建新兵接待站作为缓冲之地，得到批准。指导员张家信组织干部和医务人员负责新兵政审和体检，发现不合格者即行淘汰并转送上海。后来，"新江抗"在阳澄湖畔建起一个新兵连，抽调有经验的连排干部施训，深化新兵政治审查。新兵到来后，张鏖逐人谈话，要求连队在教育训练中继续搞好新兵考察和伙食。素来忍饥挨饿的上海青年，来到新兵连可以放开肚皮吃饱饭，一个个笑得合不拢嘴。有一次，刚下船的 12 名上海新兵，第一餐竟吃掉了 100 碗大米饭。

1949 年 5 月，我军兵临上海城下。盛慕莱策反国民党上海警察局被捕，于上海解放前 3 天——5 月 24 日在虹口公园（今鲁迅公园）

英勇就义。1952 年 4 月 21 日，中央人民政府为盛慕莱家属颁发毛泽东签署的《革命牺牲工作人员家属光荣纪念证》。盛慕莱作为电影《51号兵站》主人公"小老大"原型，广为人知。

新四军在扩军中如虎添翼

为期一年虎口夺宝，新四军收获几何？

据统计，"新江抗"在上海招收新兵超过 2000 人，其中二纵队改编的十八旅五十二团补充上海新兵上千人，还支援一纵队改编的五十三团和三纵队改编的五十四团 500 多名上海新兵。

2005 年八一前夕，"沙家浜连"——原十八旅五十二团一营二连指导员金辉的女儿金若岩，将父亲留下的一个笔记本赠给"沙家浜连"。这本记载着 1942 年二连干部战士姓名、年龄、出身和文化程度的"花名册"清楚地写着，二连 104 人中闽东红军 2 人，上海青年75 人，当地农民 17 人，解放战士 10 人，上海兵占近 72%。

五十二团因作战勇敢，素有"江阴老虎""老虎支队"美誉，上海扩军后部队成分以工人为主体，团队犹如猛虎添翼。五十四团以上海学生、店员为主，文化水平高，有"文化队"之称。

"江抗"老战士施光华回忆，那时，"江抗"及后来改编的部队，官兵都有两支枪，一支是手中的钢枪，一支是口袋里的钢笔。这与也有两支枪（钢枪和烟枪）的伪军，形成了鲜明对比。

新四军代军长陈毅 1942 年年底检阅五十二团，赞扬该团是新四军中的文化团。谭震林得知十八旅在新四军中文化素质最高时说："十八旅文化水平高，产业工人多，建议给党中央当警卫团！"

以产业工人居多的上海兵，受过工业文明熏陶，熟悉机械装备，组织纪律性强，团结协作好，不仅能很快熟练使用手中武器，还办起修械所修复受损枪支。行军作战之余，他们带头学理论、写诗歌、办板报，成为宣传群众、组织群众的生力军。五十二团二营五连一个班，在江阴峭岐以西澄锡公路东侧成功组织起"农抗会"，被传为佳话。经新四军大学校培养，在战火中淬炼成钢的上海兵，成为基层后备干部梯次配备的重要来源。

上海扩军从根本上改变了部队成分和兵员结构，基层官兵文化素质跃升，为先进文化催生部队战斗力提供了坚实基础。

当年五十二团二营文化干事黄苇会同团宣传股股长过鉴清，根据阳澄湖 36 个伤病员和"江阴老虎"的战斗经历创作的歌曲《你是游击兵团》，很快风靡全团。后经十八旅旅长刘飞提议，这首歌作为十八旅旅歌传遍苏中，成为军民传唱不衰的战歌，也是沪剧《芦荡火种》和京剧《沙家浜》创作的滥觞之一。

歌声伴随五十二团转战苏南苏中，团队实现了一次战斗胜利创作一首歌，如《淮宝进行曲》《大官庄之歌》；一位英模烈士一首歌，如讴歌沈进洪、陶祖全、叶诚忠、朱宝山、马思进等英烈的歌曲；一次休息整训一首歌，如《练兵进行曲》《整训歌》《学习军事》《掷弹歌》；一次政治教育活动一首歌，开展团结进步、反对内战、诉苦立功等活动，都有专题创作歌曲配合。团队还创作了瓦解敌军的《叫老乡》《回头打东洋》，加强军民团结的《拥政爱民小唱》等歌曲，有力鼓舞了军心士气，推动了立功创模活动开展。从 1943 年到 1945 年，五十二团官兵会唱 76 首歌，其中 30 首是新创作的歌曲。在嘹亮的战歌声中，全团涌现出 16 位英模人物，呈现出战斗歌声与战斗英雄同步增长的喜人景观。

1944 年 3 月，五十二团参加车桥战役。战前，日军狂妄叫嚣，新四军若能打下车桥，皇军宁愿撤出苏中回归大海。此役歼灭日军独立步兵六十大队大队长三泽金夫大佐等 465 人，生俘山本一三中尉等 24 人，歼灭伪军 483 人，生俘 168 人，成为 1944 年以前我军俘虏日军最多的一次战役。日本东京大本营承认，车桥战役标志着新四军反攻开始，日军从此向下坡滑行。

皖南事变后任新四军六师师长、政委兼十八旅旅长的谭震林，驰电中央军委报告十八旅概况，专门介绍了由阳澄湖 36 个伤病员发展起来的该旅五十二团一营，原为"江抗"二支队，素有"老虎支队"美誉，赞扬这支部队既能打顺风仗，也能打劣势仗、逆风仗、危局仗，"江阴老虎"过了江也还是老虎！

原载 2021 年 8 月 6 日《光明日报》

马
力

通向延安的旧址

北京站四近的光景，我本不该眼生。论节气，明天就是小雪了，天刚透亮，京城空中便叫飞絮似的雪花蒙得一片苍灰。记起小时候，也是这样的雪天，我和哥哥从西四的家中出来，骑车南行而东折，进了东受禄街，来看徐悲鸿故居。门房坐着个老头，正守着炉子烤着一小块白薯，真叫香！我俩掏一毛钱买本印着徐悲鸿头像的简介，进院。小孩子眼里，这个院儿可真大。树身高过房檐，花池里的草尖上落了薄薄的雪。几间屋子，全是画：《九方皋》《傒我后》《田横五百士》《愚公移山图》，当然还有奔马，比方《八骏图》。有的画幅大，我得离开几步看。白色画布上用木炭条勾绘的《鲁迅和瞿秋白》线稿，我瞧得最细，人物眼睛里的光，牵着我的心。

前些日子，我到明城墙遗址公园走了几回。这守护内城的巍然墙体，六百年的时光给它添了太多的风霜。凸凹的雉堞列出整齐的锯齿，苍灰的残垣仰向飘云的天空。不同的月份里来，总能收尽韶秀的风光：国槐、银杏、油松挺着枝；碧桃、紫薇、海棠开着花；马蔺、萱草、水仙摇着叶。施彩的角楼，孤峭地耸于故都的东南。有一次，走着走着，就转进城墙北边的胡同，又到了东受禄街。这街，只剩了百十来米长的一截儿。忽然想起几十年前的旧事，便想寻一点昔年的影子。跟胡同里的大妈打听徐悲鸿故居，人家说就剩一个门楼了。我找到一扇紧闭的院门，上下一瞥，像是如意门。门口冷清，老模样是看不出了。故居内的纪念馆，早就搬到新街口了。那个年老的看门人，永远不会守在这儿了——连我都过了他那会儿的岁数！

奔前走。胡同曲里拐弯，好像绕不出去。不怕，都通着。到了一个岔口，墙头牌子上写着"盔甲厂胡同"。靠南立起一座楼，四层高。底层的墙漆，天蓝色，海水那般澄净，余下的，涂作一片明黄，太阳照来，金子那么亮。设色这样讲究的建筑，在低矮的平房堆儿里，特别显出它的姿态。这是一家宾馆。就在我过身的一瞬，门前的铭牌引起我的注意——"埃德加·斯诺与海伦·斯诺北京居住地旧址"，旁边附着标注：《红星照耀中国》写作地旧址。

胡同中的这一走，给了我意外的发现。

《红星照耀中国》还有一个书名《西行漫记》。我们，上了岁数的人，心里是装着这本书的，更知道写这书的人：美国记者斯诺。

八十多年前，这地方没有楼，斯诺夫妇住的，是一个四合院，广可六亩，是他俩跟在燕京大学任教的瑞典地质学家奈斯特龙合租下来的。斯诺在燕京大学新闻系做过两年客座讲师，教授专题写作课，后来受聘做了纽约《太阳报》和伦敦《每日先驱报》的特约通讯员，能租到这处院落，一住就是两个年头，离不开跟燕京大学的因缘。

宾馆里挂着一张老照片：奈斯特龙和海伦在这个院子里的留影。底色已经发黄，人的眉目倒还清楚：奈斯特龙是一个体态发胖的老者，穿白色西服，背手，笔直地站着，他头发稀疏，宽大光亮的额头下，是一双深陷在皱纹里的眸子；海伦一身长裙，左手抬起，半掩着脸。想必拍照那天，阳光是很晃眼的。海伦挨着的，是石头堆叠的山，太湖石皱、漏、瘦、透的质感，触着我的视觉。

从前，这个门牌标为盔甲厂胡同 13 号的宅院，应该是讲究的，除开房间，还有假山和亭子，"咫尺有幽旷之异"，花园似的。老院子早没了，旧景未曾谙，想找些描写它的文字，办不到。幸而有旧照珍存。海伦与许地山的合影，就在宾馆前厅的镜框里平正地镶着。许地山身量瘦，穿着白色长衫，双手放在身后，浅浅地笑着，镜片后面透出温蔼的眼光。其时，许地山在燕京大学文学院和宗教学院执教鞭，海伦听过他的课，佛教和道教的学问，皆有解悟。二人身后一排屋，正方格窗开了几扇，树荫遮下来，地上摆了多盆花。还有一张照片，是一个女学生在斯诺家中隐蔽时拍下的。女学生叫陆璀，清华大学社会学系学生，一二·九运动的发起者，有她。一个才女，年纪那样轻，遭警察关押而没被吓慌，信仰的力量使她内心强大。当时，斯诺"曾经站在那弹痕累累的内城城墙下，看到上万名学生在那里集合，他们不顾宪警的棍棒，齐声高呼：'一致抗日！反对日本帝国主义分割华北的要求！'"，又一路追到警察局采访陆璀，称她是中国的贞德。转过年，获得保释的陆璀再陷险境，为避开军警耳目，须求助一个足可信赖的人，这个人就是斯诺。1936 年 3 月 1 日这天，斯诺接她在自己家中住了一个多星期。进到这个院子，陆璀一定会想起数月前在斯诺的客厅里和燕京大学的张兆麟、陈翰伯、黄华、龚普生、李敏，清华大学的姚依林、黄敬，东北大学的宋黎等学生领袖，共同商议十二月九日新华门前请愿、长安街上游行的情景。旧照片上的陆璀，短发齐耳，沉静的表情流露着自信。三月的天气里，早春的气息已隐隐地透出了。她的背后，是一个藤架，枯着；身前右侧，戳着一个白石构件，像是大过平常的柱础，雕饰的纹路显出风蚀的印痕。豪家富户的深宅，才有这等摆设。一角景物，叫我对整个院子生出浮想。

　　"那是六月初，北京披上了春天的绿装，无数的杨柳和巍峨的松柏把紫禁城变成了一个迷人的奇境；在许多清幽的花园里，人们很难相信在金碧辉煌的宫殿的大屋顶外边，还有一个穷苦的、饥饿的、革命的和受到外国侵略的中国。"这是写在《西行漫记》开头的话。那个午夜，斯诺"带了当时无法理解的关于革命与战争的无数问题"，暂别北京城的春景，拎起行囊，跨出院门，向着陕北保安（志丹县）——中华苏维埃共和国的首都行去。凝望中，红都像夜天中的灯塔，熠熠闪耀于前方，永不失去它的光。难抑的激情在他心底燃烧："我登上了一列破败不堪的火车，身上有点不舒服，可是心里却非常兴奋。我所以兴奋，是因为摆在我面前的这次旅行是要去探索一个跟紫禁城的中世纪壮丽豪华在时间上相隔千百年、空间相距千百里的地方：我是到'红色中国'去。"由此，他成了"在红色区域进行采访的第一个西方新闻记者"。他的这次出发，不仅出于职业自觉，更表现着对新事物探求的渴望，以及寻索真理的精神。

　　走出悠长的胡同，视野霎时宽广了。从这里到延安，伸展着一条理想的大道。

　　这一年的十月，完成了实地考察的斯诺，从"被国民党强大部队重重围困的红军根据地"回到北京。那是西安事变爆发的前夕，他能洞察时局的艰危吗？

　　盔甲厂胡同的这处宅子是安静的，斯诺的全部感情依然留在以延安为中心的陕甘宁边区。他的心头吹过黄土高原的风，耳畔飘响奔放的信天游。革命领袖生动的音容和胸怀的志向，红军将士活跃的身影和战斗的意志，感染并震撼着他，使他深刻地认识了革命与战争年代的中国。

　　从延安归来，斯诺热烈的情感火炬般炽燃，照亮自身周围和更广的天地。他整理笔记和照片，开始了一次不寻常的写作——把中国共产党和中国革命的真实情况，报告给全世界。几个月下来，在深深的院落里，斯诺完成了这部纪实文学作品。1937年10月，《红星照耀中国》英文初版在伦敦问世；翌年2月，中文全译本在上海出版。考虑到敌占区和国统区的政治环境，译本改名《西行漫记》。

《西行漫记》中文译本的行世，在解放区得到极大重视。艾克恩编纂的《延安文艺运动纪盛》载其事，且摘引一段斯诺写在书前的序文："从严格的字面上的意义来讲，这一本书的大部分也不是我写的，而是毛泽东、彭德怀、周恩来、林伯渠、徐海东、徐特立、林彪这些人——他们的斗争生活就是本书描写的对象——所口述的。此外还有毛泽东、彭德怀等人所作的长篇谈话，用春水一般清澈的言辞，解释中国革命的原因和目的，还有几十篇和无名的红色战士、农民、工人、知识分子所作的对话，从这些对话里面，读者可以约略窥知使他们成为不可征服的那种精神，那种力量，那种欲望，那种热情——凡是这些，断不是一个作家所能创造出来的。这些是人类历史本身的丰富而灿烂的精华。"怀着一颗温暖之心写出的字句，很带感情，像散文一样好。

就在当月，国民政府军事委员会政治部在武汉成立。政治部第三厅第六处职掌艺术宣传，徐悲鸿任第六处第三科科长，管理绘画木刻。他和斯诺，一个用画笔，一个用文字，挽手向前，为中国人民的解放而斗争。

中国的新文学，激荡着社会变革的巨澜，斯诺的译介，为其衍成创作界的主流叙述并且走向域外，做了历史性推进。他将这项工作排进人生计划，视作事业的中心。

去陕北红区之前，即1936年5月里的一天，斯诺带着海伦列出的问题单（海伦为《活的中国》一书撰写的论文《现代中国文学运动》尚未脱稿，须向鲁迅请教），由姚克相陪，来到上海北四川路大陆新村9号，和鲁迅就中国新文学运动做了长时间晤谈。主客问答后，斯诺很有可能把下月就要前往陕北中央红军根据地的采访计划说给了鲁迅。

上海的这处鲁迅故居，我是去过的，红砖楼屋里，留着桌椅、书柜和床，带字的纸摊展着，点点涂改的痕迹，瞧得清楚。墙上悬着鲁迅的黑白头像：深邃的眼神，冷峻的目光。到了这样的地方，脚步自然就放轻了。缓缓移着身子的我，能够感受到先生的气息。

我记不清客厅的样子了，斯诺应该是在那里向鲁迅请益的。

在北京的家里，斯诺劬劳日久，于窗前灯下显示着努力——把鲁迅、柔石、茅盾、丁玲、巴金、沈从文、孙席珍、萧军、林语堂、萧乾、郁达夫、张天翼、郭沫若、杨刚、沙汀等中国作家的创作，用心血细细译出。他选辑那些"揭露性的，谴责性的，描述中国社会现实的作品"，从一个侧面展示了中国左翼革命文化对于侵略性的帝国主义文化的抵抗，昭示独立的民族文化的建立。胡愈之说"他编译了一部英文的现代中国短篇小说选《活的中国》，是首先把鲁迅著作介绍到西方的人之一"。斯诺"透过中国现代小说所看到的，不仅是一个被鞭笞着的民族的累累伤痕，还包括这个民族倔强而高傲的灵魂"。恰如萧乾所讲，在《西行漫记》面世之前，"斯诺最重要的一部书不是《远东战线》，而是《活的中国》。这本书的编译，也正是他在鲁迅先生指引下，认识旧中国的现实和新中国前景的开端"。此后，在欧洲采访战事的斯诺仍感慨道："鲁迅是教我懂得中国的一把钥匙。"《活的中国》于1936年年底在伦敦出版，鲁迅却在两个月前离世，没能见到这部小说集。

我又想起徐悲鸿的那幅《鲁迅和瞿秋白》。

斯诺在现实中认知中国，有了《西行漫记》；在文学中认知中国，有了《活的中国》。

海伦也走出盔甲厂胡同，西去延安，时在 1937 年 4 月 21 日。她踏上这块热土，采访红军将领和苏区军民，给丈夫的写作搜集急需的材料，也为自己撰述《续西行漫记》做着准备。海伦有个笔名：尼姆·威尔斯，斯诺起的。

冬天的阳光照来，打在玻璃窗上，四外反射，宾馆的庭院愈加明亮。斯诺和海伦的塑像沐浴在灿灿日影下，面庞漾满暖意，深陷的眼窝闪露着希望。

往南不远，便是古砖垒砌的明代城壁。高峻的墙身披满鳞伤而兀傲地横在天底下，好似一个性格坚卓、刚硬的巨人，衰颓是不肯的。来自太平洋对岸的年轻夫妻，领受着一个伟大民族的意志，看到这个国家精神的城。

原载《延安文学》2021 年第 1 期

张
莉

高君宇和石评梅的爱情

　　高君宇是中国共产党早期领导人，同时他和女作家石评梅的爱情故事也已成传奇，不断被人忆起。《象牙戒指》这本薄薄的书，收录了高君宇写给恋人石评梅的书信。高君宇的信有一种魅力，从那些文字中可以直接感受到这位年轻人对革命、对爱情、对历史和未来的理解。虽然只有 11 封信，虽然已经过去了九十多年，这些信件依然宝贵。这些书信里，记下了一个年轻人对革命事业的坚定，对爱情的一往情深，对生和死的彻悟理解；这些信里，可以看到一个志向高远的坚定的马克思主义者，一个一往情深的爱人形象。

"我就决心来担我应负改造世界的责任了"

　　据庐隐的回忆，高君宇和石评梅第一次在同乡会上相见，是在1923 年。也许他们早就应该相遇，因为高君宇是石评梅父亲的学生，见面之前他们彼此都已知道对方的存在。但是，阴差阳错，他们直到这一年才相见。这一年，石评梅从女高师毕业，在师大附中任体育教师，而高君宇也从北京大学毕业，在北大担任助教。

要从 1919 年说起。1919 年，24 岁的高君宇北大预科毕业，升入北京大学地质系学习，次年加入地质研究会，"务求以科学之精神，求地质之真理"。五四运动爆发时，高君宇是五四运动的积极参与者。1919 年秋天，17 岁的石评梅来到北京女子高等师范学校体育系就读。4 年间，他们各自按自己的命运轨迹生活，各自有过情感际遇，各自在事业上努力精进，成为各自事业的佼佼者。

迄今我们所见到的第一封信，是高君宇于 1923 年 4 月 16 日发出的。在这封信里，他称她为"评梅先生"，很显然，这是他们交往的开始，并不是很熟悉。在这封信里，他向她坦陈了自己要改造世界的决心。

评梅先生：

十五号的信接着了，送上的小册子也接了吗？

来书嘱以后行踪随告，俾相研究，当如命；惟先生谦以"自弃"自居，视我能责如救济，恐我没有这大力量罢？我们常通信就是了！

"说不出的悲哀"，我恐是很普遍的重压在烦闷之青年的笔下一句话罢！我曾告你我是没有过烦闷的，也常拿这话来告一切朋友，然而实际何尝是这样？只是我想着：世界而使人有悲哀，这世界是要换过了；所以我就决心来担我应负改造世界的责任了。这诚然是很大而烦难的工作，然而不这样，悲哀是何时终了的呢？我决心走我的路了，所以，对于过去的悲哀，只当着是他人的历史，没有什么迫切的感受了，有时忆起些烦闷的经过，随即努力将他们勉强忘去了。我很信换一个制度，青年们在现社会享受的悲哀是会免去的——虽然不能完全，所以我要我的意念和努力完全贯注在我要做的"改造"上去了。

那一年的高君宇二十七岁，信里的他对世界和未来充满信心，有着坚定的改造世界的勇气。事实上，高君宇是坚定的革命者。认识石评梅之前，他已经是中共党员。高君宇年谱中记载，1920 年，在李大钊指导下，高君宇和邓中夏等 19 名学生秘密组织了马克思学说研究会，这是我国最早研究和宣传马克思主义的团体。1922 年 1 月，高君宇作为中共代表之一参加了共产国际在莫斯科举行的远东各国共产党及民族革命团体第一次代表大会。5 月，他到广州出席了中国社会主义青年团第一次全国代表大会，被选为团中央委员。7 月，他出席了党的第二次全国代表大会，当选为中央委员。9 月，党中央机关刊物《向导》正式出版，高君宇担任编辑兼记者。1923 年 2 月，京汉铁路工人大罢工爆发，高君宇等受党的委派，领导长辛店工人同反动军阀进行了不屈不挠的斗争。

高君宇的这封信，便写于他领导长辛店工人斗争之后。也是在那封信里，君宇向评梅表达了祝愿，他希望她自信："愿你自信：你是很有力的，一切的不满意将由你自己的力量破碎了！过渡的我们，很容易彷徨了，像失业者踯躅在道旁的无所归依了。但我们只是往前抢着走罢，我们抢上前去迎未来的文化罢！"在信的末尾，他的祝福语也是："好了，祝你抢前去迎未来的文化罢！"

有坚定的信念，有对未来社会充满期待的畅想，是高君宇信中给人的印象。但他在信中很少提到自己革命工作所遇到的危险。石评梅在散文里曾经提到，高君宇有一天晚上乔装来看她。"半天他才告诉我杏坛已捕去了数人，他的住处现尚有游击队在等候着他。今夜是他冒了大险特别化装来告别我，今晚十一时他即乘火车逃逸。我病中骤然听见这消息，自然觉得突兀，而且这样狂风暴雨之夜，又来了这样奇异的来客。当时我心里很战栗恐怖，我的脸变成了苍白！他见我这样，竟强作出镇静的微笑，劝我不要怕，没要紧，他就是被捕去坐牢狱他也是不怕的，假如他怕就不做这项事业。"

这一场景似乎发生在 1924 年 5 月，高君宇年谱中提到，军警搜查高君宇在北京的住所，高君宇销毁党内文件后，乔装撤走。石评梅在回忆中还写到那晚两个人的分别："到了九点半，他站起身要走，我留他多坐坐。他由日记本中写了一个 Bovia 递给我，他说我们以后通信因检查关系，我们彼此都另呼个名字；这个名字我最爱，所以赠给你，愿你永远保存着它。这时我强咽着泪，送他出了屋门，他几次阻拦我，病后的身躯要禁风雨，不准我出去，我只送他到了外间。我们都说了一句前途珍重努力的话，我一直望着他的顾影在黑暗的狂风暴雨中消失……后来他来信，说到石家庄便病了，因为那夜他被淋了狂风暴雨。"事实上高君宇了解自己事业的风险，也抱定了为革命献身的志向。在信中，他多次坦言对自己所从事的事业矢志不移，其中一次写道："相信我，我是可移一切心与力专注于我所企望之事业的。""是可移一切心与力专注于我所企望之事业的"加了着重点，可见其意志的坚定。

石评梅悲观、彷徨、躲闪，高君宇对她说："命运是我们手中的泥，我们将它团成什么样子，它就得成什么样子；别人不会给我们命运，更不要相信空牌位子前竹签洞中瞎碰出来的黄纸条儿。"1924 年下半年，高君宇奉中央指示，去广州担任孙中山先生的秘书。在船上，他接到了石评梅的信，她依然回避，这位年轻人内心显然有些受伤："此信你说可以做我唯一知己的朋友。前于此的一信又说我们可以做以事业度过这一生的同志。你只会答覆人家不需要的答覆，你只会与人家订不需要的约束。"

能想象的是，可能石评梅对他所做的事业有些担忧，他便明确地表达："我是有两个世界的：一个世界一切都是属于你的，我是连灵魂都永禁的俘虏；在另一个世界里，我是不属于你，更不属于我自己，我只是历史使命的走卒。"其实，即使是爱情，他也做好了被拒绝的准备：

> 我何尝不知道：我是南北漂零，生活日在风波之中，我何忍使你同入此不安之状态；所以我决定：你的所愿，我将赴汤蹈火以求之，你的所不愿，我将赴汤蹈火以阻之。不能这样，我怎能说是爱你！从此我决心为我的事业奋斗，就这样漂零孤独度此一生，人生数十寒暑，死期忽忽即至，奚必坚执情感以为是。你不要以为对不起我，更不要为我伤心。
>
> 这些你都不要奇怪，我们是希望海上没有浪的，它应当平静如镜；可是我们又怎能使海上无浪？从此我已是傀儡生命了，为了你死，亦可以为了你生，你不能为了这样可傲慢一切的情形而愉快吗？我希望你从此愉快，但凡你能愉快，这世上是没有什么可使我悲哀了！
>
> 写到这里，我望望海水，海水是那样平静。好吧，我们互相遵守这些，去建筑一个富丽辉煌的生命，不管他生也好，死也好。

并不能肯定这封信是写于高君宇去广州做孙中山先生秘书时，还是 1924 年 11 月，随孙中山北上时所写。但是，我们所知道的是，写完这封信的 11 月，高君宇积劳成疾，在北京入院治疗。1925 年 3 月 6 日，他因病去世，年仅 29 岁。

"我只诚恳的告诉你'爱'不是礼赠"

高君宇留下的 11 封信里，多半是从 1923 年到 1924 年下半年，其间记载着两位年轻人从生疏到不断亲近的过程。1923 年 9 月 27 日这封信里，高君宇提起了情感问题，但语焉不详。信的最后还说："这信请阅毕付火。"他主要说的是，他和评梅是不是朋友的问题。是否男女朋友，评梅很介意，所以他来解释："我有好些事未尝亲口告人，但这些常有人代我公布了，我从未因这些生了不快；我所以微不释念的，只是他们故甚其辞，使真相与传言不免起了分别；就如我们的交情，说是不认识，固然不是事实，然若说成很熟识的朋友，则亦未免是勉强之言；若有人因知我们书信频繁，便当我们是有深了解的朋友，这种被揣度必然是女士不愿意的，那岂不是很不妥当的事；我不释念的就在此点。"

为什么要这样解释呢？主要原因在于，评梅显然介怀了。"如你果是'一点也不染这些尘埃'，那我自然释念，我自己是不怕什么的。至于他们的追问，我都是笑的回答了的；原亦不过些演绎的揣度，我已将实情告诉，只说我们不过泛泛的朋友，仅通信罢了。这样答法是否适当？至于他们问了些什么，很琐碎的，无须乎告你了。"在解释完之后，他又写道："我当时的感兴，或者是暂时的，原亦无告你的必要，不过我觉青年应是爽直的，忠实的话出之口头，要比粉饰的意思装在心里强得多。你坚壁深堑的声明，这是很需要的——尤其是在一个女性的本身；然而从此看出你太回避了一个心，误认它的声音是请求的，是希冀一种回应的了！如因这样一句话而使你起了慌恐的不安，那倒是一罪过，希望你告我，我当依你的意思，避开了一切。"

文字里的高君宇敏感、小心翼翼，但又炽热，怀抱无限深情。10月 3 日，高君宇没有等到石评梅的回信，他再次写信给她：

想来如焚的怅惘，我觉得你确对我生了意见了。假使是实在的，恐是可发笑的一事，因为我们都承认，我们仅不过是通信的朋友罢了！泛泛的交谊上，本是不值得令我们的心为了什么动气的，也是根本不能动气的。然而我总觉得生命应是平坦幸福而前进的，无论在哪一方面，要求到最大的效能与最小的阻力；所以我觉不论我们是如何程度的了解，一些不安的芥蒂都应当努力扫除，不使任何一个幸福被了轻视，不使任何一个心的部分感了不安。我现诚恳的请你指明，容我扫除已经存在的不安。又，我觉我当附尾提说一句，我所以要扫除"不安"，是解释的，不是要求什么。

10 月 15 日，他再次解释了自己目前的情感状态。这次解释，他打开了自己的心扉，坦诚地表达了他们之间情感的由来：

你所以至今不答我问，理由是在"忙"以外的，我自信很可这样断定。我们可不避讳的说，我是很了解我自己，也相当的了解你，我们中间是有一种愿望。它的开始，是很平庸而不惹注意的，是起自很小的一个关纽，但它像怪魔的一般徘徊着已有三年了。这或者已是离开你记忆之领域的一事，就是同乡会后吧，你给我的一信，那信具着的仅不过是通常的询问，但我感觉到的却是从来不曾发现的安怡。自是之后，我极不由己的便发生了一种要了解你的心……我所以仅通信而不来看你，也是畏惧这种愿望之显露……我何以有这样弥久的愿望，像我们这样互知的浅鲜，连我自己亦百思不得其解。若说为了曾得过安慰，则那又是何等自私自利的动念？

……

我所以如是赤裸的大胆的写此信，同时也在为了一种被现在观念鄙视的辩护，愿你不生一些惊讶，不当它是故示一种希求，只当它是历史的一个真心之自承。不论它含蓄的是何种性质，我们要求宇宙承认它之存在与公表是应当的，是不当讪笑的，虽然它同时对于一个特别的心甚至于可鄙弃的程度。

祝你好罢，评梅！

君宇 十月十五日

　　频繁写信，得到的回信却极少，这与评梅自己的情感际遇有关。曾经爱过，情感受过重创，因此，她对情感多有顾虑，她畏惧。所以，有一天终于得到评梅的回信，高君宇接信两小时就回信，再次向她解释自己的真心。"我们那时平凡又疏淡的通信，实具了一种天真而忠实的可爱。我很痛心，此种情境现被了隔膜了！我们还可以回复到那种时代么？——我愿！"还有一天的深夜两点，他写信给她："我觉从前之平凡的情境，似较现在之隔膜为有生气的；我也觉人心的隔膜是应当打破的。但当了人世安于隔膜的时候，又何一定要回复那种平凡而有生气的情境？诅咒一切付于了解的努力好了！"

　　年轻人恋爱之间的误会、隔膜，不断地解释，不断地"自证"，都在他们之间出现了。高君宇如此坦诚、坦荡、热切，1924 年 1 月 x 日，他写信给她。"你所愿，我愿赴汤蹈火以寻求，你所不愿，我愿赴汤蹈火以避免。朋友，假如连这都不能，我怎能说是敬爱你的朋友呢！这便是你所认为的英雄主义时，我愿虔诚地在你的世界里，赠予你永久的骄傲。这便是你所坚持的信念时，我愿替你完成这金坚玉洁的信念。我们的世界是不长久的，何必顾虑许多呢！"还有一次，他直言爱情不是礼赠："我们高兴怎样，就怎样罢，我只诚恳的告诉你'爱'不是礼赠，假如爱是一样东西，那么赠之者受损失，而受之者亦不见得心安。"

读这些信，会强烈感受到这个年轻人对生死有一种通达。这本集子里，有一些信没有单独列出来，而是石评梅摘引的。其中有一段他说：

我虽无力使海上无浪，但是经你正式决定了我们命运之后，我很相信这波涛山立狂风统治了的心海，总有一天风平浪静，不管这是在千百年后，或者就是这握笔的即刻；我们只有候平静来临，死寂来临，假如这是我们所希望的。容易丢去了的，便是兢兢然恋守着的；愿我们的友谊也和双手一样，可以紧紧握着的，也可以轻轻放开。宇宙作如斯观，我们便毫无痛苦且可与宇宙同在。

坠入爱河的年轻人苦恋着一个躲闪的女性。他不断地召唤她，说服她，不断地承诺给她以安全感。读这些信笺，会想到《世说新语》里"情之所独，正在我辈"那句话，也会感叹命运的残忍，他自始至终都像一团火一样燃烧情感，而她却总是躲躲闪闪、不愿直面，但是，又怪不得他们中的任何一方，爱情里哪有什么道理可讲？都是性格所致，都是世事所致。

"我们生命并未死，仍然活着……在无限的高处创造建设着"

高君宇与石评梅的爱情故事里，有两个信物时常被提起。不只是讲故事的人们乐于谈起，即使是在他们的现实交往以及情书中，那两个信物也一直出现。一件是香山红叶。高君宇在香山休养时看到红叶，寄给石评梅，他在红叶上饱含深情地写下："满山秋色关不住，一片红叶寄相思。"石评梅收到情意绵绵的红叶，在另一面写下："枯萎的花篮不敢承受这鲜红的叶儿。"两面都有字的红叶一直被君宇带在身边，直到他去世后，石评梅在他的遗物里再次看到。红叶依然，墨迹尤在，但斯人已逝。以至于石评梅追悔不已："当他抖颤的用手捡起它寄给我时的心情，愿永远留在这鲜红的叶里。"

另一件则是象牙戒指。1924 年 10 月，帝国主义者唆使"商团军"在广州发动叛乱，高君宇协助孙中山投入平叛指挥工作，中弹负伤，坚持战斗至胜利。之后他写信给她："×节商团袭击，我手曾受微伤。不知是幸呢还是不幸，流弹洞穿了汽车的玻璃，而我能坐在车里不死！这里我还留着几块碎玻璃，见你时赠你做个纪念。昨天我忽然很早起来跑到店里购了两个象牙戒指，一个大点的我自己戴在手上，一个小的我寄给你，愿你承受了它。或许你不忍吧！再令它如红叶一样的命运。愿我们用'白'来纪念这枯骨般死静的生命⋯⋯"这著名的象牙戒指，一直被君宇戴在手指上，一直戴进墓里，石评梅后来也一直戴着，直到去世时，也带进了坟墓。

即使他一直处于主动追求，即使他万分渴望获得她的爱情，但高君宇自始至终也有一种骄傲。离世前，当石评梅向他表达愧悔时，他的回答令人尊敬：

一颗心的颁赐，不是病和死可以换来的，我也不肯用病和死，换你那颗本来不愿给的心。我现在并不希望得你的怜恤同情，我只让你知道世界上有我是最敬爱你的，我自己呢，也曾爱过一个值得我敬爱的你。珠！我就是死后，我也是敬爱你的，你放心！

石评梅在这篇回忆性散文里说："他说话时很勇气，像对着千万人演说时的气概。"努力追求信仰，努力追求爱情，这位革命者矢志要做命运的主宰，甚至死后的墓地，也是他生前选择。陶然亭是他常和石评梅漫步之地，也是清净之地，他生前就曾经说过想葬于此地，最终石评梅帮他实现了遗愿。

石评梅一直是被动的，躲闪的，她强烈感受到他的爱，但是，一直不愿意接受。甚至可以说，多次拒绝。那个时代的知识女性，内心有着今天我们无法理解的曲折、委屈和左右为难。石评梅的期期艾艾和躲躲闪闪让人遗憾，但是高君宇去世后，她身上所迸发出来的爱之能量，却也让人动容。回忆散文里，她写下看到高君宇遗体时的模样，写到他的苍白的脸和他的没有闭上的左眼，写到她的多次昏厥和后悔。

谁能忘记他写下的那些话呢，每一句她都记得。在墓碑上，她刻下他的话："我是宝剑，我是火花。我愿生如闪电之耀亮，我愿死如彗星之迅忽。"并写下自己的话：

这是君宇生前自题像片的几句话，死后我替他刊在碑上。

君宇，我无力挽住你迅忽如彗星之生命，我只有把剩下的泪流到你坟头，直到我不能来看你的时候。

怀抱深情无以诉说的女性，多次记下高君宇去世之后她的怀念："假如我的眼泪真凝成一粒粒珍珠，到如今我已替你缀织成绕你玉颈的围巾。/假如我的相思真化作一颗颗的红豆，到如今我已替你堆集永久勿忘的爱心。"思念、追悔、流泪，石评梅的情感越发深沉："深刻的情感是受过长久的理智的熏陶的，是由深谷底潜流中一滴滴渗透出来的。我是投自己于悲剧中而体验人生的。所以我便牺牲人间一切的虚荣和幸福，在这冷墟上，你的坟墓上，培植我用血泪浇洒的这束野花来装饰点缀我们自己创造下的生命。"

与先前的感伤相比，越到生命尽头的石评梅，文字和人都气象不同。她的文字中多次出现"我爱""战士"这样的词语，这令人想到高君宇信中的语气。

我如今是更冷静，更沉默的挟着过去的遗什去走向未来的。我四周有狂风，然而我是掀不起波澜的深潭；我前边有巨浪，然而我是激不出声响的顽石。

颠沛搏斗中我是生命的战士，是极勇敢，极郑重，极严肃的向未来的城垒进攻的战士。我是不断的有新境遇，不断的有新生命的；我是为了真实而奋斗，不是追逐幻象而疲奔的。

真正的爱情给人以滋养。高君宇去世后的石评梅变得勇敢、坚强。尽管她在文字中依然哭泣，但她对人生、未来都有了更为明晰的认识，这得益于那爱情的灌注：

有时我是低泣，有时我是痛哭；低泣你给予我的死寂；痛哭你给予我的深爱。我是睥视世人微微含笑，我们的圣洁的高傲的孤清的生命是巍然峙立于皑皑的云端。

我如今认识了一个完成的圆满生命是不能消灭，不能丢弃，换句话说，就是永远存在。多少人都希望我毁灭，丢弃，忘记，把我已完成的圆满生命抛去。我终于不能。才知道我们生命并未死，仍然活着，向前走着，在无限的高处创造建设着。

如果不是命运弄人，作为作家的石评梅一定会写出更好的作品。

不仅仅是后来的读者，即使在当时她的朋友庐隐看来，石评梅的文字风格也在发生变化。不幸的是，她患上了脑膜炎昏迷不起。高君宇去世的三年后，石评梅也最终离去。"生前未能相依共处，愿死后得共葬荒丘。"朋友们依照石评梅的遗愿，将她和高君宇葬在陶然亭。这一次，他们成了永远相爱的彼此，永远共眠于地下。想必那是评梅喜爱的归宿吧？她多次回忆他们去陶然亭，也记述过他们在大雪纷飞的天气里在陶然亭写下名字的场景，时而欢快、时而内心悲戚地看着名字一点点在雪中消失。

高君宇和石评梅离世已经有90多年了。但他们的爱情深沉，炽烈，执着，披肝沥胆，依然会感染今天的读者；那些情书里的话，依然鲜活炽热，令人难忘。高君宇和石评梅让人相信，这个世界上真的有爱情——真正的爱让人无畏，真正的爱让人成长，真正的爱永远让人心生崇敬。

今天，人们为高君宇和石评梅塑了雕像，他们在生前喜欢的陶然亭公园并肩而立，永远是风华正茂的模样。即使生前未能如愿，但有情人终会成眷属；即使爱的肉身已经消失，但作为爱的灵魂却永远相伴。再一次想到高君宇写给石评梅的信中所说，"让我们抢上前去迎未来的文化罢"。塑像是"未来的文化"对革命者爱情的祝福与纪念。

原载 2021 年 5 月 21 日《光明日报》

江
子

十三根金条

一

当年，在赣南苏区时期，有一名腰缠万贯的乞讨者。他叫刘启耀。

刘启耀曾经是江西省兴国县龙口乡的一名排工，后来参加了革命，1933 年被选为江西省苏维埃政府主席。

1934 年 10 月，中央红军主力突围长征后，敌人乘势向中央苏区大举进攻。红军游击武装三千余人在江西省军政委员会主席曾山、省苏维埃政府主席刘启耀、军区司令员刘赐凡等带领下，开展游击斗争。一次研究如何突围的紧急会议后，曾山交给刘启耀一个装着十三根金条和一些银圆、首饰的褡裢，说是中共江西省委的全部活动经费，嘱咐刘启耀一定妥善保管。

刘启耀接受了任务。他郑重地用油布将褡裢包好，悄悄埋在了一个十分隐蔽的乱石堆里。

突围开始了，战斗极其惨烈。敌我力量悬殊，突围最终失败了。事后，国民党军清理战场，从一具游击队员遗体中搜到一份身份证明，上面写的是刘启耀的名字和职务。他们别提有多高兴，在报纸上大肆宣扬。

可真正的刘启耀并没有死。他身负重伤，不省人事。他昏迷后，一名战友将他推入死人堆中，拿起他的驳壳枪和证件想把敌人引开，却不幸牺牲。清理战场时，国民党兵把昏迷的刘启耀当作了一具死尸。

深夜，刘启耀从昏迷中醒来。他没有忘记自己的任务，咬紧牙关找到乱石堆，取出了掩埋在乱石中的褡裢。

如何处理这条褡裢，处理褡裢里称得上巨额的钱财，就成了摆在刘启耀面前的严峻问题。

二

接下来的日子，在遂川、万安、泰和一带，人们经常可以看到一名乞丐。他头戴破帽，身穿到处打满补丁的粗布衣服，手里拿着一根"打狗棍"，满脸苦相，胡子拉碴，口音含混。他走在偏僻的村巷之间，饿了就掏出一个破碗向附近人家乞讨，渴了就在溪边喝口水，入夜就在茶亭、破庙里和衣而卧。

几乎所有人都认为他应该是智力低下、生活无着的破落户，是不值得过分关注的社会边缘角色。没有人想到，他竟然就是前段时间被传已经牺牲的江西省苏维埃政府主席刘启耀。

伤好以后，刘启耀与组织失去了联系。他从山民嘴里听说红军主力已经向湖南方向开拔，他想化装成乞丐追赶，可湘赣边界国民党军守备森严，他腰间的十三根金条根本无法通过盘查。它们体积不小，金光闪闪，稍不注意就会发出令人心动的声响，国民党军的岗哨根本混不过去。

经过盘算，他决定隐姓埋名，在遂川、万安、泰和一带流浪。毕竟国民党军认为他已经死了，要想不暴露自己，要想逃过敌人严密的盘查，做无名的、不被注意的乞丐是最好的办法。还有，那十三根金条太显豁、太招摇，在人群中很容易被发现。而穿着气味浓烈、不需要合身体面的乞丐服，装扮成乞丐，把金条秘密系在人体最私密也最容易收窄的腰间部位，就是最好的保全之策。

十三根金条成了刘启耀巨大的负担，逼迫着他过上了非人的生活。乞丐的生活何其艰难，有几次，他讨不到饭，饿得昏倒在路旁。很多次，那些金条让他的腰受不了，它们太硬、太沉、太消耗体力，也太闹腾、太不屈从这样的命运，动不动就"哐当哐当"响表示抗议。刘启耀的腰坠得很、硌得慌，没有了它们，刘启耀会安全得多，身体也会轻松得多。可是他没有办法。它们是他的命，是他的孩子。保护它们，是他的工作。刘启耀每次从昏迷中醒来，就会首先摸摸腰间的它们。只要它们还在，他就又似乎恢复了一些力气，踉踉跄跄地往前走。

三

其实刘启耀要想处理掉这些金条并不是没有办法。比如，将部分金条变现，以改变他十分糟糕的生活状况。他有枪伤，这需要时间，更需要钱治疗。他身体虚弱，当然需要营养。他完全可以让自己的生活过得更好一些。他依然可以扮成乞丐，但他可以将用金条买来的部分吃食藏在身上。这样他就饿不着了，也会更有力气保护这些财物。

那时候的中国，堪称乱世。军阀林立，经济崩溃，百姓陷入民不聊生的境地。乱世，就意味着失序，意味着礼崩乐坏。当时，整个社会风气堕落得不成样子。稍稍掌握了权力的人往往挖空心思捞钱，经营政府专卖物资的官吏中饱私囊，当上了军官的人靠虚报编制、伤亡以及克扣士兵军饷捞取好处。各种苛捐杂税从百姓身上榨取后立即流入私人口袋……

如果按照当时的世风，刘启耀或许有很多种理由，悄悄处理掉这十三根金条。所有的人都认为他死了，也没有人知道他有巨额财富。古代官员想贪污漕粮，报出漕船被风暴掀翻的谎言，往往多能过关。更何况，战争年代，非常时期，万事皆有可能。刘启耀本就差一点丢了性命，途中即便被偷被抢也实属可能。问题的关键在于，只要占有了这些财产（哪怕仅仅是部分），刘启耀就会过上很好的生活。

可是刘启耀并没有这么做。他依然背负着这十三根金条，忍受着乞丐衣着散发出的酸臭气味，继续慢慢行走在遂川、万安、泰和一带的路上，等待着将这些钱财上交组织的机会。时局持续动荡，国民党反动势力对共产党的"围剿"丝毫没有松懈，刘启耀迟迟没有寻找到党组织。

四

我想，刘启耀之所以没有私自处理、占有这些金条，主要原因应该是基于中国共产党人在十余年革命斗争的血火考验中炼就的集体人格。

中国共产党人，以民族独立、人民解放为念，以为天下人造福为己任，他们的举止，就有了别样的风度，他们的品格，就有了金属一般的质地。

中华苏维埃共和国临时中央政府主席毛泽东，一直住在老百姓的家中，坚持每天食盐的最低标准，不多占一分。他严格遵守党的纪律，去长胜县湛田区下乡调研时，还照章缴纳了一元四角五分钱的食宿费。

中央革命军事委员会主席朱德衣着朴素得就像个伙夫，哪里有一点大官的派头？他在井冈山时期还像普通战士一样去茶陵挑粮。

赣东北和闽浙赣革命根据地领导人方志敏过手经费何止千万。可当他被俘时，身上除了一块怀表、一支钢笔，竟然连一个铜板也没有。红六军团军政委员会主席任弼时经常和战士们一起上山挖野菜。整个中华苏维埃临时中央政府，从中央政府主席到乡村工作人员，除少量技术人员外都没有薪饷。

他们瘦骨嶙峋，却目光炯炯。

他们衣衫褴褛，却气宇轩昂。

他们为了心中的主义努力工作，随时准备献出自己的生命……

他们是理想主义者，是说一不二的行动派，是革命的殉道者，是道德层面的完美主义者。他们集结在一起，整个中央苏区就成了一个洋溢着巨大的创世激情的熔炉。

在这激情的熔炉里炼造过的刘启耀、灵魂得到洗礼的刘启耀，怎么可能把使命当作买卖，成为他信仰的主义的叛徒呢？

刘启耀握紧手中的"打狗棍"继续往前走。他相信每前进一步，就离曙光近了一步。

五

通过两年多以乞讨为名的行走，刘启耀秘密联络了老党员、老红军、老苏区干部数百人。大家相约等待着新的战斗时机。1937年1月，中共江西临时省委成立，刘启耀当选为临时省委书记。

　　组织活动需要经费，可钱从何处来？正当大家一筹莫展时，刘启耀撩开他的破衣烂衫，把一条鼓鼓囊囊的旧裤裆拿了出来。当他把裤裆解开，随着一阵"哐当哐当"的金属声响，十三根金条和一些银圆首饰迫不及待地跑了出来。它们好像憋坏了的样子，一个个喘着粗气，兴奋莫名。它们的光芒，十分夺目、耀眼。

　　人们都惊呆了。谁也想不到，这个日日握着"打狗棍"、穿着乞丐装的瘦骨嶙峋的人，竟然是一个富得流油的有钱人。

　　在这一刻，刘启耀这个名字，终于洗尽铅华，恢复了它应有的光亮与质地。

　　临时省委用这笔经费买了一栋房屋，以赣宁旅泰同乡会的名义建立了省委秘密机关。剩余的经费用来保释了狱中的大批战友。

　　派上那么多用场的那十三根金条有多沉，两年多时间，带着它们一刻不离身的刘启耀，就有多不容易，他作为真正的革命者的精神成色，就有多足。

原载 2021 年 9 月 8 日《解放军报》

韩小蕙

我徂日照

题记：

"我徂东山，慆慆不归。我来自东，零雨其濛……"这是《诗经·豳风·东山》唱出的一支悲歌：一群被派去戍边的老兵，永远不可能再回归家乡，生活悲苦，景象凄凉，绝望之下，只有终日面向家乡的方向而苦苦叹息。当年我在大学期间，被这首古歌直击心灵，一直慆慆不能忘怀。现借来写日照，反其意而用之。

于是，2021年暮春，在我来到日照的那个美妙日子里，天还未亮，海妖们还在沉酣，我的歌声就在万朵浪花上响了起来："我徂日照，满载而归。我来自京，春意正浓……"

一

普天之下，阳光朗照，为什么独独只有你敢自称为"日照"？是因为你拥有一望无际的黄海吗？是的，每个夜晚，你枕着大海沉沉睡去，一道道白练是抚拍你安眠的手臂，一朵朵浪花是助你入梦的音符。而更为让人羡慕的是，每天清晨当你一睁开双眼，一幅幅壮丽绝伦的"海天红霞图"就已在等待你的欢呼，激荡你的豪情，召唤你快快投入它的怀抱⋯⋯

黄海在中国四大海洋中，面积虽然排在第三，但你骄傲它的水质仍是蓝色的。在海岸边溜溜达达，随便进入哪一间小餐馆，都能看到当天捕捞上来的大鱼，两尺多长的都是普普通通的"六宫粉黛"，至于"杨贵妃"有多颀长有多漂亮，则一再地被新的收获所刷新。更珍贵的，还有虾兵、蟹将、蛤蜊将军、海螺元帅⋯⋯

海啊海！幸福的日照依傍在黄海宽阔的胸膛上，还忙着把一车车钢铁、煤炭、粮油、菜蔬、百货迎来送去，也把加速发展的一个个好消息和全市人民的好日子，快递到四面八方。

据媒体报道，在全世界疫情最猖獗、人们情绪最失措的2020年，日照市除进出口总值微微下降了一点点之外，其余GDP、工业增加值、资产投资增长值等十多项指标，皆是正增长！其中开得最灿烂的有两朵花，一朵是居民人均可支配收入增长了4%，这看似不动声色的数字背后，是普通人家的餐桌上添了一大碗红烧肉？是老人的福利卡里多了一个大红包？是孩子们的手上多了香蕉、苹果、大鸭梨？另一朵花儿更了得，简直就是戴在日照胸膛上的英雄花，那是在山东全省"群众满意度"调查中，日照市获得了排名第二的高分！

二

普天之下，阳光朗照，为什么独独只有你敢自称为"日照"？

是因为你背靠着五莲和九仙等座座大山吗？是的，忽闻海上有仙山，山在龙山文化间。陵阳河遗址出土的"日月山"原始陶文，比甲骨文还早 1500 年。色如墨、声如钟、薄如纸、亮如镜、硬如瓷的日照黑陶，被有关专家誉为"四千年前地球文明的最精致之作"。4000年前啊……

我的心里突然一抖，似乎知道了自己的位置：过去听我老母亲说过，她的家族——爷爷的爷爷的爷爷，就是从山东启程的"闯关东"成员。山东有济南、青岛、烟台、威海、临沂、泰安、潍坊、聊城、枣庄、菏泽、淄博、德州、东营、滨州、济宁……还有日照！

三

普天之下，阳光朗照，为什么独独只有你敢自称为"日照"？

是因为你骄傲自己的优秀儿女吗？中国历史上有两个男人，输得最惨，又赢得最漂亮，一位是太史公司马迁，留下了烛照千秋的《史记》；另一位是军事家孙膑，伟大的《孙膑兵法》流传一代又一代，至今全世界的聪明人还都在学习和运用。人都爱说每一个成功的男人身后都有一位女性在支撑，而支撑孙膑的，则是你的九仙山，正是这座圣山以她温暖的母性，安抚着失去了双膝的孙将军，为他提供了安身立命、传下兵书的背景环境。

还有"思接千载，心游万仞"的刘勰，也是从你的怀抱中呱呱坠地、勃勃长成的好儿郎，一部《文心雕龙》为千古中国留下了无比杰出的文论著作，也标志了你的儿女们的质量高度。更出彩的是中国民众最喜欢的大诗人苏东坡，那一年，被宫斗戕戮所戕害，更是被妒忌的毒蛇所噬咬的苏大人，来到你的辖区密州做父母官，并留下了千古名词《江城子·密州出猎》：

老夫聊发少年狂，左牵黄，右擎苍，

锦帽貂裘，千骑卷平冈。

为报倾城随太守，亲射虎，看孙郎。

酒酣胸胆尚开张，鬓微霜，又何妨！

持节云中，何日遣冯唐？

会挽雕弓如满月，西北望，射天狼。

好一个"千骑卷平冈"，好一个"倾城随太守"，想一想都心神飞动！这曾是苏大诗豪狂奔过的土地啊，我抬起左脚，使劲跺了跺，脚下的条石路给了我一个坚硬的回复；我又抬起右手，抚了抚路边的青草，问它们当年是否见过苏太守，他是一副威武的将军相还是文雅的君子貌？苏轼知密州仅两年多时间，却为连年旱灾、蝗灾、饿殍、弃婴的悲苦百姓做了祈雨抗旱、驱除蝗虫、赈灾捕盗、减免税赋、救养弃婴等许多实事，政绩斐然，千年传颂，那时他在 39 岁到 41 岁间，正是为苍生做事的最好时光。他还在密州留下了一生最重要的两首婉约词"十年生死两茫茫"和"明月几时有，把酒问青天"，一是悼亡妻，二是念兄弟，与上面那首《江城子·密州出猎》合称为"密州三曲"。有网友说苏轼"是中国五千年活得最潇洒的男人"，就我个人而言，最是崇拜豪放的苏东坡，那能喊出"射天狼"的狂飙太守，难道不也是一位山东大汉、日照男儿？

幸运的是，日照雄性的血脉没有断，一直流淌到了当代，我去拜谒了养育少年丁肇中的丁氏祖居"五宅"。这座始建于清光绪年间的大宅院里，两株高耸入云的大榆树，仍在忠实地庇护着丁氏大家族"诗书传家"的精气神；"种德堂""慎德堂"里，仍回响着丁氏儿女们诵读孔孟的琅琅读书声……走出国门，干了一番大事业，摘得了诺贝尔物理学奖；改革开放以后回国回乡，又以一身知识财富报效故国和母地。

四

普天之下，阳光朗照，为什么独独只有你敢自称为"日照"？

是因为你有了自己超快速发展的"武林秘籍"吗？作为一个滨海小城，你雨后春笋般长起的高楼大厦，当然不能跟京、沪等相比，但我看到了你的一位位普通市民，他们脸上的表情鲜明而生动，泛着海边人特有的铜质的光亮，掷地有声地洋溢着生活的热望。我还看到了一幕幕与"热"字沾亲带故的场景：在沿海岸的边地上，建有一间间爱心小屋，好几位幸福的新娘正穿着曳地白色婚纱，"巧笑倩兮，美目盼兮，素以为绚兮"。在大山深处的小村庄里，农民们迁到离城更近的居住点，融进了楼上楼下、电脑手机的现代生活；而他们那些用海边的岩石垒砌的石头祖屋，则被改造为花园式的民宿，里面还悬挂着80后、90后最爱的杜尚……还有一间过去生产队的大队部，被改建成一家图书馆，长长一溜柜子上，傲娇地排列着来自世界各国的咖啡，还有各式洋里洋气的器皿，大大方方扮演着"红袖添香"的角色；墙壁上和屋角处，对应地摆放着"永不忘本"的锚、桨、橹、网等渔业工具，既现代又原始，既热烈又冷静，既粗犷又细腻，既贵气又洋气！

说来，作为走南闯北的媒体人，我并非缺少见识，以上种种场景，我在全国各地都见到过，甚至远至新疆西藏，于今也都已非稀罕事。然而为什么独独在日照，这些普普通通的日常物事，能重击我心灵，引起了涨大潮般的回响呢？

或是因为山东是我的母地？也是全国多少东北人、河北人、河南人、山西人、陕西人、安徽人、江西人……甚至福建人的母地。江西作家曾清生对我说，他家族的老祖先是山东人曾参，到了西汉末年王莽篡政时，曾氏家长曾据带着全族老少 2000 多人，从鲁国南武城出发，经过千难万险的迁徙、迁徙、迁徙，最终落户在江西永丰县内，如今传到他这一辈，已是宗圣曾子的第 76 代世孙。我想起来，自己还曾在福建福鼎的茶园里，遇到一位身高一米八多的大汉，在周边普遍纤细的闽人中极为抢眼，但他却明明说着一口土腔土调的福鼎白话，令我很是迷惑。问起，答曰："祖上是从山东过来的，已经在闽居住了几百年……"呵呵，万岁这强大的遗传基因啊！

或又是因为日照人的理念令我吃惊？先听听他们给旧城、旧村改造后起的名字：凤凰措，龙栖岛，龙门崮，白鹭湾，伏羲街，神农巷，女娲坊，东夷小镇，美术馆小镇……再听听挂在他们嘴边的名词：生态文化村，渔家海草房，主题客栈，文创商品，网红康养，素颜餐厅，VR 科技体验馆……真是又古典又时尚啊，让我这个成天坐在书房里的北京人，也觉得自己像个原始人了，什么时候外面的世界已经变得这么精彩？最欣赏东夷小镇半开放式的活动大厅里，地下有河流，头上是海岛山洞式的石屿，身边生长着红色叶子的枫树，绿瀑布一样流泻的藤萝，一大片一大片茵茵茸茸的绿草地。不远处还停着一辆整旧如新的绿皮火车，废物利用，如今它变成了餐厅、咖啡馆和快捷酒店客房。这般般曼妙的景物，惹得身边的游客们大呼小叫，就像钻进了孙悟空的花果山、水帘洞。而我，默默报之以柔软的赞叹和感动，因为这一切都不是在童话里；而且它的目标人群很明确，就是为普罗大众建造的，品质高端而不排场豪华，阳春白雪并重下里巴人，实用、可用、好用又触手可及，是大众跳起脚来能接受的价格。在所有关于人群的称谓中，我一向不喜欢什么"富豪""权贵""金领""白领""蓝领"之类，甚至连"中产""无产""富人""穷人"等等也都没什么感觉。我只最喜欢一个词——"平民"。

五

普天之下，阳光朗照，为什么独独只有你敢自称为"日照"？

临别之时，我舍不得离开大海，又一次去到海边，再向辽阔的汪洋借取胸襟，吸纳力量，感受天空、大地、海洋、宇宙的神圣与神秘，以及文学与诗意之光。人哪，是离不开海洋的，只要站在它的一望无际面前，一切的焦虑、忧郁、烦躁、犹豫和不安，可以瞬间化为乌有，你会重拾生活的信心，你会懂得自己的渺小！

我突然错愕地站住了。行至海边，我突然发现了一个巨大的外星人飞船！没错，就是传说中那有着圆滚滚的钢铁外壳、像大甲虫一样的大家伙。此刻，它正把圆滚滚的大肚子紧紧贴在沙地上，向着大海方向瞭望。每当千万条巨长的白练手臂挽着手臂，声嘶力竭呐喊着"涨潮！涨潮！"的号子，凶狂地涌向陆地时，它就兴奋地抬起头，用头顶上一只高高竖起的大角，发出强烈的红光，就像一只巨大的独角兽在威慑眼前的猎物。而同时它又很懂得克制自己的情绪，当一道道白练集体向后退去时，它也就默默降低了身段，把警告的红光降调为蓝色。于是，万里海空，水天一色，大家都恢复了和平的一片澄蓝……哈，原来这不是外星人哦，也不是一只无事忙的大甲虫，日照的朋友骄傲地告诉我说，那是"潮汐塔"，顾名思义，是用来观测潮涨潮落云起云飞的。在它圆滚滚的大肚子里，可不是酒囊饭袋，而是一座海战馆呢，讲述了一场悲壮的大海战，就发生在宋金时代的日照石臼岛，史称"陈家岛海战"。在大甲虫的背上，是一朵正在绽开的莲花，登临凭栏，可观览全市风光，是为日照市的标志性建筑。日照人民都爱它，三天两头不见就心痒痒，抽个空也要跑来看看它的七彩宝光。

好玩。好玩。好玩。

人生即如大海，也有潮汐。社会即如大海，也有潮汐。地球即如大海，也有潮汐。宇宙即如大海，也有潮汐。赤，橙，黄，绿，青，蓝，紫，短短的人生中，生命的色彩或绚丽灿烂，或光怪陆离——让我们以平常心，等待。

六

我徂日照，满载而归。我来自京，鼓舞欢欣……

原载 2021 年 6 月 14 日《解放日报》
2021 年获第三届刘勰散文奖

彭
程

方饭亭

　　这个地方并不起眼。一座不高的山丘，坡度舒缓，山顶上有一个不大的亭子。如果是一位外地游人，从远处望过来，很可能会忽略它，认为不过是一处寻常的景点，是如今公园里随处可见的亭台楼阁等点缀性的建筑之一。的确，无论是体量，还是形状，它都不具备能够格外吸引眼光的特别之处。

　　但如果知晓了它的来历，就完全不一样了。"山不在高，有仙则名；水不在深，有龙则灵"，刘禹锡《陋室铭》中的句子，完全可以移来描绘这个地方、这座山、这个亭子。它们因为连接了一个伟大的名字，便有了海拔，有了气魄，有了非凡的风貌。

　　这座山，这个亭子，位于文天祥公园中，在广东海丰县城内。因为这座小山，公园成了县城中的制高点。从这里俯瞰四周，视野中楼厦密集，街巷纵横，店铺林立，但因为有大片树林草坪相隔，那些原本喧嚣嘈杂的市声传递过来时，已经被过滤掉不少，变得若有若无，仿佛一阵阵轻微的松涛声。

　　目光改回平视，面前便是一个亭子——方饭亭。我是从山脚下走了三十多级台阶，来到此处的。这个亭子有八柱八角，是双层重檐结构，高度十米左右，顶部为攒尖形状。亭子里面，中间位置，竖着一块高约三米、宽约一米的石碑，上面镌刻着文天祥的半身画像。画像上方，用篆体字刻着文天祥就义前写下的句子："孔曰成仁，孟曰取义，惟其义尽，所以仁至。读圣贤书，所学何事？而今而后，庶几无愧。"两旁的石柱上，用苍劲遒峻的字体，刻着明代潮州府状元林大钦撰写的对联："热血腔中只有宋，孤忠岭外更何人。""方饭亭"三个字，则刻在文天祥画像上方的石柱横梁上，对联横批所在的位置。

这一切，都是因为文天祥。

方饭亭，这个有些奇怪的名字，是一个故事的起点。正是从这里开始，一代英雄文天祥走进了历史，走进了人心。

整整 740 年前的公元 1278 年，南宋祥兴元年，这一历史事件发生的那一年，这里还是一片荒山野坡，名为五坡岭。此前多年中，元世祖忽必烈的蒙古铁骑大举南侵，南宋小朝廷的江山大片沦陷，只能一步步地向广东沿海一带退缩，政权风雨飘摇，苟延残喘。这一年的十二月中旬，时任枢密使、都督诸路勤王军马的文天祥率部队，自潮州潮阳县退入海丰，在赤岸渡留下少量兵力布防，自率大部人马驻扎五坡岭。因为多日来连续征战，人困马乏，准备在此稍做休整后，再转入附近地势险峻的莲花山脉，结营固守。二十日中午时分，宋军埋锅造饭，饭刚刚做熟，正欲就餐，不料元军骑兵突然循着炊烟袭来，仿佛自天而降。宋军最初还以为是当地的农民进山赶鹿，等反应过来，已经措手不及了。

千载之后，仍然可以想象当时战斗的惨烈。猝不及防的宋军官兵惊骇不已，或仓促应战，或四处逃散，被元军追逐杀戮，死者七千多人，尸横遍野，林木皆为鲜血沾染。将军邹洬负伤十多处，仍然英勇拼杀，力竭而自刎；将军刘子俊苦战被擒，为了保护统帅，自称是文天祥，却被元军识破，被活活烹煮而死；文天祥自知克敌无望，不肯被俘受辱，吞食随身带着的冰片试图自杀，却因药物失效而未能成功，被元军俘获。逃离出去的宋军残部有三千余人撤退到捷兰埔，即今天汕尾的捷胜镇，与元军做最后决战，终因寡不敌众，全部战死，血染郊野。

五坡岭惨败，对已退缩至新会县外南海边、摇摇欲坠的南宋朝廷，是致命的一击。对文天祥个人来说，则是一个人生的根本转捩点。此前，他是朝廷重臣，为了收复失地，复兴南宋，他散尽家资，招兵买马，组织义军，开始了戎马生涯，辗转苦战于东南一带，曾获数次大捷，有力地提振了人心士气。五坡岭之后，他是一名俘虏，一介囚徒，一个丧失了自由的前朝高官。

一段悲壮的历史，一种高蹈的精神，以此为开端，铺展生发开来。

进攻五坡岭的元军统帅是张弘范。文天祥被俘后，被押解到东北方向的潮州，见到了张弘范。左右官员要文天祥下跪，文天祥坚决不从。这一副铮铮铁骨，反而让张弘范心生尊敬，予以礼遇。他将文天祥带至新会崖山，南宋抗元的最后据点，多次要他写信，招降正在顽强抗击元军的宋军统帅张世杰。文天祥一次次拒绝了，最后一次面对胁迫时，他将途中写下的那首青史留名的《过零丁洋》拿给张弘范看，作为回答。尾句鲜明地剖白了心志："人生自古谁无死？留取丹心照汗青。"据史书记载，张弘范读到诗后为之动容，把纸张小心地收藏了起来。第二年，崖山战败，丞相陆秀夫背负宋帝投海，张世杰遭遇台风溺水而死，南宋覆亡。元军中大摆酒宴，犒劳军队。张弘范再一次劝说文天祥降元：丞相的忠心孝义都已经尽到了，如今宋朝已经灭亡，若能够改变态度，像侍奉前朝那样侍奉大元皇上，仍然可以担任宰相。文天祥垂泪回答：国亡不能救，作为臣子，死有余罪，怎敢怀有二心，苟且偷生？张弘范深为感动，向元世祖请示如何处理文天祥，元世祖说：谁家无忠臣？诏令将文天祥押送到大都。张弘范令押解人一路给予优待。

自五坡岭战败，到踏上前往元大都的漫漫长路，半年的时间里，文天祥作为一名手无寸铁的俘虏，却能让掌握着生杀予夺大权的敌方将领由衷地尊重敬佩，不难想象，他的病弱的躯体内，该蕴藏着怎样一股至大至刚、所向披靡的人格力量和精神气节。

接下来的故事，就更是广为人知。

元世祖忽必烈入主中原后，开始在投降的南宋官员中物色人才。他得知文天祥是南宋政权群臣中的翘楚，便派人去劝降他，许以宰相高位。从在京的南宋君臣到元朝高官，走马灯似的来到关押他的兵马司监狱，充当说客，每次文天祥都是干脆地拒绝。从四十三岁到四十七岁，长达四年的时光，元廷软硬兼施，也无法让他改变初衷。问其愿望，回答是只求一死：国家亡了，我活着还有什么意义？只能以死报国。临上刑场，文天祥神态安详，从容不迫，对已经熟悉的狱卒平静地说了一句话：我的事完了。在行刑之地，他问清楚方向后，向南跪拜，那是他用整个生命效忠的故国的方向。几天后，文天祥的妻子欧阳氏来收尸，在衣带中发现了丈夫在被押出监狱前写下的遗书，便是铭刻在方饭亭中画像上方的那三十二个字，也被称为《衣带铭》。

从诀别人世之际写下这样的句子，到被铭刻在石碑上，前后隔了二百多年。明代正德十年（1515），为纪念文天祥的浩然正气，海丰庠生吴了昌提请广东提学章朴庵批准，由时任海丰知县等人在五坡岭修建了表忠祠，相传祠内有联语曰："一饭千秋人不死，五坡万古宋长存。"不久，惠州守备陈祥又在表忠祠的南边建了忠义牌坊，在表忠祠的北边建了方饭亭。亭名的由来，当与祠内对联有关。

其后五百年间，亭子修复毁，毁复修，明清时期有记载的重修就有多次。1938 年，抗日战争时期，侵华日军飞机将表忠祠和方饭亭炸毁，现存的方饭亭是新中国成立后重修的。

方饭亭的前面，数十级台阶外的一个月台上，矗立着一块长方形石碑，上面镌刻着四个大字：一饭千秋。鲜红色的字体熠熠闪光。

一顿饭的工夫所发生的事情，足以为千秋万代所铭记。因为，它同一种境界密切相关。与"国家不幸诗家幸"情形仿佛，一个王朝走向覆亡的主要见证地之一，却托举起了一种气壮山河的精神。它诞生于此地荒野草木之间，又经过此后数年间的风雨浇灌，终于成长为一棵名为气节的大树，吸天地之气，映日月之光，超越时间而永恒地生长耸立。于是，方饭亭便成了一座祭台，祭奠的是威武不能屈、富贵不能淫的浩然正气。

站在方饭亭前，一些思绪也不由得生发和升腾。

粤东深秋的下午，暑热消退，高空清朗，天地间多了一份庄肃的气息，适合进行某些沉思默想。我想到，一个地方不单单是地理意义上的存在，它还有另外的维度。因为人的高贵卓绝的行为，许多地点被赋予了让人感佩景仰的精神。首阳山，伯夷叔齐的隐居地，他们采薇而食，宁愿饿死也不食周粟；风萧萧兮易水寒，荆轲于此踏上西去刺秦的不归路，悲歌慷慨，天地变色；面对清军重重围困，史可法宁死不降，浴血保卫扬州孤城，骨骸葬于梅花岭上，百世流芳；牡丹江支流乌斯浑河畔，东北抗联八位女战士弹尽粮绝，英勇投江，为了民族解放将年轻的生命做了献祭……古往今来，天南海北，有多少这般可歌可泣的处所，它们因为沾溉了某种品德，而变得非同寻常。

使这些地方具备了精神气息的人们，彼此之间尽管时空暌违，却有着一种相通的东西。他们内心深处都是坚守了一种原则，并且将这种原则看得远远胜过生命。当两者发生冲突无法并存时，宁愿放弃生命，也要守护这些原则。这样的原则，是在漫长的历史进程中被证明、被确立下来的，是人性和生活的基础和前提，关涉人类的尊严和根本福祉。因此，他们的选择被称作是舍生取义，会被一代代的人讴歌和铭记。

正是因为这种精神力量的强大，千百年之后，置身于有关的地点场所，心情仍然难以平静。作为那些英勇壮烈的行为和事迹的最初的现场，它们仿佛依旧还在发散出一种特别的能量。此刻就是这样。盘桓于方饭亭旁侧，是凭吊一位彪炳千秋的英雄志士，也是向一个民族优秀卓异的灵魂致敬。

不知不觉中，黄昏已经降临，金黄色的阳光自西天斜射过来。站在方饭亭旁边向四围望去，正对着台阶的山坡底端处是一所学校和居民区，有的地方被房屋和树木的阴影覆盖，有些模糊漫漶，仿佛沉入时间深处的往事。而亭子因为位于山坡顶端，完整地沐浴在阳光中，被涂抹上了一层斑斓的色彩，熠熠闪光。几百年来，每一天都是如此，是最自然不过的景色。但在这一刻，因为还沉浸在自己的感受中，我忽然产生了一个颇有些奇特的想法。我努力让自己相信，天地有灵，这分明是大自然安排的一个隐喻，为了宣示和颂扬精神的伟大和永恒。

原载《心的方向》，广西师范大学出版社 2021 年版

素
素

看见青海

我对空间极为敏感，在当年那间乡村中学的地理课上，老师给出一个中国地图轮廓线，我的眼前立刻就会出现军队作战用的那种沙盘，然后迅速地在那片空白里画出所有的省际线，划出主要山脉河流的走向，包括盆地、沙漠、湖泊以及森林和矿产的具体分布。这让别的同学非常嫉妒，地理老师也对我另眼相看，说我好像长了一双鹰眼，擅长从空中鸟瞰。

老师的话，让我想起小时候反复做的一个梦。梦里的我总是骑着一只小白鹅，在若明若暗的天空中自由飞翔。这个梦至少说明，对空间敏感，擅长鸟瞰，说不定真有先天因素。

在地理课上，我也曾鸟瞰过青海。从此知道，青海是世界屋脊，是地球的第三极，雄视天下，耸入云端，虽然被印在扁平的地图上，我在内心却对它一直保持仰望的姿势。当然，青海对我而言，是一个神秘而有质感的存在，不可望，亦不可即。

走近青海，看见青海，已是许多年以后的事。当它由一个方位，变成了一个方向时，吸引我去了不止一次，而是一次又一次，始知脑子里装的那点地理知识，只不过是弱水三千之一瓢。

一

　　青藏铁路全线通车，有了平生第一次西部之旅。T27 次列车始发站是北京，终点站是拉萨。出发前，我特意带了一本地图册，一为知我所向，二为知我所见。不过，这是一次有缺憾的西部之旅，我去的是西藏，青海只是路过。

　　青海境内，只有两个停车站，西宁和格尔木。停车时间，一个是傍晚，一个是清晨。两次我都下车了，活动范围只限于人流穿梭叫卖声不绝的站台，可以借着能见度不高的光线，观望一下目光所及的城市楼房。

　　也许因是路过，火车一进入青海境内，我就开始激动不安。西宁、青海湖、柴达木、格尔木、可可西里、昆仑山、唐古拉山……这些令我心颤不已的名字，早在中学时代就耳熟能详，心向往之。在此之前，它们始终蛰伏在地图上，如今，它们就要向我花枝招展了。

　　然而，火车开出西宁不久，青藏高原就深隐在厚重的夜幕里，只有车轮不眠不休的滚动声，安慰我心有不甘的浅睡。

　　好在铁路比夜晚更悠长，让我等来了晴天丽日，看见了可可西里。它像远古的侏罗纪一样，从时间尽头缓缓走来。火车太渺小了，就像一根从它肩上飘落的发丝，而它是地球安放于此的初梦，洪荒而苍茫，静谧而死寂，深眠在摇篮般的昆仑山与唐古拉山之间。看见可可西里的那一刻，仿佛看到了世界的原稿，自始至终，从未被修改，从未被扰动。

　　这里没有车站，也不可能设车站。从昆仑山口起，到唐古拉山口止，我把车窗当成取景框，一帧一帧，一页一页，整个上午，我都瞪大了眼睛，把可可西里从头看到尾。

戈壁荒漠，像是从火星拷贝到这里的。奇怪的是，这里常常是喧闹的，许多青藏高原特有的野生动物像不知悔改的嗜酒者，时不时就会跑到这里过一过瘾。

湖泊河流，偶尔可见，它带来的潮湿，对可可西里不啻是杯水车薪。岸边看似铺了一层毛茸茸的植物，怎奈露出地表是什么样子，一生就是什么样子。

近山如赤子，裸然无遮，纤毫毕现。肌肤是赭红色的，看似貌丑，却让可可西里有一种别样的性感。

高处是雪峰冰川，一浪一浪，叠来叠去，看似挽臂连腕，相亲相爱，其实各属两大阵营。玉珠峰和玉虚峰是昆仑山脉的领队，格拉丹冬峰是唐古拉山脉的领队，为一个前世之约，共守可可西里。于是老死相望，把自己慢慢化成水，给万物当乳母。

这里是生命禁区，但是经验告诉我，途经可可西里，一定会看见藏羚羊。果真见了，竟觉得是一种奢侈。

在荒漠，在河滩，它们突然就出现了，或三只两只，或一小群一大群。我以为，有火车开来，它们会惊慌地逃掉。事实却是，即使孤单的一只，也是见惯不惊，间或地向这边瞥一下，表情淡淡的。

不知为什么，有一群藏羚羊飞跑了起来。我紧张了一下，马上就释然了。它们原本就可以在高山峭壁攀上攀下，在荒漠戈壁肆意狂奔，正是诸美集于一身，那只雄性的藏羚羊被雕成了一枚巨大的徽章，戴在可可西里胸前。

尽管如此，可可西里最撼动我的，就是它那混沌初开的荒凉，与生俱来的荒凉。而且，可可西里告诉我，荒凉是个哲学问题。

有一种荒凉是大自然的本色。地球的形成史是漫长的，地球的荒凉史也是漫长的，动物或植物，有生死循环，荣衰代谢，地壳运动，会导致山倾地覆，乾挪坤移。因为这样的荒凉总是周而复始，大自然也就乐天知命，处之泰然。

有一种荒凉却是人类的劫数。地球史已有 46 亿年，如果把 46 亿年换算成一天 24 小时，人类在最后 3 分钟才登场。所幸，蒙昧的时间足够漫长；所幸，中国老祖宗发明了天人合一的自然观。然而，文明的时间虽短，因为地理大发现，因为工业和后工业，因为人口越来越多，因为资源被过度消费，由此而至的荒凉，便成了人类难辞其咎的原罪。

坐上这列火车之前，我曾看过陆川导演的影片《可可西里》。从中我知道了藏羚羊，知道了索南达杰，原来有人曾用生命守护着可可西里亘古仍在的荒凉。

但是，我从车窗看见的可可西里，已经由省级自然保护区变成国家级自然保护区，并且加冕为世界自然遗产。它已经原谅了人类的鲁莽和冒犯，人类也已经学会了对它的珍惜和敬畏。

那一世，转山转水转佛塔，不为来世，只为途中与你相见。

正因为这一世的相见，我从此喜欢荒凉之美。

二

去玉树，是因为在那一年前发生了 7.1 级强烈地震。

震中在结古镇。这是我第一次目睹地震现场，时间虽然过去了一年，仍可以看见大自然如何亲手把自己撕裂，然后让附着其上的人类承受灾难。

是的，青藏高原本身就是地震的杰作。3000 多万年前的喜马拉雅造山运动，将这里隆起为地球上最高的高原，之后，大大小小的地震也从未断过。只是，撼山易，撼青藏高原难。地震之后的玉树，草原仍是绿的，河水仍是清的，人仍是快乐的。我惊奇于大自然本身的自愈力，更惊奇于人类面对灾难的治愈力。

玉树之行，一半时间看灾后重建，一半时间看三江源。生命川流不息，地震又奈我何。

其实，任何一条河，都不是一源，而是两源或三源，甚至还多。三江源亦如是，来自雪峰冰川，先是隐身于一片草甸、一片湿地或一片沼泽，逐渐由潜而显，如一棵倒伏在地的大树，树冠上的枝杈，便是丝丝缕缕的小溪。最长的那条小溪，就是河的正源，傍在两侧的小溪，只能叫左源或右源，南源或北源。一条河的强大，是因为有无数个粉丝拥趸一般的支流，而支流里面还有干流，由干流再向下，才叫一条河的上游。所谓源远流长，说的或许就是三江源。

去三江源，就是去玉树。玉树两个字，便让我产生了许多联想。玉，就是晶莹剔透的源头之水，树，就是水流涌动的曲线，那么，是上天让玉树藏着管着这些水，也是上天让这些水滋润着玉树。在此之前，我只知道三江源蜿蜒于青藏高原，却没想到它们集体缱绻在玉树草原。

在玉树，在三江源，听得最多的一个字就是曲。不同名字的曲，各种各样的曲，蜿蜒在雪山之下，高原之上。澜沧江正源，叫扎曲；黄河正源，叫卡日曲；长江正源，是沱沱河，但它的北源叫当曲。这里是康巴藏地，曲是汉语音译，江河之谓。然而，我认为曲是不用翻译的，能看懂汉语的象形文字，就能看懂藏语的曲，因为怎么看它都是江河的样子。

结古镇的母亲河也叫扎曲，跟澜沧江正源的扎曲重名。它是通天河的支流，通天河是长江源的主干流。三江源自然保护区纪念碑，就竖在通天河渡口房山丘之上。纪念碑顶部，雕塑着人类主动伸出的两只手，掌心朝上高举，有祈求之意，有敬畏之意，也有和解和回归之意。这已经不是一个艺术造型，而是一种终极信仰。

小说叙事的第三人称，被称为上帝视角，意味着全知全能。站在通天河边，纪念碑下，我突然想起了老师当年对我的夸赞，突然就想真的变成一只鹰，背负青天朝下看，从格拉丹冬开始，从西向东鸟瞰。我就会看到，雪凝为冰，冰融为水，水聚为涓，涓流之下，便是通天河，激情流贯 1000 公里，为玉树草原注入千古灵动。

我听说，纪念碑竖起之日，生态保护红线也随之划定。这里有许多藏族村落，应生态移民要求，他们迁到了格尔木市郊。本来就是自然之子，本来就信仰万物有灵，在他们心中，第一是山水，其次是牛羊，最后是家人，只要山河无恙，去哪里都无怨言。于是，搬家那天，只带走了牛羊和善愿，那无数座经幡台，都留给了三江源的风。

我还听说，一个喜欢绘画的牧民，用 20 年时间，给家门前的黄河源画了两幅画，以空间和时间两种方式，记录雪山草原生态变化。第一幅画，画了 10 年，第二幅画，也画了 10 年，但还没画完，牧民就去世了，给儿子的临终遗嘱，就是让他接着画。

三江源的潮湿，不只滋养了草原，哺育了众生，还繁衍了故事。

记得在通天河南岸，有一块巨大的晒经石，石旁的古柏林，树上树下挂满了彩色的经幡。这里曾是唐蕃古道一个重要的渡口，后来被吴承恩写进他的《西游记》，大意是唐僧师徒在通天河上岸后，曾在那块巨石上晾晒过被水浸湿的经卷。1000 多年过去，当年过河晒经的通天河边，至今依然经幡飘扬。

岂止是经幡，还有嘛呢。

在结古镇新寨村，我看见一面用几亿块嘛呢石堆起来的墙。在距结古镇不远的巴塘河和勒巴沟，各种嘛呢更是目不暇接。把经文刻在山体上，叫山嘛呢，把经文刻在河里的石头上，叫水嘛呢。同行的阿来是藏地通，他指着山坡上猎猎飘舞着的经幡告诉我，那也是嘛呢，风嘛呢。过了一会儿，便从山上传来了一阵清亮的歌声，我问："这是歌嘛呢吧？"阿来说："是。"

我就想，在被上天恩赐的三江源，在被嘛呢祝福的三江源，一场地震能改变什么呢？

三

这个夏天，青海显得格外拥挤，许多人不是在青海，就是在去青海的路上。我也是。

在机场检票口，遇见了几个靓装姑娘，有一个竟认出了我，说她们要自驾游甘青大环线，已经在西宁租好一辆房车，问我要不要加入。我说，若不是另有约定，肯定跟她们一起走。

甘青大环线，环绕的是祁连山。两年前去甘肃，在河西走廊看见了半个祁连山。此次来青海，我将看见另外半个祁连山。真想告诉那姑娘，两次相加，也等于走了一次甘青大环线。

在河西走廊一边行走，一边为青海庆幸，因为总听人说，如果没有祁连山，腾格里沙漠就会和柴达木盆地荒漠连成一片，西伯利亚寒流就会让青藏高原雪上加霜。再去看祁连山洁白的雪峰，就感觉它像一个慈母，无私地张开了自己，呵护着身后的子孙。

有这样的铺垫，再向祁连山走去的时候，我便揣了个小心思，就是想看看被它呵护的青海，究竟会给我什么样的惊喜。

走到达坂山，在车上就可以望见祁连山了。在我眼里，祁连山与之前看过的没有两样。雪峰也是洁白的，山脉也是连绵的，远远看去，似一条冻僵了的长龙，却搅得周天寒彻。

不过，青海也的确幸运，南有三江源，北有祁连山，前者号称中华水塔，后者被誉为中国湿岛，整个青海，宛如一只巨大的冰斗，受其益者，不只是中国，还包括半个亚洲。所以，青海前面，被人加了两个字，大美青海。也对，大山在这里高耸，大河从这里发源，大美者若非青海，孰可名之？

雪线之上，有数百座冰川，雪线之下，流淌出七八条大河。我坐的车，就一直是沿着大通河谷行驶的，河两岸便是著名的门源万亩油菜花田，只可惜时间还早，只有畦绿，没有花开。

天然的宽谷盆地，形成了天赐的祁连山大草原。这是甘青大环线的看点，也是山南青海独享的福利。青海作家古岳一路都在讲祁连山，花，草，河，雨，雪，牛，羊，人。看到什么，他就讲什么。我问他："草原上那么大一群牛羊，却只有一个人在放牧，他不寂寞吗？"他说："草原上的牧民，如果眼睛里看不见雪山，会觉得灵魂丢了。"看似答非所问，却是话里有话。的确，不论望向哪个角度，总能看见雪山，它就像一张会移动的画，一个白色的图腾。既然天边有雪山，四周有草原，眼前有牛羊，人怎么会寂寞呢？

去祁连山，其实是去国家公园青海片区管理局，那里地处祁连县境内的冰沟。虽已入夏，冰沟两侧的山顶仍被冰雪覆盖，在监测中心大屏幕上，却看见它的另一风情：此时此刻，祁连山野生动物的一举一动，皆被摄入无数个早就安放好的监控镜头里。于是，我看见了近在咫尺的野生动物，雪豹、藏羚羊、藏野驴、兔狲、荒漠猫、白唇鹿、黑颈鹤……它们或探头探脑，小心地防范天敌；或面露凶色，搜寻可食猎物；或自由自在，过着各行其是的日常。它们所在的，完全是另一个世界，一个没有人类参与的世界。

监控镜头是一种偷拍，也是一种旁观，与动物没有接触，也没有交流，目的只是计算种群数量，观察它们的行为习性，不让它们受到任何方式的伤害。高科技，大数据，在这里被应用得真是出神入化，不只是帮助国家公园解决了人与动物相处的最佳方式，也会让面临生态危机的世界越来越广泛地达成共识：这个地球不能只有人，还要有野生动物。

有那么一会儿，我故技重演，想象自己是一只飞得比祁连山还高的鹰，并用鹰的视角鸟瞰雪山和森林，我看见野生动物们个个兴高采烈。

还有一种拍摄叫个人创作。据我所知，许多内地摄影家喜欢来青藏高原拍摄。在青海本地，以拍青海为己任的人更多。一个名叫鲍永清的祁连山土著，近几年才把拍摄野生动物当成业余爱好，却因为拍了一张《生死对决》，在伦敦获得国际野生动物摄影最高奖。

那张照片上只有两个动物，母藏狐和小旱獭。他对藏狐有一种偏爱，为了拍那只刚刚生了3个幼崽的母藏狐，一个人在隐蔽处等了好久。那天，母藏狐终于发现了旱獭的洞穴，而那只正在洞外玩耍的小旱獭也发现了母藏狐，马上缩回洞穴避险。可是过了不一会儿，它便再次蹦跳到地面上玩耍，见母藏狐已经从背后猛冲过来，小旱獭惊恐得目瞪口呆，直立着僵在原地。

就在那一刻，鲍永清按下了快门。

其实不只按一下，从前面的等待，到后面的残局，前后长达3小时，他按了1万下。回家之后，他很长时间不敢看这组照片，很长时间不再上山……

摄影师不是猎人，而是记录者，弱肉强食是丛林法则，再不忍卒睹，也不能出手相助。而他为被噬者难过至此，是因为他心有慈悲。

人类学家玛格丽特·米蒂说：如果在一个部落的遗址中发现了大量愈合的股骨，就说明这些原始人在受伤后得到了同伴的保护和照顾，有人跟他们分享火堆、水和食物，直到他们骨伤愈合。这也标志着原始人类开始懂得怜悯，而怜悯正是文明与野蛮之间最根本的区别。

的确，人类文明进步有两大推动力，一个是怀疑，一个是同情。怀疑，让人类有创造发明；同情，让人类能彼此关照。亲情、友情、爱情是有选择的，只有同情是普世的，而同情与玛格丽特·米蒂所说的怜悯同义。

祁连山的怜悯，发生在人与动物之间。那个下午，在冰沟，我的眼睛一直是湿的。是故事里的人，触动了我心里最柔软的地方。

原载 2021 年 8 月 4 日《中国环境报》

王
剑
冰

大河至上（节选）

　　去往约古宗列曲的道路，十分遥远而漫长，黄河源就像在天边的某个地方，必须经过无数的曲折、无数的苦难才能到达。或者说，经历无数曲折无数苦难，也难以到达。

　　车子开了三四小时，路面情况更糟，而且变得狭窄。但是左前方出现了一块蓝玻璃样的湖，让人一下子兴奋起来。这就是黄河源上的鄂陵湖。

　　雾气重了些，迷迷蒙蒙的，看不清天地。那些雾气从湖上升起来，给鄂陵湖罩上了神秘的面纱。光线时不时从云层间散射而出，穿过迷蒙的雾气，像手电筒蒙了一层蓝色布面，射到下面，也就是淡蓝的了。

　　这种淡蓝很配鄂陵湖，因为湖水实在是太清澈，清澈本身就发蓝。这样的色彩进入镜头，简直就像加上了一片难找的滤镜。文扎说，本来人们就是把鄂陵湖称为蓝色的湖，把扎陵湖叫作白色的湖。

　　朦胧中看见鄂陵湖中有一块凝重的物体，等到光线再次打过去，发现是一座小岛。文扎说那就是"热玛智赤"，是一座很出名的岛，意思是山羊拉船。

谁发出呼哨。呼哨在湖上打着水漂，一直漂了很远。

再前行就是扎陵湖，鄂陵湖与扎陵湖由一座天然堤坝阻隔而又相通，形似蝴蝶。这蝴蝶就像一个储水器，将黄河支流的水聚集起来，聚集成耀眼的景观。

这个时候雾气已经散去，天地一片澄明。

登上一处高台，能看到水天相接的美妙，那是云气盎然的气象。看着的时候，会把水看成天，把天看成水。远处戴雪帽子的山峰，像优雅的少女在湖边漫步，而山腰的云朵，则是一群绵羊，在撒蹄子奔跑。透明度极好的阳光下，似乎还能望到天边彩色的经幡。

我查过一个资料，说唐蕃之间重大战争的发生地，就有星宿海地区，这个地区包括扎陵湖和鄂陵湖。这是因为，其与一条古道紧密相连。641 年，文成公主进藏和亲，就从这里经过。这条唐蕃古道从日月山、切吉草原一路过来，绕扎陵湖、鄂陵湖，翻巴颜喀拉山，过玉树通天河，再至杂多当曲，越唐古拉山，最后到达拉萨。史书载，松赞干布专程赶往柏海，也就是鄂陵湖、扎陵湖这里盛情迎接，而后翻越巴颜喀拉山，在勒巴沟文成公主庙休整了一个月。

我的眼前浮现出一个史无前例的盛大场景，那场景，以烟波浩渺、风情奇特的两个大湖为背景，该是怎样庄严、美妙。

远处，不知是谁在湖边扎了漂亮的帐篷，给这湖增添了另一种气息。帐篷里的人是要在这里修行？有的地方有小堆的嘛呢石，像是身着袈裟在湖边盘坐，诵佛念经。

见识了鄂陵湖，又体味了扎陵湖，让人忘记湖同黄河的关系，猛然想起这就是黄河初始的一段，就感觉这一段太出彩，太深情。

刚才车子到达一个路口，这个不大像回事的分岔路口，一条是往牛头碑的卡日曲，一条通往约古宗列曲。

文扎停下，等索尼的车子，而后商量，舍去牛头碑的卡日曲，直接去最远的约古宗列曲。

临近中午，感觉也没有走出多远，只好找一处有清水的地方埋锅造饭。而后青梅让丁和达杰唱起了格萨尔赞歌，歌唱的内容，就是格萨尔王在哥拉杂加神山下赛马的情景。我们面对的就是哥拉杂加神山，这山是昆仑山的余脉，很多民间传说同它有关。

而后再次出发。总是以为不远了，又过了两小时，约古宗列曲还是毫无踪影。路上遇到放牧的藏族人，总说还在前面。

约古宗列曲在巴颜喀拉山的北麓，是一个东西长40公里，南北宽60公里的椭圆形盆地，当地藏族人根据地形起了一个形象的名字，叫约古宗列，意思就是"炒青稞的锅"。文扎说得更为详细，他说"约"，指这片土地，"古"，相当于汉语连词，"宗列"，是藏族炒青稞用的圆锅，这个锅底是平的。

我看着这口大锅，它的周围山岭环绕，山上流下的水在盆地内形成大大小小的水泊，阳光下这里那里地闪着波光，衬托着波光的是如茵的绿草，那是当地牧民的天然牧场。水从这里，便开始了它千折百回永不停息的旅程。

我们进来的时候，感觉不到是进入了盆地，远远看着一马平川，几乎没有什么路，路痕可能是来黄河源头的车子留下的，但是并不明显，说明来的人不多。一切都还是千万年前的原始风貌。

地势起起伏伏，一忽是丘陵，一忽是矮崖，一忽是草甸，车子在其间忽上忽下地颠簸，如浪里的小船。刚刚翻下一道陡坡，前面又出现一座山岭。人在车内，必须抓紧扶手，才不至于撞到哪里。

走了好一阵子，还是没有找到那个所谓的源头。只觉得过了无数道山岭，下了无数个陡坡。中间停下来看，却看不到刚才经历的曲折，眼前竟然还是一片平坦。

可是走入了魔幻之地？

过了无数次水，水有大有小，有的一加油门可过去，有的看似很浅，车子进去却费力，不停地打滑。有些水流躲在一道崖下，刚下去就掉入水中，引擎发出很大的声响，最终爬上来。

到达草甸的深处了，草甸里到处是受高寒反复冻融形成的水泊。水泊大的像湖，小的如马蹄坑，在大的湖中穿行，只要挨着边沿就行，在马蹄坑群穿行就难得多。

这口大锅里，散布着100多个大的水泊，有的水泊相连，高高低低，水流互动，也就有了大小不一的瀑布，远远望去，层层叠叠，波光粼粼。

欢声里，竟然看到活物在其中，那是高原特有的寒鱼裸鲤。这种古老的鱼有一指长短，自在地蹿来蹿去，全不惧人。

无暇多耽搁，车子还在缓慢地在巨大的锅底里颠簸。文扎说，约古宗列里还有野驴、黄羊、红狐，甚至还有狼和熊。

但是我们没有遇到，已经是黄昏时分，在黄河源安营扎寨是一定的了。

据文扎说，从来没有人在约古宗列留宿过，这是一次冒险。过不了多久，这里就会被大雪覆盖，那些水流和湖泊，也会是银光闪烁，一个完全冰清玉洁的世界。那时，人是不可能进来了，雪野里只能留下几许狼和熊的脚印。而雄鹰，仍然会盘旋其上，在这幽深的约古宗列留下悠扬的舞姿。

在约古宗列盆地的西南隅，也就是巨大的"炒青稞的锅"边缘，我们找到一个脸盆大小的山泉。泉在里面不断地翻涌，像滚开的水。伸手轻轻触摸，却清冽无比。据说这泉夏不狂溢、冬不干涸，源源不断的甘露流成宽一米、深十公分的小溪。

这就是人们所说的玛曲曲果，也就是黄河的正源。文扎说，"玛曲"，藏语就是孔雀河，也就是指黄河。"曲果"是小河源头的意思。那么玛曲曲果，就是黄河的源头。再看这个源头的地理位置，它的两边是箕形的缓坡丘陵，当地人称之为"玛曲曲果日"，"日"就是小山。这箕形的山坡与泉眼形成了双手捧月之势，让人觉出黄河源头的神圣感。

山泉往上，矗立着一块块大大小小的碑刻，往上再走，又看到一道水流，从那面陡坡上流下来，而且水流不小。后来索尼他们寻找的扎帐篷的地方，不知是有意，还是那里确实是适合安营扎寨，搭起的帐篷就紧挨着那股水流。

我顺着水流往上找去，一直找到坡地上一大片的沼泽地。那里布满了坚实的草疙瘩，而草疙瘩之间是水窝窝。在这里既不能迈大步，更不能跑，不定哪一脚踩不好，就会踏进或深或浅的水窝，肯定会崴了脚，那样，会给自己带来无法想象的困难。

雅拉达泽峰周围的广大地表下，是寒冷的永冻层，我蹲下身仔细看一个个深浅不一的水窝，发现都是细小的泉眼，每一个都在往外渗水，渗得多了，就流了下去，一直汇聚在帐篷跟前的那股水流中。我知道，这条水流会在下面同玛曲曲果的水汇在一起，流入约古宗列的锅底。

我用手捧了一捧水，水清冽刺骨，似是刚刚化开的冰。雅拉达泽是巴颜喀拉山脉怀抱中的一个奇迹，它竟然孕育了一条大河。

沿着这片沼泽再往上走，就看不到我们的帐篷了，帐篷完全地隐没在了锅的半腰。而我，离锅的上沿还有着不小的距离。可见这锅是多么巨大。

站在这陡坡上，我当时想，水会不会先将这锅底蓄满，再流出去？以前可就是我想的那样，约古宗列曲，或就是一个湖，渐渐地水源减少，锅底的水逐渐干涸，只留有一道不竭的流水。从高处看玛曲，倒是应了那个"曲"字，它曲曲弯弯在约古宗列锅底不断回环，留下一块块水泊和沼泽草滩。

想来当地藏族人叫它玛曲，即来源于此。那一定是一个人在最高处看到的惊喜。与青鸟龙洼汇合后的玛曲继续往前，就逐渐形成了宽约 10 米、深约半米的小河，然后进入盆地东北角 16 公里长的茫尕峡谷，再由峡谷冲出约古宗列盆地。这个过程，就像一个婴儿在母亲子宫由胚胎渐成人形，再从母腹中分娩而出一样。

一路上，它会遇到身披银色铠甲的阿尼玛卿，而顺从阿尼玛卿的安排一路向东流淌。文扎说，阿尼玛卿是黄河流域的最高雪山，蜿蜒起伏有千余里，阿尼玛卿有 18 个儿女，另外还有 360 个族亲，有 1500 名侍从。

威名显赫的阿尼玛卿掌管着整个青藏高原东部山河的安宁。由于远离河源，就派遣他的第二个儿子雅拉达泽来守护源头。雅拉达泽峰在约古宗列盆地偏西南的地方耸立，远远望去，像一个武士守护着一方圣地，金字塔的形状似高擎的利刃。高原气候多变，时而薄云缭绕，只让刃尖露出；时而浓云笼罩，完全遮住它的面目。周围再没有比它更有气势的山峰，在开阔的盆地内，它独树一帜，凛然于天。

文扎说，在麻多乡东边有"卡里恩尕卓玛"，那是位"银色仙女"，在辽阔高远的黄河源头，是西金童东玉女，双双守护着母亲的河源。我向远处望去，那里一片云遮雾障，显现出无比的神秘气氛。我再次转回头，望向雅拉达泽峰，已经看不清了。

越是神圣的地方，越是会产生神话传说，这些传说托起了人们对大自然的无限信仰，也寄托了藏族对黄河源图腾般的无限崇敬。文扎一路上讲说的都是关于山水的故事，他说得很是认真，你听的时候，就会相信都是真的，就会将那座山看成一尊神，会有一种景仰自心底上升。

现在让我们展开来看，看黄河最初的走向与变化：从茫尕峡谷而出约古宗列的玛曲，它的前面就是有名的玛涌滩，这是一段自然漫漶的流水，如初生的婴儿，在随意地哭闹撒欢，展示出出世的无拘无束。也如孔雀开屏，一路撒下大片的沼泽草滩和众多的水泊。

玛曲东行20公里，便进入了著名的星宿海，而后向东南蜿蜒9公里，挽留左岸支流扎曲，再往下接纳左岸支流玛卡日埃，再往下，就同右岸来的一股支流卡日曲汇合在一起。这个卡日曲，就是原来标注的黄河源头。

从我上面描述的玛曲行走的漫长旅途来看，从约古宗列来的水，确实要比卡日曲远长，也更艰难，地理位置更神圣壮观。

同卡日曲汇合以后，队伍壮大起来，因而不再漫漶徘徊，冲出去一度分汊为七股流水，跟跟跄跄地抢着往前，最终并入三股，进入黄河源头第一大湖——扎陵湖和鄂陵湖。一股势不可当的大河，终于要在此集结整编，履行它"咆哮万里触龙门"的孕泽中华的伟大使命。

我无法想象，第一个找到这个源头的人，会是怎样激动。哦，他或他们一定是犹疑不定的，对于一个源头的确定，是一个漫长而艰难的过程。我在确定后的今天找到这里，仅凭个人的想望是不可能的。我为此感谢上苍，感谢冥冥中那些支持我的人。这里没有手机信号，如果有，我一定会情不自禁地打给我的亲人，我要告诉他们，我走到了大河之源。

我还想告知我的母亲，母亲和我居住在黄河岸边，她老人家在世的时候，我不止一次同她去看黄河，母亲也不止一次地用手捧起黄河水。她总是说："这黄河的上游该是什么样子？该不是这么宽，这么黄，这么急吧？你什么时候去看了，回来跟我说说。"我后来到过三门峡，到过刘家峡、青羊峡，最后到了青海的玛多，我都告诉了母亲，详细地为她讲说了我所看见的黄河，不一样的黄河。

但是我仍然不知道黄河的源头，而母亲也絮叨过，说这么说你已经离源头不远了？还是别去冒险吧，那里一定是个没人的地方。我那时听了这话，心内还感慨，毕竟是母亲啊，担忧儿子的安全。但是母亲的心里，一定会有一个黄河源头的景象，因为我已经为她描画了经过玛多的黄河清灵无比的样子，母亲那时流露出惊喜的表情。

我现在终于站在了黄河源头，我怎么会不想起母亲？我怎么能不想起母亲！迎着凛冽的寒风，我早已泪流满面。

晚上，不知怎么了，越离得近，越发睡不着，如果一觉睡去，可不亏了这可贵的夜晚？

李白没有到过黄河源头，发出"黄河之水天上来"的浩叹，我可不就是睡在了天上？

睡不着，出了帐篷，心内一声惊呼，天如何这么低？昆仑山与巴颜喀拉山呈现出一围的轮廓，暗蓝的天空平搭在上边，像一个顶棚，星星缀满棚子，这里那里眨着眼睛。半弯明月提着青灯，放牧着洁白的云团。以前在华山、泰山、峨眉山都曾见过夜晚的天空，并发出过惊叹，可这里却是五六千米的海拔高度啊！

感到了寒冷，更感到了恐惧，赶紧进去。高原反应愈加强烈，头疼得发紧，再紧就要炸了。想看看时间，手机屏幕瞬间出现一层白霜。

我必须抗过去，我只能抗过去，我试着深呼吸，但感觉肺部不畅，并且疼痛。我开始数数，让夜晚一分一秒地走过。在巨大的黑暗中，我能听清任何细微的声响，最清晰的，是帐篷边上水流的声音。听到这声音，我沉静下来，心的跳动与水流汇在一起，渐渐地，一切都不存在了。

原载《收获》2021 年第 4 期

杨
闻
宇

蒲城之谏

蒲城，位于西安东北方向，距西安二百里地。发动西安事变的另一主角杨虎城，是蒲城甘北村人。

为了写西安事变的文章，1987 年春我去了蒲城。采访工作行程将结束时，陪同的一位朋友提示我："蒲城还有个爱国名相王鼎，县城的西街，遗有王鼎的祖宅。"因为手头的书稿催得紧，我不敢逗留，便没有在意王鼎。1997 年夏天，我国政府对香港恢复行使主权的前夕，多家媒体介绍蒲城的"王鼎纪念馆"于 6 月 8 日正式开放。王鼎纪念馆开放之日，为王鼎 155 周年忌日，距香港回归仅剩 22 天。一南一北，山遥水远，关系也就不寻常了。

王鼎是林则徐的老师。王鼎纪念馆坐落在蒲城西街一座前后两进四合院之南院，这是王鼎的祖宅。北院略小，为"林则徐纪念馆"。因为虎门销烟，林则徐被清政府发配新疆，流放四年。60 岁的林则徐奉旨回京时途经陕西，曾前往蒲城祭奠王鼎，翌年（1846）林则徐任陕西巡抚，又向朝廷请假三月，住在王鼎故居，为老师守"心丧"。现在的林则徐纪念馆，正是他当年守丧下榻之所在。

王鼎当年为江西学政，而主持江西乡试的副主考正是林则徐，二人配合默契，杜绝投机钻营，得罪了不少当地大户。冬天，王鼎离赣返京，有人在他必经之处立一道牌子，大书"虎去山犹在"，隐寓强龙压不过地头蛇之意，王鼎微微一笑，轻巧地对接下联"山在虎还来"。

鸦片在康熙后期逐渐泛滥，道光年间已致严重灾害。清政府内部，对鸦片分为主禁、弛禁两派，主禁派以王鼎、林则徐为首，弛禁派以穆彰阿、琦善为首，后者势力强大，道光帝曾在其间举棋不定。王鼎利用穆彰阿母丧之机，促使道光皇帝下令禁烟。林则徐南下之前，弛禁派对他严厉威胁，于是他赶到北京甘石桥王鼎家中，两人认真研究了如何开展禁烟斗争的步骤。林则徐、邓廷桢在南方浴血奋战，王鼎在京运筹帷幄，禁烟运动成果显著。可这个时候，弛禁派又逐渐得势，迫于军事压力，道光帝打算以惩办抗英有功的林则徐、邓廷桢来换取英军退兵，于是，决定将林则徐发配新疆伊犁。

正在此时，黄河在开封决口，王鼎奉命出署东河河道总督，为保护林则徐，王鼎保奏林则徐"襄办塞决"，协助他治理黄河。在帮助王鼎治河时，林则徐朝夕住坝，筹悉险要，如出奇兵，使得堤坝如期合龙。治河工程胜利竣工，王鼎被晋升为太子太师，他忙又上书道光帝，力赞林则徐在治河时"深资得力"，且言"还朝必力荐之"。然而，道光帝急于"解仇通好"，仍决定将林则徐充军伊犁。

王鼎闻之大骇，觉得自己的良苦用心全部泡汤，老泪长流。而林则徐则泰然自若，因为他早就料到会是这样的结局。王鼎回天无术，只好相送林则徐于河干，泣不成声，洒泪而别。

送别林则徐后，王鼎星夜兼程赶进京城，向道光帝"廷诤"，极赞林则徐之贤能，且厉声诉骂穆彰阿等人。道光看不过眼，便以"卿醉矣"为词，命人扶出大殿。翌日，王鼎继续谏诤，道光生气，抽身而起准备回宫，王鼎牵住其袍裾跪在地上，大声说道："老臣知而不言，无以对先皇！"气恼的道光甩袍离殿。老泪纵横的王鼎，仍是长跪不起，道光只得派人把他架回到圆明园的临时住所。自那天起，道光上朝不再召见王鼎。

王鼎深感议和木已成舟，他只有效法春秋时期卫灵公手下的大臣史鱼，以身醒君。1842 年 6 月 8 日夜里，月凉似水，孤灯斜照，王鼎含泪向道光帝写下遗书："和约不可轻许，恶端不可轻开，穆不可任，林不可弃也。"写罢，置夹衣中，自缢于圆明园寓邸。王鼎走后第 81 天，《南京条约》签订。后来，圆明园被英法联军焚毁。

流放途中的林则徐听闻噩耗，痛彻肺腑，写下了"伤心知己千行泪，洒向平沙大幕风"的诗句。抵达伊犁，又写下"天山万笏耸琼瑶，导我西行伴寂寥。我与山灵相对笑，满头晴雪共难消"的诗作，诗里的"笑"字，以"哭"字为解，更切合林则徐当时的情怀，转用"笑"字，则隐伏着林则徐顽强坚韧的意志和毅力。

香港回归，洗刷了民族百年耻辱，由此前推一个甲子，倘若没有西安事变，这个民族还能站立起来吗？西安事变是张学良、杨虎城发动的，而提出"兵谏"的第一人，是杨虎城。2009 年 9 月，杨虎城被评为"100 位为新中国成立作出突出贡献的英雄模范人物"之一，天日昭昭，顺情合理。

鸦片战争在先，王鼎 1842 年自缢，西安事变继后，杨虎城 1949 年被害。王鼎是林则徐强韧有力的后盾，"身谏"收局，是万般无奈而含恨自裁；而西安兵谏，杨虎城也付出了一家四口惨烈牺牲的代价。从身谏到兵谏，这两柱蒲城籍的民族脊梁，也显示着中华民族前行的步伐，多么沉重，又何等坚韧。

"中华"二字，据说出自黄河东折时以强力掀开的中条山与华山

（取二山之首字），而蒲城所在的位置，恰恰就在两山所形成的大门口。在中华民族曾经极其艰难的百多年间，王鼎和杨虎城，算不算是护卫中华民族的两尊"门神"呢？

原载 2021 年 12 月 11 日《中国财经报》

苏沧桑

李庄意象

　　古镇李庄像一条小龙盘踞在另一条巨龙的头角上，这是午夜两点的李庄给我的第一个意象。午夜两点的我们乘车向着长江第一古镇李庄急驰，更深露重，视线里一片漆黑，唯有两侧路灯通明，它们构成了一个起起伏伏、弯弯曲曲的空间，让我觉得自己正奔驰在一条金色小龙的脊背上，洞察到了它坚硬明亮的骨骼，这显然是一种错觉。另一条巨龙是万里长江，此刻被淹没在暮春的暗夜中，它的呼吸声亦被哗哗的车轮声淹没。

　　李庄的街巷，如一棵大树的根须互相缠绕，盘结成了一个巨大的活着的生命体，通身灌注着来自长江的浩渺之气，这是午后两点的李庄给我的第二个意象。一千四百多岁的李庄依偎着长江，"江导岷山，流通楚泽，峰排桂岭，秀流仙源"，云层泄下微光，照亮着窄窄的羊街，照亮着古宅古庙的白墙青瓦，照亮着质地沉重的木门，也照亮了一些脚步声和人语声，它们来自现实，也来自时间深处。一直走，任何一条青色的石板路都会将脚步带往青色的长江，带向千万里之外的远方。

　　从长江之尾的江南来到位于长江之首的李庄，时空的转换并不明显，这满目的葱茏和薄雾、江岚杂糅而成的暮春气息，和江南多么相像，和无数南方古镇多么相像。然而，当我尾随着一位诗人，掀开一家茶馆的门帘，走进空无一人的小店时，眼前忽然变得幽暗，耳边忽然隔绝了人声，时隔八十年并不遥远的历史如惊涛骇浪汹涌而来。庭院，祠堂，庙宇，纪念馆，老邮局，我们一次次穿行其间，一次比一次更深地走进了李庄的内部。

"同大迁川，李庄欢迎。一切需要，地方供应。"

我久久凝视着这十六个字，不是沉醉于这一横一竖、一点一捺的汉字之美里，而是震撼于这字字千钧里蕴藏的博大胸怀和豪迈气概。抗日战争爆发后，上海国立同济大学校园在日寇轰炸中仅剩断壁残垣，无处安放"一张平静的书桌"，经过三年流离、六次内迁，"千里流亡，亟待整理"的同济大学等机构，亟须搬迁至川南一带，使民族文化得以薪火相传。1940 年 8 月的某一日，李庄羊街 8 号，乡绅罗南陔的府邸内聚齐了张官周、杨君惠、宛玉亭、范伯楷、杨明武、邓云陔、张访琴、李清泉、罗伯希等全镇名流，商议同济大学和"下江人"来李庄安身的大事。

写下十六字电文的罗南陔，留在黑白照片上的容颜那么儒雅，清瘦，甚至孱弱。他写下这十六个掷地有声、字字千钧的字时，手腕可曾犹豫？指尖可曾颤抖？是否有人阻拦？是否有人在他身旁叹息？他可曾想到，这言简意赅的十六个字，打湿了多少读书人的眼睛？在当时的地图上连名字都找不到的李庄，这仅有三千人的小镇，将会涌入一万多中国最顶尖的知识分子和读书人？

梅贻琦、傅斯年、李济、梁思成、林徽因、金岳霖、董作宾、童第周、唐哲、石璋如、陶孟和、梁思永、吴定良、李方桂、莫宗江等来了，同济大学的教授和莘莘学子来了，中央博物院和中央研究院的历史语言研究所、社会科学研究所、人类体质学研究所等三家国家级研究机构以及梁思成的私立中国营造学社来了，"九宫十八庙"悉数腾出，"各公私处所均已不顾一切困难，先后将房舍让出，交付同大"，在西南大地的僻静一隅，终于安放下了一张"平静的书桌"。李庄敞开的胸怀，是战壕，李庄敞开胸怀接纳的人们，不仅是学者，更是战士，为中华文脉的保护和传承而战。

"是谁用带露的草叶医治我，愿共我顶风暴泥泞中跋涉……无问西东，就奋身做个英雄……"

电影《无问西东》主题歌在我耳边响起，我看见八十年前的李庄将自己化作了一枚带露的草叶，医治着中华文脉的伤。这是李庄给我的第三个意象。

整整六年，李庄的一草一木、一砖一瓦见证着中国知识分子精英在艰苦岁月中的人格力量和创造的一个个学术奇迹。

石璋如从昆明到李庄一路惊魂，汽车司机"打开车灯吓老虎"，梁从诫记忆里最深刻的是"夜里狼群竟转着车厢嗥了半宿"，还有强盗，还有疾病，还有死亡。

梁思成夫妇贫病交加，典当衣物度日，梁思成因颈椎病痛无力起身，竟用一个花瓶顶住下巴支撑头部继续工作。身患重病的林徽因，听闻毅然从军的弟弟林恒在空战中飞机尚未起飞便已遭轰炸阵亡。暮春的午后，我仿佛还能听见她的痛哭声被她自己声嘶力竭的咳嗽声淹没。

童第周毅然归国和四万万同胞共赴国难，和夫人叶毓芬在李庄用金鱼、青蛙做生物实验，简陋的旧居内，回荡着他和来此参观的英国学者李约瑟的对话——"我是中国人"，"不可思议的奇迹"。

李济的两个女儿李鹤徵、李凤徵，因医疗条件太差，相隔不足两年，相继在李庄香消玉殒，一个十七岁，一个十四岁。旧居斑驳的墙上，照片里的女儿们仿佛还在说，我长大了也要考同济大学。

禹王宫，当年同济大学的本部，还响彻着 364 名青年教授和学生的慷慨宣誓，他们投笔从戎，慷慨赴死。

一座座古老的庵堂寺庙里，还依稀闪现着无数中华文化的传承者和捍卫者的身影，他们面如菜色，身形清瘦，衣冠整洁，眼神坚毅。战火映照着他们高贵的人格，映照着铭刻在他们心里的两个字：家国。

在那段苦难岁月里，梁思成夫妇完成了《图像中国建筑史》等一批重要著作；唐哲、杜公振等完成了《瘅病之研究》，成果挽救了上万人的生命；金岳霖开始了计有六七十万字的《知识论》的书写；吴金鼎、王介忱、李济等人的川康考古收获颇丰；陶孟和主导编纂了抗战以来经济大事记和《1937—1940 年中国抗战损失估计》；李霖灿、董作宾等人也完成了轰动学术界的象形文字研究著作……

而做出巨大牺牲、成为中国抗战大后方四大文化中心之一的李庄，也受到了文化的反哺，有了电灯和电力，根治了流行麻脚瘟病，李庄的孩子们受到了空前良好的教育。世界也在李庄人面前打开了另一扇窗，当时，国内外邮件纷至沓来，信封上只要写上"中国李庄"就可准确送达，李庄也成为中国绝无仅有的李庄。

入夜的李庄宁静古朴，走在小巷里，能深深感觉到这个被誉为"中国文化的折射点、民族精神的涵养地"的古镇，仍然是一座生活着的古镇。孩子们在屋檐下欢笑着玩着古老的游戏；白糕店里，女人们用背篓背着孩子，给街坊们称着手工做的白糕；两位年长的妇女一人一把小竹椅，对坐在溪流两边，一边打毛线一边聊天；街边亮着灯的门廊里，一位老人给他的老伴轻轻捶着颈背；一家裁缝店很像我故乡楚门镇上母亲三十年前开的裁缝店，再晚一点，他们会将一扇扇竖的门板装上去，关灯回家。时光如穿过街巷的溪流涌动着，仿佛带走了什么，又仿佛什么都没有带走。

和平年代，读书人的风骨与担当已无须经历战火的考验，但身后仍有无数双眼睛在凝望。中国李庄，也许就是这样一双眼睛。这双眼睛曾是裹在一个巨大伤口上的草药，风干成了一枚彪炳历史的勋章，这是李庄给我的第四个意象。

谷雨将至，清晨的长江边，一群写书人坐在奎星阁吃早餐。我曾尾随他进入空无一人的茶馆的诗人谷禾兄说，来过李庄很多次，与茶馆老板熟识了，常去叨扰他，不知如何感谢，老板对他说："你送我一首诗吧。"

一枚暮春的落叶应声落在桌前，抬头见青色的长江浩浩汤汤滚滚东去，想起电影《无问西东》里曾为之流泪的一句台词："这个时代缺的不是完美的人，缺的是从自己心底里给出的真心、正义、无畏和同情。"不知为什么，此刻，我还想起离李庄三百多公里的三星堆文明，想起离李庄两千公里的大漠深处卫星发射中心掠过耳边的猎猎风声，想起离李庄一千八百公里处长江入海口的滚滚波涛，想起与我的住处一江之隔的跨湖桥文化遗址内，八千年前的独木舟静卧在水下六米，想起人类留在月球上的脚印，热泪忽然在心里滚滚而下。

原载《十月》2021 年第 5 期

远

山

徐 刚

词语咏叹调
——唐诗的发展历程

唐诗源流

唐诗的繁华，既不是历史的偶然，亦非瞬息之作。唐朝之前，中国诗歌已有近两千年的历史，至少经历了三次洗礼。《诗经》一也，它是上游，是源头，有开辟之功，是加工整理中国语言的辉煌开始，新鲜灵动，晶莹剔透，温柔敦厚；是中国诗歌初试啼声的第一个春天。《楚辞》二也，它是中国诗歌长河由北而南的一次奔流，在楚地的广阔大地上汇集了当地新鲜的、奇崛的神话与想象，屈原之天上人间，芳草美人，朝发苍梧，夕至县圃，其想象之光怪陆离，古人所无，时人仅见。陶渊明其三也，历经两晋和南北朝的分裂、战乱，社会思潮的混浊不清，陶渊明自中年后弃仕务农，耕读自娱，冲淡高洁。他以"劳役"取代"心役"，其乐无穷。《读〈山海经〉》第一首："孟夏草木长，绕屋树扶疏。众鸟欣有托，吾亦爱吾庐。既耕亦已种，时还读我书。穷巷隔深辙，颇回故人车。欢言酌春酒，摘我园中蔬。微雨从东来，好风与之俱。泛览《周王传》，流观《山海图》。俯仰终宇宙，不乐复如何？"《饮酒》（其五）："结庐在人境，而无车马喧。问君何能尔？心远地自偏。采菊东篱下，悠然见南山。山气日夕佳，飞鸟相与还。此中有真意，欲辨已忘言。"

王国维《人间词话》："有有我之境，有无我之境……'采菊东篱下，悠然见南山。'……无我之境也……无我之境，以物观物，故不知何者为我，何者为物。古人为词，写有我之境者为多，然未始不能写无我之境，此在豪杰之士能自树立耳。"陶渊明，豪杰之士也。

玫瑰曙光

陆时雍《诗镜总论》评说"初唐四杰"："王勃高华，杨炯雄厚，照邻清藻，宾王坦易。"郑振铎称："沈宋（指沈佺期、宋之问，引者注）时代的到来，盖在四杰的所作里，已看到其先行程的踪迹了。"《送杜少府之任蜀州》，王勃笔下无离情别愁，写送别地长安，为苍茫山野护卫，"城阙辅三秦"也。"海内存知己，天涯若比邻"，则世代流传。杨炯《王勃集序》说："动摇文律，宫商有奔命之劳；沃荡词源，河海无息肩之地。"杨炯恃才傲物，善五言。《从军行》："烽火照西京，心中自不平。牙璋辞凤阙，铁骑绕龙城。雪暗凋旗画，风多杂鼓声。宁为百夫长，胜作一书生。"卢照邻的《长安古意》六十八行，以"长安大道连狭斜，青牛白马七香车"开篇，前三十行中，"得成比目何辞死，愿作鸳鸯不羡仙"，已为不朽佳句。结尾是："节物风光不相待，桑田碧海须臾改。昔时金阶白玉堂，即今唯见青松在。寂寂寥寥扬子居，年年岁岁一床书。独有南山桂花发，飞来飞去袭人裾。"时光，永恒者也；松树桂花，柔弱而坚强者也；扬雄，自甘贫穷者也。《长安古意》及骆宾王其时以为绝唱的《帝京篇》，是初唐七言歌行的代表作。骆宾王以歌行体见长，亦作五言。《于易水送人》："此地别燕丹，壮士发冲冠。昔时人已没，今日水犹寒。"对"初唐四杰"，杜甫有诗赞曰："王杨卢骆当时体，轻薄为文哂未休。尔曹身与名俱灭，不废江河万古流。"

歌行体因张若虚的《春江花月夜》得以传承："江畔何人初见月，江月何年初照人。人生代代无穷已，江月年年只相似。不知江月待何人，但见长江送流水。白云一片去悠悠，青枫浦上不胜愁。谁家今夜扁舟子，何处相思明月楼。"张若虚的诗存世只两首，另一首为五言《代答闺梦还》。张若虚被称为唐朝诗人中"最懒的诗人"。他写风月，写相思，写情感，是上承屈原《天问》，下启李白，"今人不见古时月，今月曾经照古人"的诗人。

旷野啸声

舒芜称赞陈子昂的《感遇三十八首》，是"迈向阔大和永恒的诗篇"。其《登幽州台歌》："前不见古人，后不见来者。念天地之悠悠，独怆然而涕下。"舒芜有解："诗人登上高山之巅，眺望宇宙，只见白日已在西天熄灭，云海正在动荡翻腾。孤零零的一条小鱼，又怎能得到安宁之处呢？诗人眼中的境界就是这样阔大，他把一个人比作孤鳞，密切联系着像云海一样动荡翻腾的大宇宙，来观察他的命运。"陈子昂为初唐作结，韩愈在《荐士》中赞他："国朝盛文章，子昂始高蹈。"高蹈，高扬蹈奋者也！

安史之乱是唐代历史的一条分界。诗人们不得不从繁华中走出来，走向动乱，走向困苦，走向边关，并且外观内省：写什么？怎样写？诗人的眼光由此变得冷峻清醒，并以不安焦虑去观照现实。是时也，李白、杜甫双峰凌云。山水诗，戍边诗，蔚然成风，或清啸山水间，或呼啸边塞风沙，映带李杜之侧而增风光。

山水田园派史称"王孟"诗派，王维、孟浩然也。王维先是亦官亦隐，写《终南山》，开唐代宗承陶渊明一派之先声："太乙近天都，连山接海隅。白云回望合，青霭入看无。分野中峰变，阴晴众壑殊。欲投人处宿，隔水问樵夫。"语近天然，深美闳约。《鹿柴》月照青苔也，《鸟鸣涧》空山鸟鸣也；又《竹里馆》对月长啸也，《山居秋暝》多摇曳潇洒之动感："空山新雨后，天气晚来秋。明月松间照，清泉石上流。竹喧归浣女，莲动下渔舟。随意春芳歇，王孙自可留。"

孟浩然是盛唐诗人中的另类，他应举落第后终身不仕，漫游东南，隐居终老。孟浩然是漫游者，诗亦有游走感，《宿建德江》："移舟泊烟渚，日暮客愁新。野旷天低树，江清月近人。"又："春眠不觉晓，处处闻啼鸟。夜来风雨声，花落知多少。"淡得不能再淡了，清得不能再清了，一种风景，一样心情，一幅白描，漂移在诗歌的长河中。孟浩然有的诗寻不着一点琢磨的痕迹，《过故人庄》："故人具鸡黍，邀我至田家。绿树村边合，青山郭外斜。开轩面场圃，把酒话桑麻。待到重阳日，还来就菊花。"

李白《赠孟浩然》云："吾爱孟夫子，风流天下闻。红颜弃轩冕，白首卧松云。醉月频中圣，迷花不事君。高山安可仰，徒此揖清芬。"

盛唐边塞诗中最有代表性的诗人是高适和岑参。高适的诗多雄浑悲凉，如《送李侍御赴西安》："行子对飞蓬，金鞭指铁骢。功名万里外，心事一杯中。虏障燕支北，秦城太白东。离魂莫惆怅，看取宝刀雄。"又《别董大》："千里黄云白日曛，北风吹雁雪纷纷。莫愁前路无知己，天下谁人不识君？"郑振铎说岑参是"开天时代，最富有异国情调的诗人"。岑参在唐代边塞诗人中的独特性在于，从天宝八载（749）首次戍边，远赴龟兹，两度出塞，漫游西域，足迹与笔触，直至新疆葱岭内外，无边荒沙，大块荒野。岑参是当时诗人中走得最远、最有荒野气的诗人。岑参善作七言歌行体，如《走马川行奉送封大夫出师西征》："君不见走马川行雪海边，平沙莽莽黄入天。轮台九月风夜吼，一川碎石大如斗，随风满地石乱走。"同作于轮台军中，一样风格，两种语言，各有韵味的《白雪歌送武判官归京》："北风卷地白草折，胡天八月即飞雪。忽如一夜春风来，千树万树梨花开。"全诗均以雪为背景，边塞白雪，春花喻雪，纷纷暮雪。迥然相异的环境，恍若隔世的人生经历，热血沸腾的诗人，笔端蘸满感情的词语，岑参的诗便突兀于绝域风沙中。殷璠论之为"语奇体峻，意亦造奇"。在盛唐以边塞诗闻名的，还有王翰："葡萄美酒夜光杯，欲饮琵琶马上催。醉卧沙场君莫笑，古来征战几人回？"王之涣有《凉州词》："黄河远上白云间，一片孤城万仞山。羌笛何须怨杨柳，春风不度玉门关。"《登鹳雀楼》："白日依山尽，黄河入海流。欲穷千里目，更上一层楼。"穷天地之大观也！

双峰凌霄

现在，我们要仰望盛唐诗歌的两座极峰：李白与杜甫。从创作而言，李杜分属不同时期。李白的名作，大多写于安史之乱前。郑振铎写李白："他的诗，纵横驰骋，若天马行空，无迹可寻；若燕子追逐于水面之上，倏忽东西，不能羁系……如游丝，如落花，轻隽之极，却不是言之无物；如飞鸟，如流星，自由之极，却不是没有轨辙；如侠少的狂歌，农工的高唱，粗豪之极，却不是没有腔调；他是蓄储着过多的天才的，随笔挥写下来，便是晶光莹莹的珠玉；在音调的铿锵上，他似尤有特长。他的诗篇几乎没有一首不是掷地作金石声的。尤其是他的长歌，几乎个个字都如大珠小珠落玉盘，吟之使人口齿爽畅，若不可中止。"

李白将功名、寻仙、侠客、饮者，游走江湖集于一身。李白的乐府歌行体长诗，雍容华贵，笔若悬河，倾泻不绝，《将进酒》开卷气吞斗牛，一任想象驰骋，尽遣万斛珍珠，写黄河之来也，天地无穷；二句急转直下，青丝白发，人生短暂，朝暮而已，写流光之逝也！无限感慨之下，"将进酒，杯莫停"，因为"古来圣贤皆寂寞，惟有饮者留其名"。李白被贬，作《宣州谢朓楼饯别校书叔云》："抽刀断水水更流，举杯销愁愁更愁。人生在世不称意，明朝散发弄扁舟。"写一种告别，也是出发，"明朝散发弄扁舟"也。

胡应麟《诗薮》称："太白五七言绝，字字神境，篇篇神物。"李白在此类作品中表现的，是想象瑰丽，是词语俊俏，是意境苍茫。如《峨眉山月歌》："峨眉山月半轮秋，影入平羌江水流。夜发清溪向三峡，思君不见下渝州。"这一首七言绝句尽显语言锤炼之功。峨眉山、天上月、平羌江、清溪、三峡等等，不是嵌入的，而是一体的。其五言绝句亦天人合璧，如"众鸟高飞尽，孤云独去闲。相看两不厌，只有敬亭山"。

李白以谪仙闻名，而梁启超则以"情圣"论杜甫："中国文学界写情圣手，没有人能比得上他。"

杜甫主要成就在安史之乱后。杜甫对社会动荡有着极敏锐的感觉。在他四十岁之前，安史之乱还未发生时，他便预感到了山雨欲来。如《兵车行》："车辚辚，马萧萧，行人弓箭各在腰。爷娘妻子走相送，尘埃不见咸阳桥……"诗以浓墨点题，次第展开的，是一幅"爷娘妻子走相送"的长卷别离图。用的是通俗口语，爷娘妻子口中出。经过情感的浸润，成为杜甫笔下诗的语言。令人惊奇的是，杜甫怎样酝酿、锤炼、整理语言，并使之戛戛独造，如入化境？如果说李白的语言是从天而泻的，那么，杜甫的诗句便是从地里长出，与生俱来，生生不息；或者经年累月铸炼于胸怀，然后喷薄而出。他的想象若风卷云霞雨露，又落在众生之间；他的情怀能容得四海之内，天下慈悲。"蓄储着过多的天才"，李杜皆然。沉郁顿挫，其风格也；情感浓郁，其心性也；众体兼备，其才情也；恢宏博大，其境界也。

杜甫以先知先觉，写《自京赴奉先县咏怀五百字》，乾隆十五年《御选唐宋诗醇》论曰："摅郁结，写胸臆，苍苍莽莽，一气流转。其大段有千里一曲之势，而笔笔顿挫，一曲中又有无数曲折也。……言言深切，字字沉痛，板荡之后，未有能及此者。此甫之所以度越千古而上继三百篇者乎？"诗自"杜陵有布衣"始，其中有"朱门酒肉臭，路有冻死骨"句。杜诗集诗歌艺术之大成，长短诗无不精美。《月夜》写月，却是三处月，三处夜，一种境界。鄜州月夜，想象得之；诗人身陷长安而长安月夜未着一字；期待与家人团聚写"清辉玉臂寒"。凡此月色，无不从妻儿落笔，诗情从鄜州天上的月光漫泻而至："今夜鄜州月，闺中只独看。遥怜小儿女，未解忆长安。香雾云鬟湿，清辉玉臂寒。何时倚虚幌，双照泪痕干。"

杜甫的诗，写底层民生，却挺拔浩然，如《茅屋为秋风所破歌》，至今，"安得广厦千万间"，不仍是人类的梦想吗？杨伦《杜诗镜铨》中赞为"杜集七律第一"的《登高》："风急天高猿啸哀，渚清沙白鸟飞回。无边落木萧萧下，不尽长江滚滚来。万里悲秋常作客，百年多病独登台。艰难苦恨繁霜鬓，潦倒新停浊酒杯。"《登高》是词语的典范：通篇对仗，实为律诗之忌。杜甫却笔无稍滞，佳句连篇。"万里，地之远也；悲秋，时之凄惨也；作客，羁旅也；常作客，久旅也；百年，齿暮也；多病，衰疾也；台，高迥处也；独登台，无亲朋也。十四字之间含八意，而对偶又极精确。"（罗大经：《鹤林玉露》）韩愈说："李杜文章在，光焰万丈长。"严羽称："子美不能为太白之飘逸，太白不能为子美之沉郁。"良可信也！

以李杜为代表的唐代诗人，在诗歌艺术金字塔的顶端，使汉语言成为独美世界的语言。

韩孟元白

韩孟，韩愈、孟郊也，史称韩孟诗派；元白，元稹、白居易也，史称元白诗派。唐代历史在纷乱不安中，进入了贞元、元和时期，有了中唐诗歌之盛。清人冯班《钝吟杂录》谓："诗至贞元、元和，古今一大变。"叶燮《百家唐诗序》称，中唐诗非唐诗之"中"，乃"百代之'中'"。

韩孟二人中孟郊齿长，他一生穷困潦倒，以苦吟著称。其诗讲究炼字造词，境界奇崛。《送殷秀才南游》："风叶乱辞木，雪猿清叫山。"《远愁曲》："声翻太白云，泪洗蓝田峰。"韩愈称其："横空盘硬语，妥帖力排奡。"其《苦寒吟》："百泉冻皆咽，我吟寒更切。半夜倚乔松，不觉满衣雪。竹竿有甘苦，我爱抱苦节。鸟声有悲欢，我爱口流血。潘生若解吟，更早生白发。"孟郊诗寒，也有不尽暖意者，《游子吟》："慈母手中线，游子身上衣。临行密密缝，意恐迟迟归。谁言寸草心，报得三春晖。"韩孟诗派中，贾岛诗瘦，苦吟又苦吟故也。贾岛的《绝句》："海底有明月，圆于天上轮。得之一寸光，可买千里春。"《题诗后》："两句三年得，一吟双泪流。知音如不赏，归卧故山秋。"《题李凝幽居》："闲居少邻并，草径入荒园。鸟宿池边树，僧敲月下门。过桥分野色，移石动云根。暂去还来此，幽期不负言。"《一瓢诗话》称：

"贾岛诗骨清峭。"韩愈有《赠贾岛》诗:"孟郊死葬北邙山,从此风云得暂闲。天恐文章浑断绝,更生贾岛著人间。"

清人赵翼写《瓯北诗话》说韩愈,"辟山开道,自成一家""雄厚博大,不可捉摸"。郑振铎谓:"而他的才情的弘灏,又足以肆应不穷,其结果,便树立了诗坛上的一个奇帜,一个独创出来的奇帜。"韩愈熔奇险、峥嵘的物象于一炉,如《苦寒》:"凶飙搅宇宙,铓刃甚割砭。日月虽云尊,不能活乌蟾。羲和送日出,恇怯频窥觇。炎帝持祝融,呵嘘不相炎。"《南山诗》连绵二百多行中,以五十多个"或"字开头,写山石岩崖之千奇百态,"或连若相从,或蹙若相斗,或妥若弭伏,或竦若惊雊,或散若瓦解,或赴若辐辏,或翩若船游,或决若马骤……"想象如风狂雨骤,词语若高山瀑布。

李贺有韩愈风格,"险怪如夜壑风生,暝岩月堕"(谢榛语),有鬼才之称。其《李凭箜篌引》,一鸣惊人。

在韩孟诗派称雄之际,能我行我素的,是柳宗元、刘禹锡。柳诗无艰深怪异,因着人生蹉跎,他的诗多内向的追思。《江雪》:"千山鸟飞绝,万径人踪灭。孤舟蓑笠翁,独钓寒江雪。"刘禹锡写《西塞山怀古》:"王濬楼船下益州,金陵王气黯然收。千寻铁锁沉江底,一片降幡出石头。人世几回伤往事,山形依旧枕寒流。今逢四海为家日,故垒萧萧芦荻秋。"又写《竹枝词》:"杨柳青青江水平,闻郎江上唱歌声。东边日出西边雨,道是无晴却有晴。"

赵翼认为:"中唐诗以韩孟元白为最,韩孟尚奇峻,务言人所不敢言;元白尚坦易,务言人所共欲言。如果说韩孟派的诗,像枝叶落尽的冬日;白居易一派的诗,却如春水盈盈,波光流转的了。"

白居易的《琵琶行》是中国诗史上,李贺《李凭箜篌引》之后,又一首写音乐且影响更广的作品。音乐之声何能写,何能说?能说能写又何必音乐？其知难而写，而妥切者，而比之急雨，私语，大珠小珠落玉盘，想象奇崛动人心魄者，其声若莺语，流泉，银瓶乍破，铁骑突出，四弦裂帛，跃动在字里行间者，非天才不能为也！在唐诗人的序列中，李杜之后，韩愈继之，韩愈之后，白居易为重。"同是天涯沦落人，相逢何必曾相识"句，岁月不能磨损其毫末，感慨声至今犹在。元稹与白居易，相与桴鼓，互为木铎。元稹《离思五首》之四："曾经沧海难为水，除却巫山不是云。取次花丛懒回顾，半缘修道半缘君。"《行宫》："寥落故行宫，宫花寂寞红。白头宫女在，闲坐说玄宗。"与元稹同时的乐府诗人李绅，仅存至为珍贵的《悯农二首》，"谁知盘中餐，粒粒皆辛苦"句流传千古。

有唐一代，怀古咏史，均出现在时代风云交会时。晚唐诗坛杜牧和李商隐，史有"小李杜"之称。杜牧《题宣州开元寺水阁》："六朝文物草连空，天淡云闲今古同。鸟去鸟来山色里，人歌人哭水声中。深秋帘幕千家雨，落日楼台一笛风。惆怅无因见范蠡，参差烟树五湖东。"《赤壁》："折戟沉沙铁未销，自将磨洗认前朝。东风不与周郎便，铜雀春深锁二乔。"有杜诗之"沉郁"也。

李商隐，字义山，他的文学主张是："人禀五行之秀，备七情之动，必有咏叹以通性灵。故阴惨阳舒，其途不一，安乐哀思，厥源数千。"他注重人的七情六欲，主张诗应书写性灵、情感和欲望，他用词怪险，造句艰深。敖器之说他"绮密瑰丽"；程梦星说他"诡谲善幻"。无题诗是他的独创，七律是他的奇葩。如《赠刘司户蕡》："江风扬浪动云根，重碇危樯白日昏。已断燕鸿初起势，更惊骚客后归魂。汉廷急诏谁先入，楚路高歌自欲翻。万里相逢欢复泣，凤巢西隔九重门。"李商隐《咏史》句乃千秋万代座右铭："历览前贤国与家，成由勤俭破由奢。""破由奢"之明证者，《隋宫》也："紫泉宫殿锁烟霞，欲取芜城作帝家。玉玺不缘归日角，锦帆应是到天涯。于今腐草无萤火，终古垂杨有暮鸦。地下若逢陈后主，岂宜重问后庭花。"李商隐的《无题》诗，意境奇特，词语隐微，《无题四首》之一："来是空言去绝踪，月斜楼上五更钟。梦为远别啼难唤，书被催成墨未浓。蜡照半笼金翡翠，麝熏微度绣芙蓉。刘郎已恨蓬山远，更隔蓬山一万重。"又《无题》："相见时难别亦难，东风无力百花残。"《锦瑟》："锦瑟无端五十弦，一弦一柱思华年。"李商隐诗中的形象，时或冷峭，时或斑斓，时或梦幻。"旨意幽深，婉转动情，有如一颗蓝宝石，闪烁着迷人的光彩，吸引着世世代代的读者"(《唐诗鉴赏集》)。凡落花，垂柳，咏月，咏蝶，均有佳作。"远恐芳尘断，轻忧艳雪融"，芳尘能断雪可艳，李商隐之词语也；"相兼惟柳絮，所得是花心。"柳絮飘扬花有心，李商隐之风情也。

吴乔《围炉诗话》说："于李、杜、韩后，能别开生路，自成一家者，惟李义山一人。"他的贡献既不在题材，也不在体裁，而是他的语言。李、杜、韩之后，白居易以平易浅近的语言写诗，"童子解吟长恨曲，胡儿能唱琵琶篇"（李忱：《吊白居易》）；李商隐则凿险缒幽，情思婉转，意境要眇，独构"沉博艳丽""寄托深而措词婉"（叶燮：《原诗》）的风格。

有李商隐承前启后，唐诗堂庑深广。唐诗幸哉！中国幸哉！

尾声：蓦然回首

蓦然回首，是一种意象，也是寻觅和讶异，诗和梦想、情感瞬间萌发的象征。人心里最柔弱敏感的便是情感，而最能触碰情感的便是诗。唐诗留下了多少独特的词语，诗性与神韵，情感倏忽来去的瞬间，"其人虽已没，千载有余情"也。唐诗焉能不读？焉可不读？王夫之《俟解》谓："圣人以诗歌以荡涤其浊心，震其暮气，纳之于豪杰而后期之以圣贤。"然诗由词语组成，词语由字组成，诗的语言绝对是不一般的语言。以诗歌荡涤其心者，必得识字明词，是有识字闻道说，是有语言文明说。

梁启超在《国文语原解》中说："国民之所以为国民以独立于世界者，实受自历史上之感化，与夫其先代伟人哲士之鼓铸也。而我文字起于数千年前，一国历史及无数伟人哲士之精神所攸托也。"梁启超告诉我们，我国文字行之数千年，中华民族自强不息亦几千年。文字独立而民族独立，文字相续而文明相续。文字之功全赖先代伟人哲士之"鼓铸"也；鼓铸者，鼓风扬火陶冶锤炼文字、词语之谓也，然后有诗。人类学家李济认为，汉语"在动荡变迁中留存至今，它已保护了中华文明四千多年。它是稳固的，方正的，正如它代表的精神一样美丽"。汉语言的重要性于此可见。

想起了屠格涅夫在《莫斯科普希金纪念碑揭幕典礼上的演说》："是普希金最后加工了我们的语言……是他用典型形象和不朽音韵，对俄罗斯生活的一切潮流作出反应。最后，是他第一个用强有力的手臂，把诗歌的旗帜深深插进俄罗斯的土地。"屠格涅夫在《关于〈父与子〉》的结末处，对年轻的俄罗斯文学家们的"最后的请求"是："请爱护我们的语言，爱护我们美妙的俄罗斯语言，这一宝藏，这一财富，是以光辉的普希金为首的先行者传给我们的！"

朋友们，请爱护我们无比美妙的中国语言，请铭记那些比普希金更早的、使中华民族成为诗性民族的、"两句三年得，一吟双泪流"的伟人哲士。请珍爱来自远古的情感和词语，还有蓦然回首的感动。

原载 2021 年 8 月 20 日《光明日报》

陆春祥

陆游的"南唐"

一

"南唐",指陆游花大精力修成的《南唐书》。

综观陆游个人写作的历史,成书于淳熙年间的《南唐书》,与他的诗和文一样,也非常值得一说。或者也可以这样说,这部断代史,不仅在史学界为他带来一定的声誉,也为后两次朝廷聘任他做史官,打下了重要的基础。

陆游为什么要修《南唐书》?有三个原因是显而易见的。

其一,博览群书后的积累。虽然幼年动荡,但阅读不会停止,陆家数世积累的大量书籍,使得子孙们都养成了读书的习惯,而陆游更是如饥似渴,那些良好的阅读,日后都变成了喷薄而出的诗文。写一部断代史,对大体量写作的陆游来说,是水到渠成的事。

其二,不满已有南唐史对南唐主的处理。除了诗文,在陆游的日常阅读中,各类史籍一定是重头戏,而在他之前,能看到的南唐史,有胡恢和马令著的《南唐书》,但从陆游的写作参考看,胡著可能不全,且胡氏贬南唐三主昪、璟、煜为"载记",马氏贱称之为"书",

陆游却视南唐为正统王朝，称南唐三主为"纪"，颇有司马迁史法。

其三，为南宋统治者提供借鉴。陆游写《南唐书》，除了弥补其他南唐史著的不足，还有一个重要的意图，希望通过南唐短短三十九年的历史，为南宋敲一敲警钟，这种告诫很明显，南唐由盛到衰的历史离我们并不远，仿佛就在昨天，读史明鉴，要避免与南唐一样的亡国命运。

从《南唐书》入手，看陆游写作的史料来源，主要有两个渠道。

第一，参考以前史学家对南唐史事的相关记载。陆游自己这样说："（高）远自保大中预史事，始撰《烈祖实录》二十卷，叙事详密。后主嗣位，远犹在史馆，与徐铉、乔匡舜、潘佑共成《吴录》二十卷，远又自撰《烈祖实录》十卷。"南唐统治者注重修史，留下的资料翔实完备。而且，北宋也出现了《江南录》《江南别录》《新五代史》《旧五代史》《资治通鉴》等一大批史书，这些史书也是撰写《南唐书》的重要参考资料。

第二，实地调查、搜集民间有关南唐的传说。比如卷十七《耿先生传》这样写："金陵好家事，至今犹有耿先生写真云。"显然，这是陆游在实地走访调查时的亲眼所见。

下面，我们进入《南唐书》，看一看陆游的良苦用心。

《本纪卷第一》，南唐开国皇帝李昪的帝王史栩栩如生。李昪是唐宪宗第八子建王恪之玄孙，徐州人，六岁而孤，遇乱，随伯父及母避地淮泗，至濠州。淮南节度使杨行密见而奇之，收李昪为养子，但杨之长子与李昪不友好，杨遂将李昪托付给大将徐温，改名为徐知诰。李昪事徐如父，后以军功升州刺史，大元帅，封齐王，逐渐掌握了南吴朝政，称帝时，国号为齐，后恢复李姓，改国号为唐，史称南唐。李昪管理有方，褒廉吏，课农桑，求遗书，招延四方士大夫，倾身下之，虽以节俭自励，而轻财好施，无所爱吝。这样的李昪，无论什么岗位，都使得上下悦服，称帝后，勤于政事，保境安民，与民休息。

陆游以赞赏的口吻写李昪："帝生长兵间，知民厌乱，在位七年，兵不妄动，境内赖以休息。性节俭，常蹑蒲履，用铁盆盎，暑月寝殿施青葛帷，左右宫婢裁数人，服饰朴陋。"这真是一个好皇帝，不打仗，穿草鞋，用铁盆，麻蚊帐，宫婢少，仆从精，简单生活。

《本纪卷第二》，南唐第二代有个性的国主李璟也活灵活现。这位李太子，父亲去世十余日，依然不肯继位，他要让位给弟弟们。继位后，李璟大赦天下，并给百官进位二等，将士皆有赐，减除百姓的赋税，赐鳏寡孤独粟帛。

李璟在位二十几年，大规模对外用兵，灭了楚、闽两国，南唐的疆土达到最大，过的日子还算舒心，但和他爹爹比起来，显然有点窝囊，强大的后周时刻让他有撑不下去的感觉，索性削去帝号，改称国主，史称南唐中主。李璟多才艺，词写得一级棒，仅"小楼吹彻玉笙寒"一句，便足以流芳千古。

《本纪卷第三》，南唐第三代极有个性的国主李煜更是跃然纸上。此小李是李璟的第六子，生下来时，一只眼睛有双瞳。李煜其实是个仁爱的君主，就是生错了时代，即便国将灭亡之时，他依然举行科考，录取了三十八位进士。

对于这样的末代主，陆游依然以怜惜的口吻写到了灭亡的原因：然酷好浮屠，崇塔庙，度僧尼，不可胜算。罢朝，辄造佛屋，易服膜拜，以故颇废政事。故陆游感叹：虽仁爱足以感其遗民，但终不能保社稷！

精通书法，工绘画，通音律，诗文造诣深，李煜亡国后的词作，不亚于其父，更在五代词中别具一格，"问君能有几多愁，恰似一江春水向东流"的《虞美人》词，如果与宋词一起排行，它也应该在前几位！

李后主和宋徽宗，是不是像极了？陆游的意思，想必有许多人已经看明白了。

二

一共十八卷的《南唐书》，本纪三卷，另外十五卷为列传，南唐著名人物，南唐帝王和国主之皇后、国后、诸子，杂艺方士，节义之士，还写到了浮屠、契丹和高丽，记人叙事，均用笔节制而简约，特别是文后的"论曰"，仿司马迁的"太史公曰"，持论鲜明。如《列传第九》的"论曰"：

亡国之君，必先坏其纪纲，而后其国从焉。方是时，疆场之臣，非皆不才也，败于敌，未必诛，一有成功，谗先杀之，故强者玩寇，弱者降敌，自故非一世也。南唐如陈觉、冯延鲁、查文徽、边镐辈，丧败涂地，未尝少正典刑。朱元取两州于周兵将遁之时，固未为隽功，而陈觉已不能容。此元之所以降也。元降，诸将束手无策，相与为俘累以去，而唐遂失淮南，臣事于周。虽未即亡，而亡形成矣。欲知南唐之亡者，当于是观之。

南唐灭亡的原因，仅从制度就可以看出端倪，大将带兵打仗，失败了不追究，胜利了反而受嫉妒，不被所容，以至于良将投奔他国，国土沦丧。

在陆游看来，南唐灭亡有诸多原因，《列传第十五》讲"浮屠"时，开篇就阐明观点：南唐褊国短世，无大淫虐，要其最可为后世监者，酷好浮屠也。

那么，南唐帝王好佛到什么程度呢？

三代帝王，好佛一代胜过一代，宫中造佛寺十余座，政府出钱招募百姓及道士为僧，都城的僧人一下子增加到上万，而且都由政府供养。李后主退朝后，与他的王后一起戴上僧帽，穿起袈裟，念诵佛经，右膝着地，竖左膝危坐，不断地跪，不断地叩头，脚和头上都长出了瘤节，他们还手指常屈作佛印。金陵被围，李后主召来小长老求助，小长老胸脯一拍保证：北兵虽强，岂能挡我佛力？我们只要登城一挥旗帜，围城之师就会退去！李后主完全相信了，厚赏小长老，下令军民，皆诵救苦菩萨，发出的声音如江涛一样。然而，正当南唐军民沉浸在诵经声中时，敌人射来的乱箭如大雨一样纷纷而下，紧接着就是云梯攻城。

诵经，叩头，手指屈作佛印，这些细节真是太生动了，不过让人笑不出来。

陆游为写《南唐书》，除不断阅读积累外，亦长时间搜集考察相关人事。《列传第十》写到的刘仁赡，就较为详细记录了其间的过程：

政和中，先君会稽公为淮西常平使者，实请于朝，列仁赡于典祀，且名其庙曰忠显。后又尝寓家寿春。方世宗攻下寿州，废为寿春县，而徙寿州于下蔡，故寿春父老，喜言仁赡死时事，言其夫人不食五日而卒，今传记所不载。庙在邑中，岁时奉祀甚盛。乾道、淳熙之间，予游蜀，在成都，见梓潼令金君所藏周世宗除仁赡天平军节度使告身，白纸书，墨色、印文皆如新。金君言：仁赡独一裔孙，卖药新安市，客死无后，故得之。其词与王溥所修《周世宗实录》皆合。

若欧阳氏《五代史》所称"尽忠所事，抗节无亏，前代各臣，几人可比？予之南伐，得汝为多"，盖摘取一制中语载之，本不相联属，又颇有润色也。以仁赡之忠，天报之宜如何？而其后于今遂绝。天理之难知如此，可悲也夫！

鉴于刘仁赡的功德，陆游的父亲陆宰，在任淮西常平使的时候，就向朝廷打了报告，为刘仁赡建庙并祭祀。后来，陆宰一家曾在寿春居住，刘仁赡庙的香火依旧旺盛。陆游在四川的时候，从梓潼县令那里看到过周世宗给刘仁赡的任命书，县令还告诉他刘仁赡唯一裔孙客死无后的情况。然后陆游感叹，上天也不眷顾忠臣，为什么要让刘仁赡这样的好人绝后呢？

三

《南唐书》的题材，其实是全方位的，兹举《列传第十四》两则略见一斑：

其一，滑稽演员申渐高给李昪提意见。有一年大旱，但政府征税未尝减轻，某日皇帝在北苑举行宴会，李昪对侍臣说："近来郊区下了几场大雨，只有京城里没有下，不知道是什么原因，难道是有冤情？"皇家演艺团团长申渐高闻此，立即上前答道："皇帝您不要奇怪，这雨是怕缴税，才不敢入京城的。"李昪听完，拊掌大笑。第二日就下诏减免赋税，这一天晚上，京城果真下了大雨。

其二，罕见的十世同居大家庭。陈褒，江州德安人，唐元和年间给事中陈京之后。十世同居，长幼七百人，不置奴婢，日会食堂上，男女异席，未冠笄者，别又为一席。畜犬百余，共以一船贮食饲之，一犬不至，则群犬皆不食。筑书楼，延四方学者。乡邻化其德，狱讼为之哀息。昇元初，州以闻，诏复徭役，表门闾。同时见旌者尚数家，皆五世同居云。

李昇善于听取意见，陈家的狗都遵守规则，一百狗共槽，一只狗没到，其他狗就不动嘴。这些闪光的细节，都带着深深的笔记风格，这也算是沉重的阅读后带来的轻松吧。

无论如何，南唐都是五代十国一个重要的国家，一个绕不过去的重要符号。陆游写完《南唐书》的最后一个字，脑子依然沉浸在南唐的零零碎碎中，国主懦弱，岁贡求息兵，大崇佛道误国，谗臣当道，纲纪败坏，不间断的内耗，唉，他越想越心痛，只能无奈地叹息。

原载《天地放翁——陆游传》，作家出版社 2021 年版

穆
涛

秋天的两种指向

　　秋这个字，繁体的写法是龝，从禾从龟，"禾，谷孰（熟）也"（《说文解字》）。龟指龟验，龟甲火烧之后以纹理占卜吉凶征兆。秋的字面意思，是以庄稼的收成盘点一年的得失，并预判来年的走势。

　　《尔雅》给秋的释义是"白藏"和"收成"，"秋为白藏"，秋季在五色中对应白，"气白而收藏"，收藏是收敛，"白藏应节，天高气清，岁功既皋，庶类收成"。"收成"一词，含着收获和成器的两种指向，一个人有了收获，要知道收敛，要慎重思量，才能更上一层楼。在成功中反思，是典型的中国智慧，"秋，挚也，物于此而挚敛"，"愁（挚）之以时，察守大义也"。春是一年的开始，在开始中领会初心和动机；秋是结果，在结果中洞察大义。成语"明察秋毫"，"多事之秋"，以及古代刑法中的"秋后问斩"，都是这种智慧思维的外延。

　　秋在五行中属金，这是金秋一词的由来。一年四季中潜伏着五行运行原理，春为木，夏为火，秋为金，冬为水，土居四季的中央。木生火，火生土，土生金，金生水，水复生木。五行通顺则治，五行悖逆则乱。五行的自身也存在着变数。"木有变，春凋秋荣""火有变，冬温夏寒""土有变，大风至，五谷伤""金有变，有武，多兵，多盗寇""水有变，冬湿多雾，春夏雨雹"。中国古代社会推崇德政，反感暴政，提倡以德涵养社会，德政既润泽民心和民风，还可应对天灾带来的变数。"五行有变，当救之以德，施之天下，则咎除"（《春秋繁露·五行变救》）。

金秋，起自一年中央的土。"中央土，其日戊己。其帝黄帝，其神后土。其虫倮，其音宫，律中黄钟之宫。其数五，其味甘，其臭香。其祀中溜，祭先心"（《礼记·月令》）。一年的中央在五行中属土，天干吉日是戊日和己日。天帝是黄帝，地神是后土娘娘，全程是承天效法厚德光大厚土神祇，尊称大地之母。一年的中央，动物以"五虫"中的"倮"为主，古代把动物分为五类：倮、鳞、介、毛、羽，"倮"通裸，赤裸无毛之虫，如蛙、蛇等，人是倮虫之长，"倮之中，三百六十，而圣人为之长"。一年中央的正音是"五音"（宫、商、角、徵、羽）中的"宫"，对应十二音律中的黄钟之宫（冶百链之金，而中黄钟之宫。琢无瑕之玉，而成夜光之璧。可用飨帝，可用活国）。一年中央的"五行生数"是五，味甘，气香。

"其祀中溜，祭先心。"中溜神是"五祀"之一。"五祀者，何谓也？谓门、户、井、灶、中溜也。"（《白虎通义》）中溜神是元神，在屋子正堂的室中央位置。远在穴居时代，人们的住处是没有窗子的，在屋顶的正上方开凿一个洞，一是采光，二是先人们在屋中央生火取暖做饭，也是排烟通气的需要。穴居时代结束后，人们筑屋开窗，灶也移至偏侧。但"中溜神"依然作为"家神之主"而在精神层面存在着。"中溜神"是家神，"家主中溜，国主社"，一户人家敬祭中溜神，国祭土地神。此时的祭品是"五脏"中的心，取意

"心系中央"之意。

秋天三个月，古称孟秋、仲秋、季秋，包含六个节气，每个节气各有三候，共十八种物候。

七月，先立秋，后处暑。立秋的初候，"凉风至"，凉风，八风之一，是西南风。凉风到达极致之后，秋风始来。二候"白露降"，西风吹来，天气下降，雨后呈现茫茫白色，此时是雾状，尚未凝结露珠。三候，"寒蝉鸣"，蝉鸣。处暑的意思，是暑气至此而止。初候是"鹰乃祭鸟"，鹰已长大，开始捕食鸟。二候"天地始肃"，阴气开始产生。三候"禾乃登"，成熟曰登，庄稼此时首熟。

八月的节气是白露和秋分。白露节气到，植物叶子上始见露珠。初候是"鸿雁来"，鸿雁自北南来。二候"元鸟归"，燕子南归。三候"群鸟养羞"，羞，食物。群鸟开始储备过冬食物。秋分，也称日夜分。初候，"雷始收声"，雷，二月阳中发声，八月阳中收声。二候，"蛰虫坯户"，冬眠动物开始修缮洞口。三候"水始涸"，河水流速趋缓。

九月的节气是寒露和霜降。寒露的初候"鸿雁来宾"，先至为主，后至为宾，最后一批鸿雁南飞。"雀入大水为蛤"，河湖中见蛤。"菊有黄华"，菊花开。霜降的初候是"豺祭兽"，豺捕食。二候"草木黄落"，草黄，树木落叶。三候"蛰虫咸俯"，冬眠动物不再进食。

据《礼记·月令》记载，中国古代政府秋季三个月的工作要点，归纳起来大致如下：

1. "用始行戮。"农历七月，死刑囚犯开始行刑。

2. "天子乃命将帅，选士厉兵，简练桀俊，专任有功，以征不义。"军事训练，练兵比武，做好作战准备。

3. "命有司修法制，缮囹圄，具桎梏，禁止奸，慎罪邪，务搏执。"命令司法官员完备法规制度，修缮监狱以及刑具，严格执法，维护治安。

4. "命百官，始收敛。完堤防，谨壅塞，以备水潦。修宫室，坏墙垣，补城郭。"完善堤防，防患水灾。修宫室，起墙垣，筑城郭。

5. "是月也，毋以封诸侯，立大官。毋以割地，行大使，出大币。"农历七月，进入天地收敛的时令，这个月，不分封诸侯，不任命重要官员，不奖赏土地，不外派大使，不大量支出钱财。

6. "是月也，养衰老，授几杖，行糜粥饮食。"农历八月逢中秋，是敬老月。

7. "是月也，可以筑城郭，建都邑，穿窦窖，修囷仓。"农历八月，筑城郭，建都邑，挖凿地窖，修粮仓，开始储备过冬物资。

8. "是月也，易关市，来商旅，纳货贿，以便民事。"农历八月，简化关隘通行手续，降低市场收费标准，出台鼓励商贸政策。

9. "是月也，申严号令。命百官贵贱无不务内（纳），以会天地之藏，无有宣出。"农历九月，命令百官全力做好各种物资存储工作，以应天地收藏时令。

10. "乃命冢宰，农事备收，举五谷之要，藏帝籍之收于神仓，祗敬必饬。"命太宰总结农业生产成果，妥善做好统计工作。皇帝的籍田物产收归神仓（祭祀天地物品的仓库）。

11. "是月也，大飨帝，尝牺牲，告备于天子。"九月，举行祭祀五方帝的大飨祭。五方，即指东、南、中、西、北五个方位，也包含着春、夏、秋、冬中的五行和五色，春主东方，属木，青色；夏主南方，属火，赤色；秋主西方，属金，白色；冬主北方，属水，黑色；土主中央，黄色。五方帝具体是，东方青帝伏羲，南方赤帝神农（炎帝），中央黄帝（轩辕），西方白帝少昊，北方黑帝颛顼。

12. "合诸侯，制百县，为来岁受朔日，与诸侯所税于民轻重之法，贡职之数，以远近土地所宜为度。"召集国内诸侯，以及京畿之内的各县官员到京，召开特别会议，确定并颁布来年十二月的时令朔日。确定诸侯的贡赋，以及向百姓征税的标准。

13. "是月也，天子乃教于田猎，以习五戎，班马政。"九月，天子教习民众田猎，操习五种兵器（五戎，弓矢、戈、矛、殳、戟），颁布养马和使用马的政令。

14. "是月也，草木黄落，乃伐薪为炭。"九月，鼓励百姓伐木烧炭，以备冬天之需。

15. "乃趣（趋）狱刑，毋留有罪。"九月，督察官员审理案件，不要出现积案。

中国古代，对天地间自然现象的认知与解释，在今天看来，受科学能力的局限，有一定偏失之处，但其中包容着的哲学思考，也是极具魅力的。

"阴阳大制有六度，天为绳，地为准，春为规，夏为衡，秋为矩，冬为权。"（《淮南子·时则训》）这是准绳、规矩、权衡三个词的出处。

中国人自古重视四季的变化，受益于四时，也受制于四时，在中国人的传统观念中，四季与天地齐功，称四个季节为天，分别称春天、夏天、秋天、冬天。"春为苍天，夏为昊天，秋为旻天，冬为上天"（《尔雅》），"四时者，天之吏也；日月者，天之使也；星辰者，天之期也；虹蜺彗星者，天之忌也"（《淮南子·天文训》）。

"天之偏气，怒者为风；地之含气，和者为雨。阴阳相薄，感而为雷，激而为霆，乱而为雾。阳气胜则散而为雨露，阴气胜则凝而为霜雪。"（《淮南子·天文训》）

"日出而风为暴，风而雨土为霾，阴而风为曀。"(《尔雅》)

"天气下，地不应曰雺。地气发，天不应曰雾。雾曰晦。"(《尔雅》)

原载《钟山》2021 年第 2 期

汗
漫

白雪歌

一

"南阳岑参也。"在长安游荡求功名，与杜甫、高适、王昌龄、颜真卿相识之初，岑参一概如此自称。

岑参祖上系东汉时期贵族，在南阳陪都、陪着首都洛阳欣欣向荣的城阙山水间，生枝展叶。其历代先辈皆出入于宫廷，有"一门三宰相"之光耀，也有受腰斩之大辱。至岑参一辈，已沦为平民，无世荫可借以佑护，唯故土"南阳"二字，以及盆地周围的伏牛山、秦岭、桐柏山、武当山，可供强心、壮胆、补光——《后汉书》言："宛（南阳）为大都，士之渊薮。"

二十九岁考中进士，腰里仅仅掖一把巨大钥匙而已——兵器们在巨大门扉内幽暗处，回味血色和日光。长安城繁花似锦，仓库管理员岑参寂寂无名。房租昂贵，他只能居住于远郊，半隐半显。"功名只向马上取"，步高适、王昌龄、王维之后尘，岑参携笔从戎，两度出塞：第一次，公元七四九年，三十四岁至三十六岁，作为安西节度使高仙芝幕僚；第二次，三十八岁至四十二岁，作为北庭节度使封常清属下。前后六年时间，足迹涉及天山南北，得边塞诗七十余首，叙写风土、出征、送别——美名须自笔墨来，多年后，他才明白这一历史规律的不可违背。

代表作《白雪歌送武判官归京》有名句：

北风卷地白草折，胡天八月即飞雪。

忽如一夜春风来，千树万树梨花开。

一曲白雪歌，亦为梨花颂。从此，后世文人对"飞雪与梨花"这一意象的书写，唯岑参之马首是瞻。辛弃疾"隔帘几处梨花雪"，周邦彦"空余满地梨花雪"，杨万里"输与梨花雪作肌"……都是在向岑参前辈表达敬意和愧意。更多人，转身去写玉兰、丁香、槐花，难度或许小了一些吧。岑参所送别的那一个武判官，我反复查阅资料考证，才知其名字为"武就"，同样是中原人，比岑参稍晚一些任职于边塞，彼此间可以用乡音传令。如果早知此诗永恒，武就必然要求岑参把自己姓名在标题中写完整，像李白把桃花源的那一个汪伦写得很完整一样。区区"判官"二字，不要也罢。

二

某一年夏天，在新疆晃荡，我到乌鲁木齐市南郊乌拉泊水库站半天。

这里就是轮台旧址，岑参用美酒和乐队送武判官回长安的地方。

岑参把武判官送了一程又一程，也是把自己对长安、中原的思念，送了一程又一程。尽管征伐边陲，是岑参追求功名的主动选择，而非南北朝时期南阳前辈庾信那样的被动羁旅、终生无归，但"在路上"，一个人的乡愁之浓重、孤独之深刻，依然是"诗歌发生学"的隐秘原理之一。

> 故园东望路漫漫，双袖龙钟泪不干。
> 马上相逢无纸笔，凭君传语报平安。

在路上、在马背上，岑参又遇到一位无名还乡者，这飞泪传语的姿态同样动人。

两次出塞，岑参先后充任高仙芝、封常清的幕府书记——在幕后走笔疾书，记录统帅战绩、军中要事。岑书记工作之余写叙事诗，以诗叙事，无意中让"轮台""北庭"等壮丽名词，进入中国史诗的开篇部分，继而获得持久生命力。岑书记的案牍公文，则湮没四散矣。

乌拉泊水库有天鹅翩翩高翔。我骑马照相，下马喝奶酒、吃葡萄，看旅行社的小红旗在绿树白云间翩飞——"山回路转不见君，雪上空留马行处。"山回路转，有汽车蜿蜒来去，不见岑参、梨花、大雪，幸而纸上留下前人的足迹与心迹。

这次新疆行，我还看见一页岑参的账单——"岑判官马七匹共食青麦三斗伍升付健儿陈金。"岑参等人的七匹马餐费，付给了驿站小卒陈金。这页账单，在一座古墓出土时被发现。糊在一个纸质棺材上，周围还糊着其他书信、册页、文件，可见当时纸张的匮乏与珍贵。纸棺上墨迹叠加，有楷体、隶体、行书，像一次小型书法展。各种字体，就像试图唤醒死者的雷鸣电闪、行云流水。正是这页关于岑判官的账单，供后人生发无限想象力：春日，驿站，岑参率六名部属打马而至，稍息片刻，七匹马回味着青麦芳香，打着响鼻满意而去，奔往龟兹、敦煌或武威。账单上仅仅显示马料钱，说明岑参们没有在这里饮食、过夜，马蹄声碎征程急。

我盯着账单上这一行很可能就是陈金留下的字迹。它像一行叙事诗——节制，准确，没有一个无效的字眼，并留有巨大空白和悬念，可引发无尽怀想和惆怅。

在新疆，我爱吃烤羊肉串。长竹签酷似一行诗，紧密串联的一块块灼烫羊肉，无须加什么调料，就耐人咀嚼、趣味天成——"大羹不和"。先秦时代《礼记》中这一句子，讲的是美食之道，似乎也是写诗作文之律条。

我手捏四个长竹签站在乌鲁木齐街头，每一串恰好有七块羊肉，相当于读一首唐人七言绝句。身边站几个狼吞虎咽的食客，我仔细看了看，没有岑参。

三

安史之乱发生后，封常清率兵马急返长安平叛，失利，退守潼关，遭宦官诬陷杀害。岑参戎马生涯，到此结束。

经左拾遗杜甫推荐，岑参担任右补阙。一左一右，拾遗补阙，说一些皇帝不爱听的真话实话，就相继被逐出高危宫门，去边缘处思考和表达吧。长江上的伟大夔门，接纳了这一对诗友，但没有给他们在夔门左右重逢的机会。公元七五九年，岑参在嘉州任刺史，故得名"岑嘉州"，后辞官，欲沿长江访杜甫而未果，惆怅不已。公元七六九年，客死成都，五十四岁，"庭树不知人去尽"。杜甫漂泊于长江上下，公元七七〇年，死于岳阳附近的一艘小船上，五十九岁，"月涌大江流"。

清朝赵翼赞颂诗人元好问："国家不幸诗家幸，赋到沧桑句便工。"将"不幸""沧桑"与诗的卓越不凡，联系在一起，令人心惊。诗人的伟大，若以国破城春为代价，则何等惨淡沉痛。没有安史之乱、长江、夔门，就没有《三吏》《三别》《秋兴八首》，无法确立杜甫"诗圣"的位置。岑参尽管在边塞赢得诗名，但嘉州之后，诗风由激越转向沉郁，同样是安史之乱的后遗症、并发症——死去活来，生发一个新岑参？临终前有辞赋《招北客文》以自悼——"招"，招魂也；"北客"，来自北方南阳的一个客人也。

不论同代与后世，热爱、怀念岑参的人颇多。

晚他一年去世的杜甫说："岑参兄弟皆好奇。"可见岑参身上有天真烂漫气，有助于摆脱语言中的酸腐与城府。岑参吟诵天山雪莲的《优钵罗花歌》，酷似当代校园民谣、摇滚歌曲：

> 白山南，赤山北。
>
> 其间有花人不识，绿茎碧叶好颜色。
>
> 叶六瓣，花九房。
>
> 夜掩朝开多异香，何不生彼中国兮生西方？

"诵公天山篇，流涕思一遇。"南宋陆游，把岑参、李白、杜甫并列为唐代三大诗人。因自身也处于家国离乱之境地，在岑参身上，陆游能够获得一种壮丽的安慰："风掣红旗冻不翻。"

元、清两代，因岑参笔下屡屡有"胡""夷"一类敏感词，被宫廷有意屏蔽，抑制其影响力，免得天下人胡思乱想，做匪夷所思之举。但曹雪芹不管不顾，在《红楼梦》中借香菱之口言及这一前贤：

香菱道："前日我读岑嘉州五言律，见有一句说'此乡多宝玉'，怎么你倒忘了？后来又读李义山七言绝句，又有一句'宝钗无日不生尘'，我还笑说他两个名字都原来在唐诗上呢。"

岑嘉州，一个人与一个地域，在孤独中相逢而减却了孤独，还是加重了孤独？

嘉州，即当下乐山。乐山有大佛，位于岷江、青衣江、大渡河三江交汇处，佑护着浪急风高间的来往舟船。大佛始建于七一三年，至八〇三年方才落成。岑参到江边视察过这一工程进展，对最先凿就的巨阔双脚，很羡慕——有这样一双脚，不穿鞋，走水路，就能抵达中原和大海吧？他想象着伟大佛头从江水、双脚、胸膛、肩膀上渐次升起的样子，按了按空荡荡的衣襟，长叹一声。

后世苏东坡数度来嘉州游荡，想一想岑参，生发出在此地任职谋生的念头，未遂。他比岑参旷达："此心安处是吾乡。"这旷达不乏无奈：好诗句好文章，往往来自种种不安而非苟安。乐山大佛旁边石壁，深刻一行大字："东坡载酒时游处。"以酒壶向江水致意，让心潮的水位上涨两厘米，加剧内在的动荡。

某年夏，我沿着大佛左肩膀处的陡峭台阶，下降到江边赤裸双脚处，听听江水轰鸣，再从大佛右肩膀处升起，回到尘世里，代替岑参，完整领会了一种险要的佛意和乡愁。

四

唐代边塞诗派，也被称为"高岑诗派"。岑，即岑参；高，乃高适。高、岑为好友，与杜甫、薛据、储光羲同登长安大雁塔，写同题诗，消解块垒抒壮志。相比之下，岑参写得更奇迥一些："塔势如涌出，孤高耸天宫……"我曾经站在大雁塔下，仰望，它的确像古砖组成的喷泉涌向天空。当代游客被禁止登塔，因为才华普遍匮乏于唐代前贤？满大街喧嚣一首流行歌曲："大雁飞过菊花插满头……"

高适、岑参之所以并称"高岑"，在于诗风相似。差异在于：高适理性、深沉，岑参感性、壮丽。这一切，缘于命运的相似与差异。当岑参跟随封常清纵马边塞、平乱长安时，已经四十九岁的高适，跟随另一个更有名的将领，在西域长安之间，弯弓挥剑求功名。那一将领，就是边地民间深沉诵唱的哥舒翰——

北斗七星高，哥舒夜带刀。

至今窥牧马，不敢过临洮。

安史之乱，尤其是哥舒翰战死潼关后，大唐濒临绝句般的绝境。诗人们，在政治立场上加速分化与对立。李白、杜甫、王维、王昌龄、高适、岑参……谁能置身事外？选择一条道路，就是选择一种命运、个人史、诗学地位。

与杜甫、岑参相同，高适忠诚于肃宗。与杜甫、岑参不同，他能超越抒情，以政治家的敏锐、世故，讲出肃宗听得进去的话，且能带兵出征、平定大局，把毛笔和剑都用得准确有力。但也因同僚嫉恨诽谤，与岑参在同一年被贬于彭州、蜀州。后重获信任，升迁至剑南节度使、刑部侍郎，被封为渤海侯，死后赐谥号"忠"，是唐代诗人中少见的现象。

王维被安禄山囚禁、劝降，不得已出任伪职。虽然以才华获得肃宗宽容，但毕竟有污点在身，别长安，在终南山里结庐、写诗、画画，"松风吹解带，山月照弹琴"，渐渐平复内心，竟成就"诗佛"之名，在身体的被动中，渐渐获得内心的主动。同样错误判断形势、追随永王、参与叛乱的李白，失败后，在流放途中喜闻大赦消息，遂有了《早发白帝城》这一名作。在古老的神州，一个诗人与政治，如何能够脱节自在？失意失败于人生，恰恰是通往惊世文章的大道幽途。

虽然一同被贬往巴蜀，岑参、高适却没有再见面，各自在蜡烛下看剑、发愁、写诗，掂量着自己在后人心中的位置。

公元七六五年，高适亡，六十一岁。一批诗人，大抵上在此前后辞世。王维死于公元七六一年，李白死于公元七六二年，等等。众星寥落，苍穹沉寂。

被高适送别的琴师董庭兰即董大，是否在盛唐黄昏里，弹着七弦琴，为一个时代送别："莫愁前路无知己，天下谁人不识君。"

一个时代，用诗人作为它面容中最鲜明、最独特的部分，去负责眼神、泪水、嘴唇。

五

岑参成就诗名的隐秘推手，是比他大六岁的知己、官员、书法家颜真卿。

正是颜真卿向高仙芝的举荐，才有了岑参的从戎与出塞。此前，颜真卿奔赴边关传递圣旨，岑参在长安城外口占一诗送别：

> 君不闻胡笳声最悲？紫髯绿眼胡人吹。
>
> 吹之一曲犹未了，愁杀楼兰征戍儿。
>
> 凉秋八月萧关道，北风吹断天山草。

昆仑山南月欲斜，胡人向月吹胡笳。

胡笳怨兮将送君，秦山遥望陇山云。

边城夜夜多愁梦，向月胡笳谁喜闻？

岑参诵罢，颜真卿击掌赞叹不已："岑兄好诗，力压胡笳天下闻！"二人哈哈大笑举杯相敬，揖手而别，马嘶不绝。

这首诗，似乎就是岑参之后赖以立身立名的边塞诗之萌芽与先声，"悲""愁""怨"一类字眼表象下，是诗人对于楼兰、昆仑的种种猜想与好奇。

颜真卿也是诗人，有名句："三更灯火五更鸡，正是男儿读书时。"书读得好，应试文章写得坚实中正，一扫绮丽浮华之风，遂被主持考试的唐玄宗青眼相加，确定为"甲等"成绩，入仕途。他比杜甫、岑参、高适等人顺风顺水，诗名就难以奇崛惊世，埋头研究公文和书法。当安史之乱爆发于洛阳时，诗人与士子，江湖与庙堂，一概置于风暴中。颜真卿率二十万兵马抗击乱兵。家族三十余头颅纷纷落地。一篇《祭侄文稿》，泪痕与墨迹交加淋漓。遭同僚构陷先后外放平原、湖州两地。孤身前赴淮西节度使李希烈大营，劝其停止叛乱、归顺朝廷，被拘禁、杀害。最终，颜真卿完成了端庄正大的"颜体"形象。

四百年后，元初，一众新朝臣僚骑马坐轿，忐忑着、试探着进入湖南，在浯溪仰望颜真卿摩崖石刻《大唐中兴颂》，感慨万端：独标古劲去姿媚，"昂然有不可犯之色"。感慨毕，四顾，未见颜真卿怒目长衫，才放心坐定这大好河山。

颜真卿死于公元七八四年，七十五岁。眼见岑参、高适、杜甫、李白们一个又一个死去，感觉心灵死了一次又一次，干脆让身体彻底死去也罢。盛极而衰，盛唐晚霞如血，或者说血如晚霞。

《祭侄文稿》中，"天不悔祸，谁为荼毒"八字，看似问天，实则质疑皇宫里以苍天之子自命的人。

在临终绝笔《奉命帖》里，颜真卿写下一代诗人士子的共同喟叹："中心恨恨，始终不改，游于波涛，宜得斯报。"

六

成都，文学之都。从古代的扬雄、司马相如、李白、杜甫、岑参、李商隐、陆游、范成大，到现代的巴金、李劼人、沙汀、艾芜……精神的长河不绝不休，灌溉中下游的后辈晚生，召唤无穷支流的汇入与更新。

一九五〇年，在这座城市出现《星星》诗刊，理所当然。流沙河、白航、杨牧、叶延滨、张新泉等诗人，从布后街，到红星路，相继操持这一份刊物。一九九九年，我两次来成都领奖，抽空去看杜甫草堂。有些失望。其格局堂皇，与草的关系、与诗人的关系，就小了弱了。走街串巷，试图寻找岑参临终前的那一个旅馆，未果。

"边城细草出，客馆梨花飞。""客舍梨花繁，深花隐鸣鸠。"岑参描写梨花的这两个句子，我喜欢。不管是客舍还是客馆，一个客居者、途中人，看见梨花纷繁飞彻，像天山雪，像雪莲亦即优钵罗花？所有的前情旧事，都会从一朵花中涌来。

陆游在《跋岑嘉州诗集》开篇写道："汉嘉山水邦，岑公昔所寓。"他以楚汉相交之地的南阳嘉美，探究岑参气象之根源。

穿过我出生地的一条唐河，从岑参祖籍地新野县前高庙乡，蜿蜒流过，次第加入汉水、长江、东海。我和岑参就是一条河边的人了。某年初秋，我去寻访、拜谒岑参先祖墓地、岑公祠、岑氏祖庙。碰到许多姓岑的人，似乎都会背诵"忽如一夜春风来"，表情自豪，似乎春风夜夜来。在靠近唐河的一片田野里，一个规模上千亩的梨园结满梨子。只能想象"千树万树梨花开"之盛景。但有梨子吃，也很好。脆，甜，硕大。只能独享，不宜与心爱者分梨——分离。避开一个谐音，就能避开一种厄运？必须对古老汉语抱持敬畏之心，这是先民们通过血液流传下来的遗嘱。

中国水果，单字命名的梨、杏、桃等，均系本土所产。双字以上的葡萄、苹果等，则自异域引入。古人写梨、杏、桃的句子比较多，倾注的感情也更久远、深刻。写新引进的水果"指橙""青皮柚""黑糖芭比"等，是新一代诗人的责任。水果的现代性，要求诗人表达的现代性——如何超越前人赋予梨、杏、桃的美感与痛感，是一种考验。"文章合为时而著，歌诗合为事而作。"出现在中唐的白居易，如此感叹与自勉。从杜甫、李白、岑参等前辈的个人史，他看出"时代与事变"对写作的巨大作用力。平庸者倘无心力与笔力，则不写也罢。读读杜甫、岑参、高适，走神两分钟，也罢。而杰出者必须承受杰出的痛苦，然后，说吧。

南宋诗人丘处机，像陆游那样爱岑参。也为梨花写过词："春游浩荡，是年年，寒食梨花时节，白锦无纹香烂漫，玉树琼葩堆雪……不与群芳同列。"像岑参，把梨花和雪联系在一起。但"堆雪"比"飞雪"，局面更加冷峻。何以解忧止痛，唯有以吃梨来冷对群芳。

这首词的词牌是"无俗念"。真好。梨花素白无俗念。

其实，有俗念也很美好——梨子们用古老的糖分，慰藉这离忧不息的烟火人间。

原载《诗刊》2021 年第 9 期

张
石
山

豫让桥怀古

一

清代诗人陈维崧写过一首《南乡子·邢州道上作》：

秋色冷并刀，一派酸风卷怒涛。并马三河年少客，粗豪，皂栎林
中醉射雕。残酒忆荆高，燕赵悲歌事未消。忆昨车声寒易水，今朝，
慷慨还过豫让桥。

这首《南乡子》的作者是清朝康熙年间文人。当时，"留发不留
头、留头不留发"之说广为流布，折射出鼎革之际的腥风血雨。何况
还有严酷的文字狱，深文周纳，钳制舆论，必欲消灭丝毫异见与反抗
意识。在那样的年代，竟然有这样一位诗人，写出了如此豪迈慷慨的
一首作品。即或这只是文学创作"纸上谈兵"，以寄寓情感抒发胸臆，
但至今读来仍然令人血脉偾张。

这首《南乡子》中，写到了刺秦猛士荆轲与燕市狗徒高渐离，写
到了燕赵悲歌、潇潇易水，结末则写到了与荆轲同列春秋战国时代四

大刺客的豫让。

"晋国无公室"，智氏、赵氏等六卿轮流执政，竞相壮大家族势力。公元前 476 年，赵简子去世，其庶出之子赵无恤继任赵氏正卿之位，是为赵襄子。赵无恤即位的第二年，便用奸谋和暴力灭掉了代国。这说明，除了世袭祖传的封地之外，赵氏在自行武力扩张领土。看来，各诸侯国之间，诸侯国内部的士卿家族之间，相互倾轧、"以力争胜"，已经成为一时潮流。

在这样的潮流之下，智伯联合韩、魏两家攻伐赵氏，赵襄子退守晋阳，最终是赵氏策反了韩、魏两家，反转来诛灭了智氏。时在公元前 455 年。

《史记》刺客列传载："赵襄子最怨智伯，漆其头以为饮器。"

卿氏之间相互攻伐，杀掉对手夺其领地也就罢了，竟然要将智伯的头颅做成饮器。这得有多大的怨毒，这又是一种什么样的极端变态心理呢？

失败的智伯，死后受到如此侮辱的智伯，在其身死后到底出来一个家臣豫让，甘为刺客，定要杀死赵襄子为家主报仇。豫让的事迹，太史公巨笔如椽将之书诸竹帛，写出了流传千古的大著《刺客列传》，烈士豫让，因之被后人称为东周时代四大刺客之一。

事实上，荆轲刺秦是失败了。一次失败的行刺，太史公将行刺的起因、策划、易水壮行、秦廷行刺的全过程，做了极其精彩的描述。荆轲作为一位失败的刺客，太史公将之塑造成了一个悲剧人物，字里行间对之赋予了极大的同情。千古之下，荆轲的悲剧令无数后人扼腕，憾恨不已。

在此之前，豫让刺赵也失败了。相比而言，豫让就更加是一个悲剧人物。

豫让所效忠的主人智伯，已然族灭身死，头颅被做成了饮器。毫无疑问，对于智伯本人和他的家臣豫让，这不能不说已经是一个悲剧。作为智伯的家臣，豫让矢志为主人报仇，可惜他的报仇行动，付出了超常的代价，最终竟然也失败了。这又不能不说是悲剧之后的悲剧。

如同记录描述荆轲一样，太史公对豫让的失败、失败的豫让，照样做了精彩的记录与描述。

纵览豫让为主人报仇的整个过程，可谓惊心动魄。豫让"漆身为厉，吞炭为哑，使形状不可知，行乞于市。其妻不识也"，其所作所为，可称极其壮烈。

对于付出如此牺牲代价也要实施报仇的行为，烈士豫让有过坦然的表白。"嗟乎！士为知己者死，女为说己者容。今智伯知我，我必为报仇而死，以报智伯，则吾魂魄不愧矣。"

豫让曾经以臣子身份服务于范氏与中行氏，两氏败亡，豫让缘何不曾为其报仇呢？豫让直言道："范、中行氏皆众人遇我，我故众人报之。至于智伯，国士遇我，我故国士报之。"

而且，除了为家主智伯报仇这一功利目的，尤为值得称道的是，豫让还有意识地坚守与践行了某种他所理解的超越性的道德价值。他说："所以为此者，将以愧天下后世之为人臣怀二心以事其君者也。"

所谓"春秋无义战"，诸侯之间相互攻伐、诸侯国内部的卿士家族相互倾轧，这是不争的历史事实。包括"礼崩乐坏"，也是当时的真实状况。但是，我们华夏民族的核心文明仁义道德，并没有彻底崩毁。伟大的圣哲孔夫子，在矢志不移坚守宣扬仁义道德，无数志士仁人在践行仁义道德。

从独裁统治者的立场出发，将儒生侠士宣扬和践行仁道、主持正义的言行，定其罪名曰"儒以文乱法、侠以武犯禁"。这充分说明，孔子所宣扬的，民间侠士们所践行的，恰恰正是独裁统治者帝王们所反对的，必欲彻底摧毁而后快。天才而敏感的伟大史学家司马迁，预见到了专制集权愈演愈烈的趋势，以及思想被钳制、民间侠士在组织上被绞杀的国族悲剧，在《游侠列传》中，司马迁寄寓了他的这种深深的忧虑，而格外对民间侠士寄予了极大的理解和同情。

二

关于豫让为智伯报仇之义烈事迹，后人而复后人议论多多。明代大儒方孝孺所写的《豫让论》，入选《古文观止》，他的观点，应该说具有某种代表性。

就历史上的古人旧事发表议论，见仁见智，未尝不可。方先生的文章能够入选《古文观止》，自然取决于选家的主观眼光，同时在客观上也反映出了士林的某种主流意识。

《豫让论》开篇立论，这样说道："士君子立身事主，既名知己，则当竭尽智谋，忠告善道，销患于未形，保治于未然，俾身全而主安；生为名臣，死为上鬼，垂光百世，照耀简策，斯为美也。苟遇知己，不能扶危于未乱之先，而乃捐躯殒命于既败之后，沽名钓誉，眩世炫俗，由君子观之，皆所不取也。"

这儿，方孝孺先生高屋建瓴，义形于色，以不容置疑的口吻给豫让定性，将"沽名钓誉，眩世炫俗"的大帽子，断然扣到了古人豫让的头上。

往下，方先生设身处地，模拟古人所处历史环境，对豫让痛加责备。文章说，在智伯骄狂膨胀之际，"让于此时，曾无一语开悟主心，视伯之危亡，犹越人视秦人之肥瘠也。袖手旁观，坐待成败。国士之报，曾若是乎？智伯既死，而乃不胜血气之悻悻，甘自附于刺客之流。何足道哉？何足道哉！"

方先生以经邦济世治国平天下的帝王师自居，其文一副睥睨豫让的口吻姿态，何其豪迈慷慨。而后来发生在方孝孺先生身上的历史事件，为人所共知。燕王犯上，以武力从侄子手中袭夺皇位，最终明孝惠帝失国身死。方孝孺则宁死不屈，被诛十族，其遭遇可谓惨绝人寰。那么，对于燕王谋反，方孝孺在事前有何值得称道的防患于未然的预见举措？在燕王袭夺皇位之后，方孝孺先生为了捍卫他心目中的正统以及君臣大义，毅然选择了杀身成仁、舍生取义，固是值得称道。对此，后人何尝贬斥过方孝孺先生是"沽名钓誉，眩世炫俗"？对于方先生不惧诛灭十族、慷慨赴死，后人又何尝评价成"逞一时之血气之悻悻"？相比于方先生对豫让的贬斥睥睨，后人倒是显得更为宽容。从为文的角度而言，也更加温柔敦厚。

况且，豫让知恩图报，励志苦行，矢志不移践行为家主报仇，其人其事被太史公书诸竹帛，岂不正是"生为名臣，死为上鬼"？其义烈事迹，岂不早已"垂光百世，照耀简策"？

或者，豫让果然不像方孝孺先生一样，他并非什么大儒帝王师，他只是一个区区市井狗屠之辈，又当如何？他为智伯报仇，果然是"不胜血气之悻悻，甘自附于刺客之流"，又当如何？

在这儿，不妨说，方孝孺先生已经自觉不自觉地站在了帝王统治的立场，对于"刺客之流"深为不屑。也正是在这儿，方孝孺等所谓大儒，其境界与太史公相差已然不可以道里计。

在历史上，智伯是族灭身死了，赵襄子是胜利了。但不是在别处，恰恰是在赵国故地，当豫让行刺失败，伏剑自杀之后，"死之日，赵国志士闻之，皆为涕泣"。而且，正是在赵国的领地上，许多地方都有豫让桥。

"豫让桥"，犹如"蚩尤城""磨笄岭"，民间百姓以这样的方式铭刻这个不死之名，永远纪念着这位铁血义士。

关于豫让桥，一说，故址在邢台翟村西南角。上述清人陈维崧所写《南乡子》，注明是在"邢州道上作"，古顺德府邢州，正是今天的邢台。而邢台，当年无疑属于赵国领地。

又一说，豫让桥在山西太原市西南郊晋源区的赤桥村。

三家分晋之后，赵国在公元前 386 年，国主赵敬侯方才迁都到邯郸。那么，赵国的实际控制范围拓展到河北邯郸邢台一带，时间要靠后一些。而赵襄子诛灭智氏，在公元前 455 年，晋阳不仅是赵氏的根据地，还一度成为赵国都城。豫让报仇地，在太原的概率要大一些。后人以豫让血流桥下，因名赤桥，亦称豫让桥。桥侧立有碑记，建有祠宇，祠内供奉着晋哀公、智伯瑶以及豫让的坐像。

豫让桥到底在哪里？对此过分争论辨析，意义不大。应该强调的是：在两千多年后的今天，在当年赵国领地上的许多地方，仍然保全着这样具有纪念意义的地名，证明着民间记忆的顽强存在。

在深广浩瀚的民间，千百万百姓，所谓黔首匹夫，大家千百年来不读书不识字，不知道《春秋》《左传》《史记》《汉书》，更不会知道什么《古文观止》上有一篇方孝孺所写的《豫让论》。当然，他们也不知道历代文人对于豫让其人的种种主流说法评价。但他们祖祖辈辈口口相传，守护着民间传说，守护着他们认为的大道至简之道义。

从古留传至今的豫让桥，有过倒塌倾圮，历代多有修缮。实物的豫让桥，石头会风化，桥梁会倒塌。但在永恒的民间传说中，"豫让桥"这一词语所负载的历史文化记忆，将永生不死。

原载《印象》2021 年

周
闻
道

沉没的王朝

没想到，一个沉没的王朝在沉没 352 年后，以这样的方式被打捞而起。

四川眉山市彭山区检察院的公诉状，把我们带到惊奇发生的那个阴风惨惨、神出鬼没的夜晚：2013 年 4 月 4 日。

"清明时节雨纷纷，路上行人欲断魂。"

樊川居士的诗，惟妙惟肖地表达出了清明时节的氛围，却没有把所有人都带入一个思亲悼亡的情景。比如，范、谢二人。

"石龙对石虎，金银万万五，谁人识得破，买到成都府。"

这个民谣说的是彭山江口。

起源于岷山南麓弓杠岭、朗架岭的岷江，与同源的走马河，被李冰父子分流到成都市区后，再分为府河与南河。府河绕城北、城东，南河绕城西、城南，流到合江亭又汇合成府南河。然后，继续在成都平原自由而舒缓地流淌，直至流到彭山，再次与它们母系一族的岷江汇合，汇合出一个壮美的三江相拥的江口。这里山水相依，平畴无际，曾是寿仙彭祖的修炼得道之地。

据说，江口不仅是古老的武阳县（现彭山区）治所，在依水而栖、顺水而通、近水而商的农耕时期，这里还曾拥有众多的水码头，商贾云集，催生了世界上最早的西汉武阳茶市。江口汉崖墓出土的拥抱俑，呈现了两千多年前这里人的温馨浪漫；而出土的摇钱树，则彰显了那个时期人们的发财梦。就这样，神秘的江口，吸引了殷彭祖的养身驻足，文人的觅古幽情，商贾的趋之若鹜，甚至成为兵家的争夺之地。

当有一天，这个在江口流传了三百多年的民谣，被偶然或必然证实，就难免一下激活许多人一夜暴富的梦想。这也难怪，在文物走私的地下黑市交易里，张献忠大西国的一切都是宝贝：一枚银印五十万元，一页金册百万元，一颗金印亿元。

有多少倍的利益，就有多少倍的疯狂。2012 年开始，四川岷江的彭山江口段，当修堤的、淘沙的、打鱼的，陆续挖出或发现了部分与民间传说有关的文物后，一股岷江寻宝暗流，就在这里形成。

这天晚上，范某、谢某等人在夜色的掩护下，再次来到岷江河边，开启更大的寻宝之旅。惊奇就在此刻发生。范某身着潜水服，下到水下 3 米处，不经意间，竟然摸到一个"金坨坨"。按照约定的暗号，范某用力扯动了一下安全绳，谢某迅速将安全绳往上收些。露出了水面，浩荡的岷江神秘而安静。带着泥沙的水顺着金坨坨流下，滴落，回归江流，仿佛是要历数岁月的脚步，生怕它断裂或者停留，让一个沉没的王朝一直被世人遗忘下去。流水与流沙，都是时间的计步器。

拿回家，灯下细看，两人真是惊喜望外。原来，这个分量很重、虎头印把、印身署着"永昌大元帅"的金坨坨，是张献忠的官印。

一枚沉没的官印，把我们带入那个沉没的王朝。

我不知道，张献忠将自己的政权取号"大西国"是什么原因，是不是一种柏拉图式的"亚特兰蒂斯"理想。至于它究竟是存在于直布罗陀海峡的海面上，还是突尼斯的盐湖、希腊的某地、西班牙南部、非洲西海岸，或者西尔特、大洋洲，甚至南太平洋的某处等都不重要了。

兴朝年间，大西军政权从吏风到民风，都发生了自明末以来根本性的变化。他们首先革除原明遗留的诸多积弊，实行了有利于政治清明、养息民生的新政，制定了一系列有利于安定社会秩序与恢复、发展生产的制度和措施。大西军政权任命的官员，"道劳不肩舆，炎暑不张盖，而尽力乎沟血"；"孙可望等立法甚严，兵民相安"；"全滇之官，无一人敢要钱者"。在大西军政权治下的云南，"外则土司敛迹，内则物阜民安。百姓插莳恬熙，若不知有交兵者"。而其辖内的"兴朝通宝"与李自成的"大顺通宝"同时流通，不仅促进了商贸的流通发展，还是一种政治包容和统一战线，是张献忠"联明抗清"重大战略方针的延续。

可是，美好的理想没有变为现实，反而被现实击得粉碎。随着一枚沉没于江口的"永昌大元帅"虎头大印，一道沉没于历史的长河，短暂而匆匆。

这是为什么？

面前是一张因果图，被称为一种发现问题"根本原因"的方法。它的设计者不是某位哲学家，而是日本管理大师石川馨；因果定律根源于资本趋利的本性。只是，这里的资本不仅包括财物，还包括一切可以利用的资源，比如，人性中实现欲望的动能。它不仅无处不在，而且有时力大无比。比如，张献忠。

"忽喇喇似大厦倾，昏惨惨似灯将尽。"

《红楼梦》十二曲——聪明累，恰是明末社会政治经济状态的生动呈现。风起云涌的农民起义只是现象，明朝的衰落，还有更深层次的原因：资本主义已经萌芽，民智正在开启。要民智，皇权在找死；不要民智，皇权在等死。明王朝选择了后者。典型的重农抑商政策虽然维持了王朝百余年的稳定，但结果就是明代的整体状况都以四个字作结：停步不前。必然结果是国衰民穷，元气渐失。同时，兵马训练不足，官兵吃空饷，无战力可言。东林党争，忙于权斗，不理正事，官场腐败，八股盛行，官员都互相奉迎，空话套话假话大行其道，少见真话……

这一切都表明，一个王朝已过了保质期，气数已尽。

明天启末年，陕西全境干旱绵延，虫灾泛滥，禾苗枯焦，饿殍遍野。明财政因之更拮，赈济成为空谈。农民无法生活下去，只有铤而走险。陕北地区爆发的农民暴动，很快形成燎原之势。最初，是府谷的王嘉胤、王自用暴动，他们占领了黄龙山；接着是宜川的王左挂、安塞的高迎祥；继而是洛川的张存孟、延川的王和尚、汉南的王大梁等响应……

农民斗争的烈火，很快燃遍全陕。

张献忠正是在这样的背景下起事的。从定边暴动、中原混战、诈降招抚，到重举义旗、入川掠黔、鏖战湖广，再到成都建国（大西国），张献忠用 14 年，写下了中国农民反暴史上的一页。

然而，大西国的沉没，只用了短短 3 年。这中间究竟发生了什么？经历了什么？呈现了什么？

开始不一定就有所谓宏大之志。这个生于陕西延安府庆阳卫定边县（今陕西定边县），字秉忠，号敬轩，叫张献忠，外号黄虎的小子，从小就聪明倔强，生性刚烈，爱打抱不平。出身贫苦，跟父做小生意，贩卖红枣，后为捕快，继入边兵。当这一切，把一个黄土地上稚气刚烈的小孩，历练成一个叱咤风云的陕北汉子的时候，摇摇欲坠的明末乱世，给了他揭竿而起的冲动，让他不经意间走进明末历史，最终成为一代枭雄。

把目光指向张献忠的出发，是因为想起纪伯伦。

卡里·纪伯伦的诗《先知》说："不要因为走得太远，而忘记为什么出发。"诗歌的意境高阔而富有哲理，审美空间很大。"出发"适合于每一个人；而"远"肯定不仅仅指时间和空间；"为什么"是目的，出发时可能是明白的，也可能稀里糊涂。张献忠的出发属于哪一种？或大西国属于哪一种？

我越是思考，越陷入迷茫。

定边起事时，张献忠只是附从，即积极响应王嘉胤号召，打出反明旗号，直接原因或导火线可理解为明末的衰落、暴政及灾荒，民不聊生。当清军入关后，不，准确地说，是当他的反明大军，连同明军一样，遭到清军威胁后，又突然转向联明抗清。联想到在此之前，在李自成陕西大败，刘国能河南归顺，自己南阳兵败，面临被灭顶命运时，他对明兵部尚书熊文灿的招抚诈降，躲过灭顶之灾、骗得军饷，苟延残喘，得以休养生息后，他又再举义旗；以及与明王朝残部和李自成的合合争争。我更相信，这一切更像是欲望驱使的投机。

由此可见，大西国的沉没，沉没于一种政治投机。

张献忠的义军在攻下凤阳城后，俘获了凤阳知府颜容暄，并当着众百姓的面，历数他的罪行后，将其处以死刑；把胜利品和府库里的粮食，分给当地的贫苦农民；又叫四乡百姓砍光皇陵的几十万株松柏，拆除了周围的建筑物和朱元璋出家的龙兴寺（又名皇觉寺）。然后，掘了皇帝的祖坟。同时，将凤阳的富户杀得一干二净。这样的杀富济贫，在中国历代农民起义中并不鲜见，它确实可以鼓动人心，让点燃的野火，烧毁挡在前面的许多障碍。可是，平心而论，世间一切富户人家的财富,是否都来之不正?有没有正常的劳动创造和积累的成分?如果有,他们就是社会先进生产力的代表,就应当得到保护和扶持。无区别地将"富户杀得一干二净",让人不得不怀疑这场革命的性质。如果都是这样,这世界谁还敢勤劳和创造?

可见,大西国的沉没,沉没于对财富创造的摧毁。

在大西国,孙可望之于张献忠,就好像清代的皇太极之于努尔哈赤。皇太极的能力远远超过老汗努尔哈赤,满洲人能够从努尔哈赤晚年"杀尽无谷之人"、濒临崩溃的混乱局面中走出来,并日益走向强大和正规,全赖皇太极的奠基和努力。而孙可望的能力也远超张献忠,大西军能从张献忠末期的滥杀和军事惨败中恢复元气,并日益走向强大正规,孙可望功不可没。

张献忠是识才善用的。战乱无常,祸福须臾,他早就指定,自己如有莫测,由孙可望接任。张献忠战死,孙可望继任,没有辜负张的重托。在遵义,他召集李定国、刘文秀和艾能奇一起,开了一个具有重大转折意义的会议,重新颁布军纪,规定除了战场杀敌之外严禁乱杀人,诛杀了蛊惑张献忠大行屠戮的汪兆龄等人。经过这番整饬,大西军重新变成了一支纪律严明的队伍,在云南爆发沙定洲之乱时转进云贵,建立新的根据地。不仅挽救了大西军,也挽救了此后十几年的抗清事业。

在此后的征战治理中,孙可望更大显其能。

他领导建立的"营庄制",避免了地主对佃农的超经济剥削,消灭了中间商,降低了佃农负担,同时也增加了国库收入。他在产铜地云南强力废除了贝币,铸造了"兴朝通宝"铜币,大大促进了治内商品经济。他联合几位义弟,通过一系列政治、经济手段,将落后的云南边陲,经营成了南明中后期抗清运动的坚实根据地。在孙可望及其三兄弟的联合治理之下，到己丑（1649）元宵节，昆明"大放花灯，四门唱戏，大酺三日，金吾不禁，百姓男妇入城观玩者如赴市然"，出现自明末以来多年不见的升平景象，连原先心怀敌意的士绅们，也称之有"熙皞之风"。

孙可望也随着政绩的彰显，成了南明永历、大西联合政权里，名义上的二把手——秦王，实际上掌握着最高权。

如果……

是的，历史在关键时刻，总难免出现太多的如果。

如果不是孙可望此时逐渐地被成功冲昏了头脑，野心膨胀，权谋私用，心生嫉妒，邪从欲生，大西国的历史可能改写。可是相反，为树立自己的权威，他独断专行，自己说的任何事，弟兄们都必须言听计从，不得非议，更不用说百姓；他还当众屡屡羞辱李定国、刘文秀两位重将及出生入死的义弟，导致将帅失和。如果不是孙可望在野心的驱使下准备代永历而自立帝，失去道德正义的感召力。如果不是孙可望不得人心地发动内战，战败后还不顾廉耻地投降清廷，在多尔衮、多铎、豪格、阿济格等纷纷死去的情况下，继续坚持联明抗清路线，有"中国沦陷于外寇，则当严辨夷夏之界，以中国为重""宁死荒郊，无降也"的张献忠义子、卓越军事家李定国的英勇善战，也有"天下皆降闯不降""大江东去浪千叠，三百年流不尽的英雄血""又上茅麓山耶！"的李自成侄孙李来亨的鼎力助战，实现恢复中原、统一全国的伟业不是没有可能的事。

可惜，这一系列的假言判断，都变成了反向实际。

大西国沉没了，沉没于一种主要领导人的居功自傲和自以为是。因此而不能正确对待个人的功劳贡献和同甘共苦的兄弟，让领袖集团貌合神离，分崩离析，甚至内讧叛变，认敌为友。痛心之余，人们不禁要问，原本胸怀宏才大略、足智多谋、治理有方、体恤百姓，曾以生命力阻张献忠滥杀的孙可望，怎么一下变了，变得如此刚愎自用，背弃初心？回答似乎只有一个：功高了，权大了，高到大到只有自己正确，没有人敢说不字。

眼前是几幅探宝现场的照片，陈列在江口沉银博物馆。现代的高像素相机，逼真地还原了宝藏被发现时的场景。

是一些金窝银窝，沉淀在岷江江底，政府组织的江口文物考古队让它们重见天日。用眼花缭乱来形容这些金窝银窝一点也不过分。通过它们，我们不仅可以看到一个沉没王朝的权威与奢侈，还可看见它们沉没的背影及其背后鲜为人知的故事。比如，河南府偃师县秋粮银、赣州府宗禄银、长沙府库金锭、贵阳州府饷银，明末代楚王朱华奎册封金册、藩王府金册，以及大量的金印、银印。它们的身份大致可以判定，大都来自官府。

我的眼光被一个硕大的金印绊着：一方大大的金印已碎裂成三块。好在没有遗失，拼凑在一起还算完整，方形印台、龟形印纽，印面铸有"蜀世子宝"四字。随同的江口沉宝考古队队长刘志岩介绍说，这个蜀世子宝，印台边长约10厘米、厚约3厘米，含金量高达95%，重达14斤哩。"蜀"字证明这枚金印原为明蜀王府之物，"世子"为亲王嫡长子。从印文可知，这枚金印为明代蜀王世子所专有，既是蜀世子的身份象征，也是蜀王府历代世子传用之宝。这是国内首次发现的世子金宝实物。

不得不说一下这个沉没的蜀世子宝。

四川为朱元璋的第十一子朱椿的封地，明万历四十四年（1616）改封世子，后袭封蜀王，称蜀世太子，其官印为蜀世子宝。也是农民起义执政的朱氏家族，也逃不脱掠夺的本性，历史真是惊人地相似。

史传，藩王之中以蜀王最富。历经数代蜀王的搜刮和强占，蜀王占据的财富已是富可敌国。到了万历年间，都江堰沿线的 11 州县，七成的田地，全部归蜀王所有。李冰父子排除千难万险开凿的都江堰，真正成了朱氏家族的摇钱树。

可惜，这一切被张献忠给坏事了。

此时的蜀王朱至澍，还没有关注张献忠，而是关注着朝局和时局的变化。当崇祯自尽后，朱至澍内心沸腾了，异想天开地做起了当皇帝的美梦。当然是徒劳。当张献忠的大西军和李自成的大顺军，分别由湖广陕西进攻四川时，四川官员敲响了蜀王大门，晓之以义，示之以危，求朱出钱募兵，抵御流寇。朱却苦脸嘲讽道："孤本无蓄，止有承远殿一座，如可变，请先生卖以充饷。"有心杀贼，无力回天，众官悲愤中杂以无奈。直至最后一刻，张献忠兵临城下，朱至澍不得不拿银子募人守城，宣布每人给白银 50 两。可为时晚矣，城中除游手好闲之辈骗得银两瞬间玩起了消失，再无一兵一卒真正奋力抗敌。

一个沉没中的沉没，留下了这枚蜀世子宝做证。

江口沉宝博物馆里，还有许多形形色色的手环、戒指、耳环、耳坠、发簪等，钱币，有金有银，成色有深有浅，很难断定它们的主人。唯一可以断定的是，它们大都来源于掠夺。官府以掠夺的方式积累了财富，分封地盘和权力。后来，又以被掠夺的方式，落入了大西国的手，最后沉没于江口。少数可能是百姓积攒的首饰钱币，在陪同沉没中，已被流水剥蚀为一堆乌黑的杂碎。

因此，这里沉没的与其说是财富，不如说是劫掠。

当然，更令人难以释怀的，是这些劫掠背后的残杀。

还是在幼时，就经常听父亲讲"张献忠剿四川"的故事。还说，我们一家也是随"湖广填四川"大军，从当时的湖北麻城孝感乡迁到四川的。有时说得兴之所至，父亲还会翻箱倒柜，翻出那本泛黄的《周氏族谱》，指着排在第一的那位叫"周宪汉"的名字，一本正经地说，喏，你们看，这就是我们周氏家族"湖广填四川"的元世祖哩。父亲讲得绘声绘色，我们听得毛骨悚然。听得多了，真有点谈张色变的感觉了。后来看史书才知道，父亲讲的那些故事，也并非全为空穴来风。

劫富济贫只是一个口实，最多是做做样子，赚取一些替天行道的资本。当忽有一天认为是威胁时，哪怕这种以为也许子虚乌有，便露出了暴虐的本性。在北线与清军的作战中张献忠连连受挫，官绅地主也不断叛乱。这让笃信天命的张献忠越发暴怒偏执，甚至据说可能精神失常。加之佞臣汪兆龄等人的鼓动，于是，大西军在成都府附近大开杀戒。这是一场有组织的发泄性屠杀，将士被要求无区别地大肆杀害本地人的妻儿，乃至自相残杀。大义子孙可望下跪相求，甚至以自尽相逼，愿以己性命阻止张献忠，其他几位义子也拼命劝阻，才勉强避免了更大的杀戮。但成都已是满城萧萧、悲鸿遍地、处处废墟了。

据《明会要》卷五十记载：明万历六年（1578），四川有"户二十六万二千六百九十四，人口三百一十万二千七十三"。到清康熙二十四年（1685），就陡减至"一万八千零九十丁"。经过这一次劫难，可以说没有几个四川人能活下来，四川的土著已很少。当清军进入成都府时，全城只剩下二十来户人。四川人口从至少三百万锐减到只有八万人，导致长达一个多世纪的湖广填四川。 虽然，明末清初四川人口的锐减，是明朝四川军阀、清军与大西军混战，摇黄土军肆虐，以及虎患、洪涝、瘟疫等综合原因造成的，但并不能说，对大西军的滥杀就可以原谅。

无疑，大西国给四川带来的是一场惨绝人寰的大灾难和无比巨大的破坏。

请看看这些满页带血带泪的史料记载。

《明史》云："盗贼之祸，历代恒有，至明末李自成、张献忠极矣。史册所载，未有若斯之酷者也。"张献忠"性狡谲，嗜杀，一日不杀人，辄悒悒不乐"。史学家吕思勉这样将张献忠与李自成对比："献忠系粗才，一味好杀，自成则颇有大略。"

原来，沉没的王朝，沉没的是一种残暴与血腥。

多行不义必自毙。大西国沉没了，投机、劫掠、残暴、独断专制等等，也都沉没了，沉没于四川西充凤凰山，沉没于彭山江口。一个三岁夭折的短命王朝，沉没于寿仙彭祖得道成仙之地，是不是历史的莫大讽刺？

大盗已然沉没，小盗范、谢也被判了刑……

清明的祭祀不属于他们。

原载《美文》2021 年第 8 期

陈喜儒

《小窗幽记》与《醉古堂剑扫》

《小窗幽记》自问世以来，不胫而走，广为流传，与明代洪应明的《菜根谭》、清代于永彬的《围炉夜话》，并称"中国人修身养性的三大奇书"。

疑似作者陈继儒（1558—1639），号眉公，字仲醇，松江华亭（今上海松江）人，明代文学家、书画家。陈继儒幼时即聪明过人，四岁开始认字，才华出众，成年后更是学识广博，多才多艺。二十九岁时，他绝意仕途、焚儒衣冠，先隐居于小昆山，后居于东佘山，或闭门读书或纵情山水，虽屡诏征用，皆以疾辞，终生未仕。

作为一部小品文集，《小窗幽记》杂糅儒、释、道三家的思想，讲述安身立命之道和处世之学，文字多出自古代的经史杂著及民间俗谚，言简意赅，深入浅出，笔法清丽。无论是官员商贾还是平民百姓，都能从中获得启发与教益。

比如，关于树立形象、赢得信任，《小窗幽记》有言："轻财足以聚人，律己足以服人，量宽足以得人，身先足以率人。"不看重钱财就能将众人聚在身边，约束自己就能使旁人信服，度量宽广就能得到他人的帮助，凡事身先士卒就能成为世范。比如，关于观察人、认识人，《小窗幽记》有言："大事难事看担当，逆境顺境看襟度，临喜临怒看涵养，群行群止看识见。"面对大事或难事时可以看出担当和责任心，处于逆境或顺境时可以看出胸襟和气度，在临近喜或怒时可以看出涵养，通过与人相处的行为举止可以看出他是否有真知灼见。再比如，关于生老病死，《小窗幽记》有言："人不得道，生死老病四字关，谁能透过？独美人名将，老病之状，尤为可怜。"生老病死是自然法则，人人如此，概莫能外；明白这个道理，就该去坦然面对。倾国倾城的美女终究会面临衰老，战无不胜的名将终究会经历失败，与芸芸众生相比，他们的晚景也许更为凄凉。所以"打透生死关，生来也罢，死来也罢；参破名利场，得了也好，失了也好"，超越生死的界限，就能活得自在；看破名利场的虚妄，得到或失去都无所谓。

小时候在同学家见过一副对联："宠辱不惊闲看庭前花开花落，去留无意漫随天外云卷云舒。"虽不解其意，但觉得那书法真好。年岁渐长，我才发现这副对联在《小窗幽记》和《菜根谭》里都有。据学者考证，这副对联最早出自唐代肖峰的《小原笔记》，后来被收入《菜根谭》，再后来被收入《小窗幽记》，可见很受选家的喜爱。这二十四个字意味深长，道出对事对物对名对利"顺其自然，得之不喜，失之不悲"的胸怀。

但学界对《小窗幽记》的作者仍存有异议，一些学者认为《小窗幽记》的真正作者是明代才子陆绍珩。天启年间（1621—1627），陆绍珩流寓北京，目睹世态炎凉、人情淡漠，胸中块垒顿生。读书之余，他从五十余部经史子集中撷取精妙词句结集成书，名为《醉古堂剑扫》，用以自娱。自序曰："每遇嘉言格论，丽词醒语，不问古今，随手辄记。卷从部分，趣缘旨合，用以浇胸中块垒，一扫世态俗情，致取自娱，积而成帙。"

《醉古堂剑扫》于明天启四年（1624）刊行，目前发现的最早版本是天启年间的四色套印本，根据陆绍珩的自序、凡例等情况进行判断，此即为初版本，国家图书馆藏有残本七卷（全书共十二卷）。而目前所见最早版本的《小窗幽记》刻印于乾隆三十五年（1770），与陆邵珩纂辑的《醉古堂剑扫》的卷名设置、内容基本相同，前者只是对后者进行了少量改动——删除重复条目、更改条目顺序、改动个别字句、合并或分开条目。

曹铁圈、郭孟良主编的《中华修身处世经典》首先提出了疑问，在该书下册的《全本小窗幽记序》中，作者经初步考证，得出所谓陈继儒的《小窗幽记》实为陆绍珩的《醉古堂剑扫》的结论。而中州古籍出版社 2005 年版《小窗幽记》的注释者清风在进一步考证后认为，《小窗幽记》是清人伪托陈继儒之名刊印的伪书。北京语言大学的成敏也在《中国文化研究》中指出，虽然《醉古堂剑扫》与《小窗幽记》书名不同、刊印时间相异，但内容基本相同，他认为《小窗幽记》实为清代书商借用晚明声名显赫、著述丰赡的陈继儒的名号刊印发行的，意图坐收其利。

陆绍珩字湘客，明代苏州松陵（现苏州吴江）人，生卒年不详。目前市面流行的《小窗幽记》有百余种，绝大多数冠以陈继儒著，但2016 年江西人民出版社出版的《小窗幽记》，明确标记"［明］陆绍珩纂辑"。这本书以日本嘉永六年（1853）星文堂《醉古堂剑扫》为底本，疑难处辅校以国家图书馆所藏明天启四年《醉古堂剑扫》七卷残本、乾隆三十五年《小窗幽记》十二卷刊本。

据学者考证，《醉古堂剑扫》大约于江户后期传入日本，随后在日本翻刻，嘉永六年时出现了两种刻本，一种为常足斋藏版，共五册；另一种由星文堂、文泉堂、文荣堂梓行，共两册，内容与明天启四年的初刻本完全相同。另有学者指出，除上述两种版本，嘉永六年还出现了菱屋友五郎刻本——同一年，同一部书，竟然有三个刻本，这极为罕见。自嘉永六年至今，日本出现了十几种版本的《醉古堂剑扫》，还有人摘其词句，写成条幅，作为人生的座右铭。

如今读《小窗幽记》，一要为陆绍珩正名，二要还陈继儒清白，三要谴责作伪者。虽然《醉古堂剑扫》一直寂静无声，淹没在浩瀚的书海里，但作伪者将其改头换面出版发行，客观上使读者从中汲取修身、养性、经商、从政、处世的经验、教训、智慧、营养，是否也可以说是利欲熏心的书商歪打正着，有过亦有功？另外，直接将《小窗幽记》标注为陆绍珩纂辑合适吗？可否恢复原著之名？门外之言，请方家教正。

原载 2021 年 1 月 16 日《北京晚报》

刘孝存

恭王府与大观园

《红楼梦》中的"大观园"，是荣国府为迎接元妃省亲而修建的行宫别墅。元春省亲后，下谕宝玉及其姐妹居住其中。它是小说主要人物重要的活动场所，又是情节发展和展示人物性格的"典型环境"，历来为广大《红楼梦》的爱好者所津津乐道。那么，历史上真的存在一座"大观园"吗？

北京恭王府是"大观园"的原型吗？

无论曹雪芹在世时与恭王府的前身有没有直接关系，我以为都要说一说，因为它与"红学"和"曹学"有密切联系。

20世纪80年代中期，我在中国艺术研究院所属的文化艺术出版社当编辑。艺术研究院的所在地就是恭王府（当时府内还有中国音乐学院），出版社在恭王府高大的东墙外——毡子胡同内西侧的原"府夹道"里——沿墙边一路向北，在拉着铁丝网的恭王府花园东侧的长条院子里。在出版社上班，早上打水，要绕点路到正在施工的恭王府花园工地的锅炉房去。我提着暖壶，或专程打水，或带着来访的朋友去转一圈。若是到王府院的艺术研究院去，那得出毡子胡同到前海西街，走 17 号的大门。

有说恭王府是曹雪芹《红楼梦》中"大观园"的原型，但据考，这东依前海，背靠后海的地方，多为民宅；明孝宗弘治年间，大太监李广曾在此处有宅第；清初，曾有投清的宋氏汉籍官员在此置宅。清乾隆时期的权臣和珅在此修建宅第时，大约在乾隆四十一年（1776）担任军机大臣之后。那时，曹雪芹已经过世多年。

和珅，满洲正红旗人，原为小生员，在乾隆三十四年（1769）承袭其祖为三等轻车都尉，后当上御前侍卫。因善言辞、善观人意，受到乾隆皇帝的赏识，和珅被提拔为正蓝旗满洲副都统。此后，和珅步步高升——军机大臣、户部尚书、镶蓝旗满洲都统等，且被封为一等忠襄公。乾隆四十五年（1780），乾隆帝指婚，将和孝公主许配给和珅之子——丰绅殷德。其后，和珅开始建迎亲府邸。乾隆五十四年（1789），与郡王府同级的"公主府"建成，和孝公主下嫁入府。新建府邸为东、中、西三路，和珅居于建有七间的厅堂"锡晋斋"的西路，公主与夫婿居东路。府邸以东为贵，和珅居西路示意身份低于皇家女。

有说，和珅私底下喜看《红楼梦》（《石头记》），所以他的府邸是以《红楼梦》中的大观园为蓝本设计。若如此，和珅府邸和后来的恭王府还真的是与《红楼梦》有密切关联。有说和珅模仿《红楼梦》大观园建了他的后花园，这也不是不可能的。

和珅是在乾隆归天以后的嘉庆四年（1799），被嘉庆帝赐死并抄家的。而后，嘉庆将此府邸的西半部赐给了其十七弟庆郡王永璘；东半部，则依旧由和孝公主及其夫婿居住。直到道光三年（1823）十月，和孝公主去世，东半部才归予庆王名下。

道光三十年（1850），道光帝封其第六子奕䜣为恭亲王；咸丰二年（1852），咸丰帝将庆王府转赐给他的六弟奕䜣。这庆郡王府也就成了恭王府。原居于庆王府的永璘之孙——辅国将军奕劻（后成为"庆亲王"）则另置宅第。

奕䜣在咸丰病亡热河行宫后，与东宫慈禧联手，发动了"辛酉政变"，把慈禧扶上"垂帘听政"的宝座。恭亲王亦由此在同治、光绪两朝任摄政王，总理国家大政；以其与洋人打交道为由，他便有了"鬼子六"的名号。

恭亲王奕䜣将老庆王府改为"恭王府"，自然要进行整修。王府中路（中轴线）的主殿，为"银安殿"，其左右建配殿。王府的后花园，也会重新修整。恭王府和王府花园有连为一体的府园围墙，围墙外的西边和南边有河水萦绕；20世纪50年代，两条水流改为暗沟，形成了街路，西侧的名为柳荫街，南边的名为前海西街。

民国初年，恭王府被奕䜣的孙子溥伟以40万块大洋卖给教会；其后，辅仁大学以108根金条买回。新中国成立后，王府先后被公安部宿舍、风机厂、中国音乐学院、中国艺术研究院等使用。

1997年，我从文化艺术出版社调入中国艺术研究院。我所在的当代文艺研究室，在和珅所建的著名的楠木厅堂"锡晋斋"之北，是一座三合院。庭院东南角的垂花门，是连通西部院落出入之门；其上的匾额据说是慎郡王允禧所书"天香庭院"。我至今不知道，这"天香庭院"，指的是那建有锡晋斋的院落，还是红学所和我们当代室所在的院落。但这几个字，会令人想到《红楼梦》中宁国府后花园"会芳园"里的"天香楼"。脂砚斋在《红楼梦》第十三回甲戌本回末总批中写道"'秦可卿淫丧天香楼'，作者用史笔也……"是说曹雪芹在这一回的原回目为"秦可卿淫丧天香楼"，并直书秦可卿淫丧之事；脂砚斋总批中说"命芹溪删去"，甲戌、庚辰等本将这一回的回目改作了"秦可卿死封龙禁尉"。这就不免令人想到，这位将恭王府的一个院落命名为"天香庭院"之人，是谓何意？这命名者，是和珅，还是恭亲王奕䜣，或是其他的什么人？

我们当代文艺研究室所在的庭院，其北侧的"正房"，并不开门，我甚至不知那房是做什么用的；后来从朋友那里知道，那房是一座并不对外开放的图书馆，门开在东侧和北侧。院的东厢房为"红楼梦研究所"所用。西厢房的南半边，是我们"当代室"；北半边辟出的两间房，我一直不知用于什么处室。院之南，是一道带花窗的墙；从窗看，可见那是一个长着翠竹的夹道，夹道南边就是"锡晋斋"了——它已用作艺术研究院的会议室。庭院的长方形院子，栽有两棵西府海棠，还有两棵莫名其妙长在这里的高大槐树。在旧时，老北京的院落里，忌植桑槐（"桑"忌的是其谐音"丧"；"槐"由"木""鬼"组成，其树上有以丝线而垂下的绿色小虫，有"吊死鬼"之称），不知它如何能在王府院内长大。院静时，常有灰喜鹊叫喳喳地光临，一两只松鼠倏忽而来倏忽而去，别有一番情趣。

我有时会到府院最北的后罩楼去找在电影研究所的一位朋友。半环抱式的两层后罩楼，长160米，连檐通脊；其前檐上下带廊；据说总共有40余间，但却有"九十九间半"的俗称。据说此楼曾是和珅的藏宝楼。楼下靠西侧，原有可通向后花园的门，但当时已是铁将军把守。我在研究院工作时，后花园已经修好并对外开放，但其大门开在了花园的西墙——柳荫街一侧。

当年的恭王府，我并没有感觉到明显的中、西、东三路，因为中路的正殿（银安殿）及其东西配殿早在民国期间被火焚毁。其西路，我只去过或只记得锡晋斋那院，因为这里有会议室、院领导办公室和人事处。东路，是中国音乐学院所在地，可以说是基本上没去过。

今日恭王府景观

2017年夏日，我在女儿陪伴下参观了修葺一新的恭王府及其花园。离开中国艺术研究院已经长达16年，研究院也已经从恭王府搬迁多年；面对修葺一新的恭王府，我几乎完全不认识。

清代王府的建制，可说是最高级的横向连接多院组合式的四合院；而恭王府，则是其中保留最完整的典型之作。王府坐北朝南，府门设在整座王府院落中轴线的南端。按照规制，亲王府的府门着红漆，门上金钉（金黄色）为横七竖九，共63个（皇宫门，金钉为横九竖九，共81个）；府门屋宇，为兽脊，硬山，绿琉璃筒瓦。亲王府府门为五间，郡王府府门为三间；府门东、西侧各有一间角门，满语称"阿司门"，平时供仆役等出入。府门两侧置石狮子、灯柱、辖禾木（也称"行马"，木制，三角形，用来阻挡车马、人等）。如果阿司门设在王府院墙的两侧（开设在东、西墙），王府府门外东、西的辖禾木与其南面建的一排倒座平房（为看护兵丁住所），便形成院落，称"狮子院"。

重建的恭王府大门，为三间开，前置石狮一对。王朝时代的石狮，有雌雄之分——雄狮在府门左侧，右前爪下踏一个绣球，象征统一寰宇，权达四疆；雌狮在府门右侧，左前爪下踏一只小狮子，俗称"太狮少保"或"太狮少狮"，象征子嗣昌盛，繁衍绵延。石狮头上的瘿瘰有严格品级规定：一品官衙府门石狮头上有十三道瘿瘰，俗称"十三太保"；一品以下，低一品少一道瘿瘰，二品十二道，三品十一道，四品十道；五品、六品，九道；七品以下官员，衙门前不得设石狮，可设石兽一对，称"金毛犼"或"双喜狗""笑面虎"。石狮蹲伏的石座，四周雕刻不同图案——正面，雕刻瓶、盘、三支戟，象征"平升三级"；左边，雕刻牡丹、松树，象征"富贵长春"；右边，雕刻文房四宝：笔、墨、纸、砚，象征"文采风流"；后面，雕刻八卦太极图，象征"镇妖降魔"。恭亲王奕䜣一度任摄政王，自是官居一品，府前石狮头上的璎珞当为十三道。

恭王府的二门，为五间开；门内有新复建的正殿（银安殿），左右建东西配殿。有了银安殿，王府院就恢复了原来的配置，但给我的感觉却是显得拥挤和狭窄了。

我们并没有许多时间一一细看，但我知道，东西两路曾自有其四合院的格局。东路前院正厅名"多福轩"，后院正厅名"乐道堂"；西路前院正厅名"葆光室"，后院正厅"锡晋斋"为七开间带抱厦，室内以楠木装修隔断和暗楼。这锡晋斋前的垂花门，上有书"天香庭院"的匾额一方。三路院落北面，则是两层后罩楼。

如今的恭王府花园已不再开放西门，游客一律经王府大门，穿过后罩楼而入。

迎面的具有西洋风格的汉白玉雕花拱券门，是花园的正门。拱门西侧，有一段带城门的城墙，称为"榆关"。此"榆"与"家榆"相关，其果状如铜钱，故有"榆钱儿"之称。"榆钱儿"之关，可谓"守财"也！其关前有庙，名"龙王庙"供奉龙王。山西五台山有"五爷庙"，供奉的即是龙王——财神爷。榆关前建龙王庙，其意显明。

且说拱门之内，从南至北为花园的中轴线。迎门的是名为"独乐峰"，讲究露、透、瘦，5米余高的太湖石，如同庭院的影壁或屏风。峰北，为蝙蝠状的"蝠池"；池北，是名为"安善堂"的亭房。再北，是中轴线大主山，山前端为"滴翠岩"，岩下秘云洞的石壁嵌有1米余高的"福字碑"，据说是康熙帝御笔；山顶"邀月台"建三间敞轩，称"绿天小隐"。中轴线最北端的建筑，因平面为蝙蝠形，而称"蝠厅"。

花园的中路，也可以象征整个花园的中心，是以祈福、求福、存福贯穿的。但花园的第一代主人和珅，曾为宠臣权臣，后因被抄家处死而告终；恭王府的第一代主人奕䜣，也曾权倾一时，但不久遭贬，后隐居京郊戒台寺，逝于戒台寺，葬于寺院附近的山坡。终其一生，难说福兮祸兮。

花园的东路，拱门之东北有八角的"流杯亭"（又称"沁秋亭"），名取引自东晋大书法家王羲之的《兰亭集序》中之句："有清流激湍，映带左右，引以为流觞曲水。列坐其次，虽无丝竹管弦之盛，一觞一咏，亦足以畅叙幽情。"花园八角亭内，有青石地面刻的弯弯曲曲水流之道（水源于假山后的"二龙戏珠井"）；园主人邀请客人坐于水边，将注满酒的杯子（"觞"，为古代喝酒用的四角杯）放置水上，顺水漂流，酒杯停在谁的面前谁就要饮酒赋诗；若作不出诗，则罚酒三杯。据说，以东西看曲水，这曲水像"水"字；若是南北看，这曲水则像"寿"字。20世纪90年代，《北京日报》的文艺副刊取名《流杯亭》。当年我并不知道"流杯亭"来自何处，观罢恭王府花园的"流杯亭"，才知其广邀"群贤"之内涵。

东路另一处需要记述的是以戏楼为主体的"大观楼"。这名号，不仅令人想到《红楼梦》中的"大观园"；也令人联想到大观园内戏班教习女戏所在的"梨香院"，林黛玉路过其后墙时听到了《牡丹亭》的曲子而动情。这大戏楼，顶部取三卷勾连搭式。戏台上端匾额为"赏心乐事"，楼内四壁和顶部有彩绘开紫花的藤萝，使观众恍若在藤萝架下看戏。恍惚间，我似乎听到了笙管笛箫声和咿咿呀呀声；猛然间，我又想起《红楼梦》中甄士隐解注《好了歌》的词："陋室空堂，当年笏满床；衰草枯杨，曾为歌舞场……乱哄哄你方唱罢我登场，反认他乡是故乡……"

在榆关内东边不远处，有一座小土山；但石砌小路被绳带圈拦住了，不知为哪桩。此事跟一位熟悉恭王府的老友说起，老友告诉我，那小山上建有"四仙庙"，也称"仙家楼"。旧时民间称为"四大仙"的，是狐、黄、白、柳。列为四仙之首的"狐"，在民间被认为具有灵性，有道术。巫师作法时，往往称自己狐仙附体。"黄"，为"黄大仙"黄鼠狼，民间又称其为"黄二太爷"，具有神秘性，可控人的神态。"白"，为"白仙"刺猬，民间称其精通巫术，会治病。"柳"，为"蛇仙"，最著名的是《白蛇传》中的白娘子和小青；在庙会的高跷表演中，那一身素妆和一身青妆的佩剑舞者，当为"白蛇"和"青蛇"二仙。

在恭王府花园，我印象最深的是东路东墙附近的一排东房中，有著名红学家周汝昌先生的生平及著述展览室，室内墙上悬挂着周先生像。周先生生前为中国艺术研究院研究员，多少年致力于《红楼梦》和曹雪芹研究，是我非常敬重的学者。在恭王府花园内开辟先生的展室，当为恭王府增辉。

恭王府花园，有"翠锦园"之名，据说是奕䜣之孙——溥儒（画家溥心畬）所取。但这园名并未广泛流传，人们早已习惯称之为"恭王府花园"。

有些"红学迷"在游览恭王府时，喜欢以《红楼梦》中描述的"大观园"与恭王府花园做比较，甚至颇有兴致地寻觅"红楼十二钗"及贾宝玉的住地。说者绘声绘色，听者津津有味；却不想当年曹雪芹写《红楼梦》时，无论和珅府还是恭王府都还没有影子。或许，建园者、修园者，都曾参照过《红楼梦》大观园的景象，也未可知。

这都无妨——平添几多想象和幻象，满足几分视觉的渴望，也是一种乐事。

大观园：由纸上变成"实实在在的园子"

《红楼梦》中的"大观园"，是荣国府为迎接元妃（贾元春）省亲而修建的行宫别墅。元春省亲后，下谕宝玉及其姐妹居住其中。它是小说主要人物重要的活动场所，又是情节发展和展示人物性格的"典型环境"。

在第十七回《大观园试才题对额 荣国府归省庆元宵》中，"园内工程俱已告竣"，贾政带领一行人，包括宝玉到园里去为亭榭题匾额对联。进了"正门五间"，宝玉题了"曲径通幽"，再取"沁芳""有凤来仪""稻香村"等。第十八回《皇恩重元妃省父母 天伦乐宝玉呈才藻》，贾妃将石牌坊上的"天仙宝境"换成"省亲别墅"四字，题其园之总名曰"大观园"；"有凤来仪"赐名"潇湘馆"，"红香绿玉"改作"怡红快绿"，赐名"怡红院"……正楼曰"大观楼"……

《红楼梦》中，大观园正门为"五间，上面筒瓦泥鳅背"；在大观园正门内"迎面一带翠嶂挡在前面……藤萝掩映，其中微露羊肠小径"。小说主要人物的住处，自有一番安排——潇湘馆，在大观院西路（右），入门便是曲折游廊，院内则翠竹掩映。正房三间，一明两暗，止是林黛玉的住处。大观园东路（左），与潇湘馆遥遥相望的，是贾宝玉的住处——怡红院。入院有游廊，院中有山石，石侧一边植芭蕉，一边栽西府海棠，正房为抱厦五间。薛宝钗的住处——蘅芜苑，在大观园西北，正房为五间清厦连卷棚。贾迎春，住大观园西路南部紫菱洲的缀锦楼；贾探春，住大观园西路的秋爽斋；贾惜春，住大观园西部的蓼风轩；妙玉，住大观园东部的栊翠庵。埋香冢，在大观园东北隅山坡下，是贾宝玉坐桃花树下偷看《会真记》的地方，也是他见林黛玉担着花锄花囊的地方和他俩一起读《西厢记》的地方，还是林黛玉泪诵《葬花吟》的地方。

读罢《红楼梦》，多少红学家及红学爱好者曾描摹、推断、想象"大观园"的园林景物和楼堂馆所的形态。清代，嘉庆、道光年间，有人绘画了纵 1.37 米，横 3.62 米的"大观园图"。该图以亭榭楼台连接，共绘人物 173 位。

现当代，还有多幅标注庭院名称的大观园平面图面世。红学学者曾保泉先生所绘大观园平面图——在方形构图的东南缺角，其南院墙中轴线上设大门，大门之西侧开角门；其北院墙近西北角设后门。南大门内东侧的"梨香院"，曾为戏班教习女戏之所。正对南大门内的，是"翠嶂"；其北建池，池北有园内水系河道上的"沁芳桥亭"。桥之西北，有林黛玉居的"潇湘馆"；桥之东，过"翠烟桥"，北上，是贾宝玉所居的"怡红院"；大观园北墙内"大观楼"西北，有"蘅芜苑"，是薛宝钗居所。潇湘馆的西北，有"缀锦楼"，为贾迎春居所；潇湘馆东北，居大观园之中间部位，有"秋爽斋"，是贾探春居所；秋爽斋西北隔湖的"蓼风轩"，是贾惜春居所。大观园西部，大主山东侧，有"稻香村"，是李纨住处。怡红院东南"栊翠庵"，是妙玉修行处。大观园西部水池中的敞厅——藕香榭，四面有窗，左右有回廊，跨水接岸；在《红楼梦》第三十八回《林潇湘魁夺菊花诗 薛蘅芜讽和螃蟹咏》中，史湘云在藕香榭请客，设螃蟹宴，开菊花诗会……

大观园的馆院斋轩，似乎有"男左女右"的设置，可谓错落有致、因袭俗缘。

但读者并不满足于"照猫画虎"的图示，《红楼梦》爱好者更渴望见到实物，于是喜欢寻找"参照物"。由此，大观园有了多种推断和猜测——如清代江宁（南京）袁枚的"随园"说；江宁织造府署的"西花园"说；苏州的"拙政园"说；北京清代武英殿大学士明珠的"自怡园"说；北京的"恭王府花园"说；等等。这些园说，虽不能说完全不沾边，但毕竟是猜测和推断的成分多，总会给人一种似是而非的感觉。文学作品中的人物、景物多少会有生活原型的影子或真实成分，但令人赞叹称奇的大多属于作家的艺术创造。

有一句口头禅叫"眼见为实"。《红楼梦》爱好者更喜欢观感性强，又具有游览性的园林建筑。始建于 1984 年 6 月的北京"大观园"就是这样的一组建筑群。1987 年，坐落在北京外城宣武区（于 2010 年 7 月 1 日并入西城区）的大观园竣工了。

说来也巧，我青少年时代生活在崇文区（于 2010 年 7 月 1 日并入东城区），上中学时每天路过磁器口附近的曹雪芹随祖母迁居的宅院。参加工作后，我搬到了宣武区右内西街，其西南，也就是南菜园的东南、北京外城老城墙内的西南角——这里原是一片苗圃，被称为"南菜园公园"。当年我居住在右内西街时，不止一次遛弯到苗圃，印象中那里只是一片树林，树大多为胳臂粗细，附近居民因此称其为"小树林"。

1984 年始建"大观园"的时候，我已经搬离右内西街，但知道此"园"是为电视连续剧《红楼梦》的拍摄而兴建的。电视剧拍摄完，大观园保留了下来，并成为北京的一处新景，使我们的文学瑰宝找到了一个貌似或神似的梦魂寄托之地。而我一直到 2021 年 8 月 26 日，才在女儿的陪伴下前往参观。

大观园坐北朝南，建类似郡王府般的朱红大门；但园内建筑的布局却与曾保泉先生所绘"大观园图"有所不同——曾图中，林黛玉所居的潇湘馆在园子的西路，贾宝玉居住的怡红院在园子的东路；如今北京大观园内，黛玉居所潇湘馆却建在了园子的东路，而宝玉的居所怡红院建在了园子的西路。其他建筑，如蘅芜苑、缀锦楼（紫菱洲）、蓼风轩等的方位，与曾保泉所绘图也有异，自然也与《红楼梦》大观园中的设置有异。此外，曾图中的大观园水系——河、湖、池，是将各处住所隔离开的，又以小桥相连，更具"柳暗花明又一村"的意境。

此"大观园"，为何与彼"大观园"差异这么大？不得其解。妄加猜想，一个可能是以和邸（恭王府）为参照物，如和珅（男）居于宅府邸西路，而下嫁公主（女）居于东路，于是将宝玉的居所怡红院设在了园内的西路；却忽略了"下嫁公主"，身份还是高于"权臣"。第二个可能是考虑到旧俗讲究"男左女右"，却忽略了建筑物的"坐北朝南"，若是设计者在园内面北而站，那"左右"可就颠倒了。

著名民俗学者、红学家邓云乡先生在《北京有了大观园》一文中说："北京大观园现在已经是名闻天下了，而且是真的……说'真'的，因为它是实实在在的园子；不是写在纸上的，画在画上的，摆在沙盘模型上的……工程分三期进行，为了配合《红楼梦》的拍摄，第一期工程十分快速：一九八四年七月开工，到一九八五年六月底已全部竣工了。"

邓云乡先生已经说得很清楚，我们终于有了一座"实实在在的园子"。无论如何，都是有比没有好。现在，我们已经可以徜徉在"大观园"里，去感怀，去想象，去沉吟，去追梦……

原载 2021 年 9 月 15 日《光明日报》

朱鸿

旷古英雄：卫青与霍去病

卫青与霍去病是舅甥关系，卫青长霍去病十余岁。

他们出身寒微，能入未央宫，纯凭运气。他们并不懂兵法，而率汉军征伐匈奴，以战功封侯，流芳百世，扬名四海，这只能是在历史的一瞬之间才会发生的奇迹。

出身卑微的卫子夫，不知道有怎样的一种魅力，竟使汉武帝沉迷。此女还确实杰出，虽然色衰难免，上也再三追求新欢，不过她仍能坚持到公元前 91 年，卷入巫蛊之祸，自杀而薨。在未央宫 49 年，当皇后 38 年，几近卓绝。

有一天，汉武帝在灞水完成了祓禳之祭，便往平阳公主府上去。这是公元前 139 年，上才十八岁，朝气蓬勃。上之姐嫁平阳侯曹寿，遂呼平阳公主。

汉武帝当皇太子的时候，以陈阿娇为妃。刘彻登基，她便被立为皇后。陈皇后数年未孕，平阳公主遂想给弟帮忙。当然，一旦成功，也会增添她的政治资本。凡人，自己的利益越大，就越要为自己谋划。她预先给上准备了几个姑娘，然而上却比较冷淡。

用餐之际，有讴者演唱，汉武帝竟独悦卫子夫。上起行，平阳公主令卫子夫侍奉。卫子夫送上至轩车，卫子夫得幸。汉武帝高兴，就要带卫子夫至未央宫。平阳公主更是高兴，她轻拍其背曰："即贵，愿无相忘！"

宠爱加身，卫子夫的命运便彻底改变。公元前138年，她被封为夫人。在生了三女之后，公元前128年，她生刘据。母以子贵，遂被立为皇后。

卫子夫有兄卫长君，有姐卫君孺和卫少儿，有弟卫青、卫步和卫广，皆为卫媪所生。卫青、卫步和卫广悉为私生子，然而这不影响卫媪的品质，因为那个时代，两性寻欢约束甚少。霍去病为卫少儿所生，也是私生子。以卫子夫居未央宫，当皇后，他们也都有机会改变命运。

不过卫青与霍去病成为英雄，完全是打匈奴的屡屡战功所成就的。

卫青开始在建章宫供职，并不显要。后为侍中，当了汉武帝的近臣。接着任太中大夫，掌议论，遂有机会发表征伐匈奴的意见。

公元前129年秋天，汉武帝拜卫青为车骑将军，出上谷，击匈奴。

上谷在今河北怀来一带，当时就是前线。卫青率汉军万骑，在此兴师，直奔茏城。茏城，或曰龙城，是匈奴的祭天之处，属于信仰文化的中心。茏城究竟在今之何方，司马迁和班固皆语焉不详，遂唯有考古证明了。卫青在茏城获首虏七百人，以此战功，汉武帝封其关内侯。

实际上还有几位将军，兵分数路，各领万骑击匈奴。轻车将军公孙贺出云中，无战功；骑将军公孙敖出代郡，亡七千骑，当斩，赎为庶人；骁骑将军李广出雁门，为匈奴所擒，脱归，当斩，赎为庶人。看起来卫青善于击匈奴，不过也许他有神灵的保佑吧！

汉军的突袭，激怒了匈奴军臣单于。公元前129年冬日，匈奴数千骑盗边，对渔阳的侵害尤甚。汉帝国不得不派材官将军韩安国屯兵渔阳，以备匈奴。到了公元前128年秋天，匈奴二万骑犯境，杀辽西太守，又攻渔阳，太守及千余人败绩。接着匈奴包围了韩安国，千余骑遭杀遭掳。俄顷，匈奴又入雁门，千余人受到杀掠。

汉武帝的政策很是强硬：打！公元前128年秋天，上遣车骑将军卫青率汉军三万骑，出雁门，遣李息领兵出代郡，以击匈奴。卫青有战功，获首虏数千。

那年春天，卫子夫生刘据，汉武帝有了皇太子。

胜利之势，必须用好。公元前127年，汉武帝遣卫青出云中，今之内蒙古托克托一带，至高阙，至陇西，猛攻匈奴。

河南之地曾经有匈奴活动，蒙恬逐戎，从而属于秦。蒙恬向北渡河，做亭障，就是保卫河南。秦末，逐鹿中原，匈奴冒顿单于便向南渡河而牧马。彼时，河南之地由匈奴楼烦部和白羊部控制着。卫青指挥汉军一举败之，获首虏数千，畜百余万，夺取了河南。汉军又筑朔方城，以积极防御。

河南归汉帝国，此乃征伐匈奴战争的一个转折，标志着匈奴转衰，汉军趋盛。

卫青全甲而返，汉武帝遂以三千八百户封其为长平侯。他的部属苏建得封平陵侯，张次公得封岸头侯。

匈奴军臣单于死，其弟伊稚斜单于立。匈奴上上下下，怨恨汉军占领了河南，并将反报。公元前126年夏日，匈奴数万骑入代郡，杀太守，掠千余人。至秋天，又入雁门，杀掠千余人。公元前125年，匈奴再入代郡、定襄、上郡，杀掠数千人，并数寇朔方，杀掠吏民。

公元前124年春天，卫青率汉军三万骑出高阙击匈奴，苏建为游击将军，李沮为强弩将军，公孙贺为骑将军，李蔡为轻骑将军，皆隶卫青，俱出朔方。李息和张次公领兵出右北平，予卫青以协助。

匈奴右贤王所据之地，东到燕然山，今之杭爱山，西到金微山，今之阿尔泰山，自以为汉军不会来，遂饮酒作乐。不料汉军深入六七百里，突然夜围右贤王。其大惊，仓促之中，携其姜向北而亡。汉军获裨小王十余人，男女一万五千余人，畜数十万至百万。

汉武帝满意，遂令使者至塞上迎接卫青，益封其八千七百户，拜为大将军。上还对卫青三子有封：封长子卫伉为宜春侯，二子卫不疑为阴安侯，三子卫登为发干侯。卫青觉得三子尚在襁褓之中，不敢接受，却也不敢违逆。

凡跟随卫青的将军，只要立有战功，汉武帝能封尽封，表现了一种慷慨。

匈奴不甘逃窜，遂在公元前 124 年秋天，以万骑入代郡，杀都尉朱央。

这是不可接受的，必须打。公元前 123 年春，卫青率汉军十余万骑，出定襄击匈奴。公孙贺、公孙傲、赵信、苏建、李广和李沮六将军，悉属大将军调动。汉军驰骋数百里，获首虏数千而返。

大约一个月以后，卫青带数将军再出定襄击匈奴，获首虏一万余。可惜这一仗大将军战功不显，未能益封。

苏建尽丧其兵，便见大将军，以待惩罚。卫青很是谨重，觉得自己处理不妥，遂交汉武帝处理。上未诛苏建，允许他赎为庶人。

遗憾的是赵信投降了，他还带去了汉军八百骑。赵信本是匈奴，曾经任裨小王，沙场败绩，归附于汉，封为翕侯，以前将军用之。伊稚斜单于因赵信熟悉汉军，授他为自次王，又以其姊妻之，显然要利用他。赵信的建议是，让匈奴离开阴山一带，转徙漠北，若汉军来打，等其疲极而歼之。

正是在这样一个阶段，汉武帝封霍去病为冠军侯。

卫少儿是卫皇后的姐姐，其子霍去病遂能在未央宫生活。汉武帝欣赏他，霍去病18岁便当了侍中。当然，他也勇于骑射，深受上的喜欢。上存培养之心，任霍去病为票姚校尉，让卫青带着击匈奴。卫青知道上的心，便选壮士八百交霍去病指挥。公元前123年，霍去病初赴沙场，获首虏甚多，上以两千五百户封他为冠军侯。

公元前121年，汉武帝拜霍去病为骠骑将军，其出陇西，出北地，连击匈奴，并顺利接收匈奴浑邪王所归附四万余人。

汉便设五属国，并在河西置武威郡和酒泉郡。汉帝国夺取河西之地，是空前的变化，这使通西域成为可能。

霍去病战功辉煌，再三益封。卫青是汉武帝的亲贵，不过现在看起来霍去病更显亲贵了。

匈奴仍会盗边犯境，然而谁优谁劣，已经分明。匈奴旋入右北平，入定襄，杀掠千余吏民。

赵信认为汉军不能靠近漠北，更不能至此攻击匈奴，这使汉武帝非常恼火。

公元前119年，上令大将军卫青和骠骑将军霍去病各率汉军五万骑，并配有步兵及辎重部队数万人，攻击匈奴。上要粉碎赵信之言，汉军的目标是漠北，是伊稚斜单于。

汉武帝命骠骑将军对付伊稚斜单于，霍去病遂将出定襄，而卫青则会出代郡。捕虏，其透露单于居东，于是上就调整了部署，要霍去病出代郡，而大将军则出定襄。若霍去病能灭或能擒单于，其战功莫大焉。上显然在偏向霍去病，愿他有更多的战功。

发现汉军兴师，赵信得意地对伊稚斜单于说，汉兵即度幕，人马罢，匈奴可坐收虏耳。遂向远方运其辎重，并在漠北置精兵。

出乎卫青的意外，他率汉军骏奔千余里，竟遭遇了伊稚斜单于。汉武帝想把倾覆单于的机会让给霍去病，但这个机会却使卫青碰到了。大将军遂令武刚车环绕为营，火速围剿，又令五千骑飞流而去，以拦截别的匈奴，防其支援。当是时也，匈奴大约有一万骑已经直扑过来，形势极为严峻。

恰恰夕阳坠落，天色发昏，而大风扫地，沙砾射目，汉军和匈奴彼此都看不见了。为阻伊稚斜单于跑掉，卫青又令部队从左右两边包抄。

伊稚斜单于怎么也想不到汉军骤聚帐门，且兵强马壮，遂决定速撤。他匆匆坐上六骡车，由数百警卫以高大骐骥相护，奋力破围，向西北方向而逃。

暮色越来越厚，汉军和匈奴彼此纷争，死伤相近。这时候，汉军捕虏，才得知伊稚斜单于跑掉了。卫青令轻骑快追，自己也催马追去。急行二百余里，天渐渐亮了，竟未见伊稚斜单于。

虽然没有逮捕伊稚斜单于，不过这一仗汉军获首虏一万余。

前将军李广、左将军公孙贺、右将军赵食其和后将军曹襄，皆隶卫青，几近为军团了。遗憾的是，当大将军与伊稚斜单于搏斗之际，李广和赵食其迷路了。李广觉得罪重，昂然自杀，赵食其遂赎为庶人。

卫青入塞，计其战功，获首虏一万九千，但汉武帝没有益封他。凡他的吏卒，也无一得封。

霍去病所率汉军与卫青所率汉军一样多，不过骠骑将军并无裨将，遂以数位大校为裨将。其骏奔两千余里，以取用匈奴之食，殊远可达。他封狼居胥山，禅于姑衍，登临瀚海，为汉帝国增山广地。霍去病获首虏七万零四百四十三，汉武帝喜悦，以五千八百户益封骠骑将军。凡霍去病的吏卒，或封侯，或升官，或得赏，这也是上偏向霍去病的一个证明吧！

汉武帝遂设大司马之位，卫青和霍去病皆为大司马。舅甥的俸禄相等，是一个方面，另一个方面是，卫青见凉，霍去病更加显赫。

卫青的门下一一告辞，几乎都投奔了霍去病，唯司马迁的朋友任安不去。世有义士，不过人性往往执于势利。

此役意义颇大。它毕竟迫使匈奴离漠南而去，汉帝国可以通西域了，丝绸之路要出现了。

顺便指出：公元前1世纪中叶，匈奴帝国争权激烈，立有五单于。后，呼韩邪单于质子于汉，对汉称臣，欲得汉帝国的支持。公元前51年，呼韩邪单于至甘泉宫觐见汉宣帝，称自己为藩臣。由此，匈奴帝国分裂为南匈奴和北匈奴。南匈奴不丧其俗，然而隶汉，渐渐汉化，并保护汉的疆域，而北匈奴则在漠北苦斗。公元89年，窦宪和耿秉率汉军追击北匈奴于稽落山，北匈奴败绩，降有二十万余人。汉军登临燕然山，得意而返。公元91年，窦宪派耿夔、任尚和赵博数将军，至金微山追击北匈奴，之后北匈奴西遁，漠北空矣！汉帝国征伐匈奴二百余年，至此，匈奴的威胁结束了。汉帝国对匈奴的胜利，也是农耕民族对游牧民族的胜利，其启示甚深。

公元前117年，霍去病薨，仅二十四岁。约公元前105年，卫青薨。

原载2021年9月15日《陕西日报》

刘江滨

日照荒垣

雉堞荒凉秋水滨，萧条不复旧时春。
城头薄暮人吹角，堤畔黄昏鸟弄茵。
绿绿树重阴遮野，白云无际锁韩榛。
可怜一片纤纤月，曾照当年击筑人。

据说这是清朝一位叫王汝弼的诗人，凭吊一番宋子城之后吟咏的诗句。"击筑人"，即荆轲的朋友高渐离。荆轲刺秦失败后，高渐离逃到了宋子城藏匿。两千余年过去，宋子城完全荒圮成了"遗址"、国保单位，在河北赵县县城东北十八公里处。

时令甫过立冬，秋禾已经收割，一马平川的田野阡陌蜷伏着绿茵茵的麦苗。宋城村东南，几段土黄色残破的城垣兀立于旷野之上，遗世而独立，阳光照耀下格外惹人的眼。最东侧的一段保存较为完好，南北长有一百多米的样子，高也有三四米，虽然看不到一块砖，全是夯土，却很"有型"，保持着墙的形体，没有坍塌委地的颓败模样，仿佛一个风烛残年的老人，依然残留着一份硬朗在。

我沿着羊肠小道爬上了城墙，是真的"羊肠小道"，狭窄且哩哩啦啦有遗落的羊粪蛋。时近中午，太阳正好，晴空中偶有白云舒卷。高低不平的城墙上荒草萋萋，已完全枯黄，那些密布丛生的荆棘和小槐树还顽强地绿着，尽管和黄色斑驳着。我站在城墙上远望，发现南面和西面断断续续都遗存着一截一截的断壁残垣，合起来一座矩形城郭的大致轮廓居然出现在眼前。我由衷为之惊叹，这样一座荒弃的城垣，历经战乱兵燹、自然侵蚀，尤其是那些人为的破坏挖掘（比如，平为耕地），竟然至今还能保存着大体的模样，真是殊为难得。要知道，西方建筑是石头结构，不易损毁，像古希腊古罗马的城堡遗址保存完好，而中国建筑是砖木结构，一把冲天大火就会将一座美轮美奂的建筑化为乌有。城墙荒废后有用的砖被捡走，唯余的就是夯土，夯土和土地一家亲，极易打成一片，而这些夯土能挺立着努力和脚下的土划清界限，一挺就是千年，屹立不倒，即便肢残体破，身矮貌寝，也是有模有样。可谓一条土汉子！

这些断壁残垣有明显的夯土层，可看见白色的颗粒，是石灰块，我用手指抠了抠，抠不动。据说古代筑城墙用熟土和石灰，再浇之以糯米汤汁，故十分坚固。更让我惊奇的是，有一处残垣比别处明显高一些，墙壁上布满着许多圆柱形孔洞，典型的版筑方式，好像刚把木桩抽下，多少年的风沙尘埃居然也没能塞掩这些窟窿，仿佛一双双眼睛凝视着这世间的沧桑变迁，又仿佛一张张嘴巴要对来客诉说这座城池的千古传奇。一束阳光穿过矮树荒草直射到这面墙壁上，像舞台上的一道追光，聚焦了一种荒凉的美。

是的，荒凉的美。我久久站在这堵残垣前，陷入了如三岛由纪夫当年在希腊雅典废墟前"悟性的陶醉"一样的陶醉里。我在想，这段有孔洞的墙壁原来是什么建筑？是城楼还是角楼？这些断壁残垣何时呈现出繁华的城市模样？这些都哪儿去了？头上的太阳没变，还是那个太阳，它照耀过宋子城的兴盛，也照耀了宋子城今日的荒凉。太阳下的荒垣，无比真切地证实了宋子城曾经的岁月是真实的，不是虚幻的。它的残破像一个留白等待想象的填充，又仿若一道闸门开启人类记忆之水的奔涌。残缺和荒凉别有一种审美的意味，或许就是日本作家厨川白村所说的"缺陷的美"。这让我想起了德国作家施莱格尔散文《莱茵行》中的句子："这里是莱茵河最美的地带，处处都因两岸的忙碌景象而显得生气勃勃，更因那一座座险峻地突兀于陡坡上的古堡的残垣断壁而装点得壮丽非凡。""那一系列德意志古堡废墟，它们将莱茵河上上下下打扮得如此富丽堂皇！"你没有看错，"壮丽非凡""富丽堂皇"是作家用来形容废墟之美的词语。

被毁掉的美也是一种美，悲剧美，甚至是更深刻的美。面对荒垣废墟，我们常常用"凭吊"一词，总有一丝哀伤的意思在里头。其实，漫长的时光早已过滤了那种"悲"的情氛，更多的是别一种审美体验，对沧桑岁月的咀嚼和对旧事人物的感怀。

当地有一个传说，每隔六十年这片荒垣都会"起晕"，即出现类似"海市蜃楼"的景象，人们可以依稀看到宋子城店铺林立，车水马龙，人来人往，甚至可以听到市井的人声。我想，如果真是这样，那一定可以从人群中看到高渐离的身影。

公元前 221 年，秦始皇横扫六国，统一天下。秦始皇虽然戎马倥偬，国事扰攘，却对当年燕国太子丹派荆轲行刺于他耿耿于怀，他在宫中被荆轲追着绕着柱子跑，狼狈不堪，大仪尽失。要不是御医夏无且用药罐子砸向荆轲，要不是大臣们提醒他将长剑负在背后方得以拔出，砍断了荆轲的左腿，嬴政就死定了。一想起这，他就怒火满腔，咬牙切齿。尽管荆轲和太子丹都已死了，但他仍然下令大肆搜捕太子丹和荆轲的党羽，要赶尽杀绝。在这种情况下，高渐离隐姓埋名逃匿到了宋子城，做了一名酒肆的酒保。

高渐离是燕国人，而且是燕下都的土著，擅长击筑。筑，是古代类似琴的一种乐器，演奏时左手按住弦的一端，右手持竹尺击弦发音，故谓之击筑，先秦时代广为流行。荆轲来到燕都，和高渐离成为好朋友。《史记》称其"爱燕之狗屠及善击筑者高渐离"，将高渐离与市井屠狗杀猪之辈相提并论，可见高渐离的社会地位当是底层的普通群众。他们经常在一起喝酒，喝醉了，在大街上高渐离击筑，荆轲放歌，有时笑，有时哭，旁若无人。荆轲离燕赴秦之时，一干好友与太子丹到易水边送行，荆轲高歌"风萧萧兮易水寒，壮士一去兮不复还"，高渐离击筑伴奏，羽声慷慨，壮怀激烈。二人是知己，是知音，联袂奉献出一曲冠绝古今的千古绝唱。

宋子城不知兴建于何时，但在战国时期已是一座有名的城市了。二十世纪八十年代，在山西平朔考古发掘出了一枚战国时期圆足三孔布币，正面有篆文"宋子"二字，背面写着"十二朱（铢）"，现珍藏于中国国家博物馆，被誉为稀世珍品。能铸造钱币的城市，足证其商业的繁华兴盛和经济地位的重要。宋子城曾属中山，后归于赵国。燕王喜四年（前251），燕国趁长平之战赵国衰微之时，攻打赵国，"燕军至宋子，赵使廉颇将，击破栗腹于鄗"（《史记·燕召公世家》）。燕军侵入赵国北部边邑的宋子城，赵军由名将廉颇率领反击，燕、赵两军在这一带展开激战，最终在鄗（今高邑）燕军大败，主将栗腹被杀。宋子城见证了战神廉颇的凛凛雄风。

高渐离就隐藏于这样的城市里。给人做酒保时间长了，也很辛苦。如果这样日复一日，高渐离就可能默默终老，永远都是荆轲刺秦大戏中的一名可有可无的乐师，或许在史书中连名字都不会留下，像那位"狗屠"一样，只写作"击筑"。一次偶然的机会，改变了这一切。

一天，高渐离在坊间忙活，忽然听到外面的大堂传来击筑的声音，心中一震，这久违的乐声仿佛一缕春风唤醒了枯萎的荒草，他激动地在堂外走来走去，侧耳倾听，嘴里喃喃自语："嗯，这个音调好，哦，那儿不是太好。"一个仆役把这一幕看到眼里，就跑去告诉主人说："那个酒保是个懂音乐的人，我听见他在那儿偷偷议论呢。"店主很好奇，就叫高渐离到大堂当众击筑，大家纷纷叫好，赐给他酒喝。高渐离心想，这样隐姓埋名躲躲藏藏的日子啥时是个头啊，不能再这样下去了。他退下堂，在宿舍找出装在匣中的筑，换上自己好一点的衣裳，以焕然一新的面貌重新出现在大家面前。举座宾客大惊，纷纷离席向他行平等的礼节，待为上宾，请他击筑唱歌，宾客没有不被感动得流着泪离去的。

高渐离的击筑轰动了宋子城，他成为明星乐师，人们争相邀请他到家中击筑做客。从隐姓埋名的藏匿到堂而皇之的亮相，高渐离明白等待他的会是什么，既然能豁出去，那就该来的就来吧。或许在高渐离心底深处潜藏着一个使命等待他去完成。

高渐离高超的击筑艺术名闻天下，终于传到秦始皇的耳朵里。在那样一个最古老、最原始的传播媒介时代，一个民间艺人的声名居然达于皇帝，可见高渐离的水准绝非等闲之辈。秦始皇召见了高渐离，有人认出了他，说："他就是高渐离。"高渐离是上了黑名单的人，这回算是自投罗网了。秦始皇实在喜欢他的击筑艺术，也可能时间冲淡了他的仇恨，就特别赦免了高渐离的死罪，然而为安全起见仍然用马粪熏瞎了他的眼睛。

秦始皇为高渐离的击筑声所陶醉，经常召他过来演奏，没有一次不击节称赏的。时间久了，秦始皇渐渐忘了这个人曾经是荆轲的"同伙"，痴迷中那根紧绷的弦松弛下来。当然，如果高渐离没有潜藏于心的"使命"，当个宫廷乐师，自然可以衣食无忧度过余生。但是，他面前的这个秦始皇，时时令他想起当年易水河边慷慨悲歌的一幕，想起好友荆轲的惨死和祖国燕国的灭亡都是拜眼前这个恶魔所赐，心中复仇的火苗熊熊燃烧：老天让我接近他，真是天赐良机啊，或许可以完成当年荆轲没有完成的任务。

秦始皇的陶醉使高渐离能离他更近些了，这样可以听得更真切嘛。高渐离进宫自然会被搜身，除了这把筑，不可以带任何东西，那年荆轲巧妙地将匕首藏在地图的卷轴里，"图穷匕首见"。高渐离也想到了一个好办法，在筑里加了铅块，增加了筑的重量，乐器即可变作武器。这天，高渐离再次进宫，虽然眼睛看不见，但他能闻到秦始皇的气息，觉得距离更近了些。高渐离开始了他的击筑，裂帛穿云，踔厉激越，他的心跳如催人奋发的战鼓，那团燃烧的火焰直冲头顶，那一刻仿佛好友荆轲附体，力贯全身，他像一头发怒的雄狮猛然将筑朝着秦始皇劈头砸去！

时间在那一刻停止了，凝固了，一尊英雄的雕像浑然而生。

在《史记·刺客列传》中，高渐离并非剑客武士，只是一名民间的乐师，相较于对荆轲的浓墨重彩，司马迁对高渐离的描写极为简略。但高渐离的命运与荆轲如出一辙，刺杀敌酋功亏一篑，事败身死。两位好友刺杀目标为同一人，前仆后继，毅然决然，不因时过境迁而中辍，堪为真正的人间传奇。那种面对强敌，明知不可为而为之的胆识、勇气，那种为国尽忠、为友践义、视死如归的豪侠之气，在历史上书写了感天动地的一页。司马迁赞叹曰："自曹沫至荆轲五人，此其义成或不成，然其立意较（皎）然，不欺其志，名垂后世，岂妄也哉！"太史公忽略了高渐离，或许他是把荆轲与高渐离视作一回事了吧，但高渐离依然当得起这个赞语。

在刺秦这一出惊心动魄的大戏中，除了荆轲和高渐离，还有四位义士田光、樊於期、夏扶、秦舞阳先后慷慨赴死。其中的夏扶，是太子丹的门客，在易水边众人为荆轲送行时，竟"当车前刎颈以送"（《燕丹子》），这种拿命来给人壮行，闻所未闻！春秋战国时期，这样舍生取义、杀身成仁、赴火蹈刃、死不旋踵的故事不胜枚举。他们似乎不把生命当回事，"其言必信，其行必果，已诺必诚，不爱其躯"（司马迁），一句话，一件事，一个信仰，一个承诺，就会让他们甘愿捧出大好头颅，眉头都不会皱一下。其实，人的生命只有一次，谁不爱惜呢？只不过在他们心中有比生命更重要的东西，故而才能轻生忘死，绝不会贪生怕死如明清之交的钱谦益欲投水殉国却因"水太凉"而作罢。慷慨，仗义，决绝，壮烈，果敢，勇毅，这些品格就是他们给青春中国打下的人文底色。

是阳光灿烂的朗照，不是月光似水的朦胧。

此时，太阳高悬，大地一片辉明。我沐浴着温暖的阳光，在这片荒垣间徘徊复徘徊，不忍离去。宋子城这座战国时期的名城，秦统一后实行郡县制成了宋子县，汉初一度封为侯国——至今周边还分布有数十座封土高大的汉墓，起起伏伏复置复废，直到隋朝大业三年（607）并入平棘县（今赵县），遂渐渐衰微荒弃。也就是说，宋子城自生到灭也有近千年的历史，其中有说不尽的故事传奇，说不尽的人物风华，但我依然愿意称它为战国的城，高渐离的城。

开头所引那位清代诗人王汝弼的诗句"可怜一片纤纤月，曾照当年击筑人"，他用"可怜""纤纤""月"这样的词语意象旨在表现高渐离悲剧的凄美。而在我看来，高渐离事败身死固然是悲剧，但漫漫岁月早已消解了其中的凄婉，呈现给我们的是阳刚、热烈、勃发和人间的浩然之气，正像此刻头顶光芒万丈的太阳。

　　日照荒垣。这片残破的古城墙在阳光下呈现出一种荒凉的美，让人生出异样的流连不尽的陶醉；眼神向历史深处看去，高渐离正装肃容，在那大堂奋力击筑，忽而变徵之声，忽而羽声慷慨，似暴雨骤，似马蹄疾，似战鼓鸣，令人血脉偾张，豪气干云。

原载《北京文学》2021 年第 10 期

柏

峰

魏长城咏叹

还是在幼小的时候，夏日的傍晚，在乡村故居街门前的大槐树下，听村落里老人讲"古经"，"古经"里就有关于长城的话题——秦始皇修长城以及孟姜女的故事，后来，在一本偶然得到的大约 20 世纪 50 年代的文学课本里，读到了完整的孟姜女千里寻夫送寒衣而其丈夫却已经因为修筑长城，疲惫不堪早已倒在工地上尸骨无存，孟姜女悲愤地哭泣，眼泪竟然使坚固异常的长城轰然倒塌的传说，甚觉凄惨。在我国古代文学史上，关于长城的诗词，大都对长城颇有"怨气"，就连以边塞诗著名的李益，笔下的长城也是冷冷酷酷的：

统汉烽西降户营，黄沙白骨拥长城。

只今已勒燕然石，北地无人空月明。

你看，诗里的"黄沙""白骨""北地无人空月明"，这些词语构成的"意象"，给人一种冰冷和虚无的感觉。万里长城筑怨，而这"怨"气从何而来呢？仔细考察，无论是民间故事也罢，还是古代诗人关于长城的诗词也罢，似乎所指的是秦始皇修筑的长城，《史记·蒙恬列传》载，秦始皇三十二年（前215），遣将军"蒙恬将三十万众北逐戎狄，收河南，筑长城，因地形，用制险塞，起临洮，至辽东，延袤万余里"，这是我国历史上第一道万里长城——这万里长城，至今还蜿蜒于我国北部大地上——"怨"气，来自秦始皇修筑长城时过于峻急和严酷，使得人民负担和劳役过重，引起了大家的怨恨情绪吧。

秦代为什么要修筑北方的万里长城？道理很简单，就是为了抵御外来的少数民族武装对疆土和人民的侵略。秦代建国之后，面临的需要警惕和防范的社会重大矛盾，一是防止统一前六国势力的"颠覆"，二是北方戎狄的武装侵略——而修筑万里长城就是为了防范后者。这是正确战略措施，也是正确的国防工程。我国著名地理学家胡焕庸1935年提出了瑷珲—腾冲斜线，此线以西以北是唐代边塞诗描写的景象，那里是游牧民族粗犷、豪迈、辽远的风情；以东则是农耕文明主流的小巧玲珑、秀美细腻和略显局促的景象——根据这个斜线理论，游牧民族在干旱的季节或者草原出现生存危机的时候，他们就会迅速集结起来，侵入农耕文明区域进行掠夺，由于游牧民族善于骑射，具有极大的破坏性，修筑万里长城也是为了国家安全和保障北部人民生命财产安全，是军事防御屏障，还有加强各民族融合以及保障长城内外的商贸经济活动的功能。

"秦城万里如游龙，首接洮河尾辽海。"这是明代大学士赵贞吉《临洮院后半壁古城歌》里的诗句。这句诗形象地描述了万里长城的起始。修筑万里长城，秦代不能不说具有非常深远的战略眼光，是切实抵御游牧民族侵略掠夺的重大举措。长城修筑完成后，确实起到了以上作用。长城，千百年来，成为文人骚客抒发情怀的审美对象。围绕长城，文人骚客写出了许许多多的故事和诗篇。

阅读这些故事和诗篇，在我的想象里，长城早已经成为塞外风光的绝美去处，很希望能有一天身临万里长城，长城外"风吹草低见牛羊"的情景总是在心头盘桓。去年的八月，终于有机会独自驱车，取道太原直奔大同，参观完驰名中外的云冈石窟后，经过右玉到达呼和浩特，登上"青冢"，凭吊与匈奴和亲而远嫁的王昭君，这里就不多说了。此行的目的，主要是考察长城以及领略塞外草原的风情，行走在千里茫茫的大草原上，公路两边开满了鲜艳的类似青蒿一般的花朵，在硬硬的风里摇曳生姿，甚是美丽。而大草原上，一望无际的草甸子，白云飘浮似的羊群和奔腾的马，令人格外兴奋——这就是阴山脚下的大草原，这就是游牧民族世代生活的地方，高远而辽阔，难怪蒙古族的长调如此好听，这是蓝天白云和自由奔放的草原文化的精魂所在。

如今遗留的万里长城，横亘在榆林的城市北边，青砖与石块垒砌起来的长城，雄伟冷漠，虎视眈眈向着平漠，游人如织。据说，在镇北台上的一块石板上跺脚，可以感到大地在颤抖。啊！长城，尽管巍峨如雄关，果真能抵挡住游牧民族凶猛无比的铁骑吗？秦始皇派蒙恬镇守长城，只是取得短暂的安定。康熙在《蒙恬所筑长城》这首诗里，感慨道：

> 万里经营到海涯，
> 纷纷调发逐浮夸。
> 当时用尽生民力，
> 天下何曾属尔家。

康熙认为修筑长城耗损民力，费尽万千银子修筑起来，也没有保障大秦一统江山，更流露出游牧民族取得长城内外政权的得意情绪——不过，毋庸讳言，万里长城毕竟还是起到了它应该起到的作用。

历史的烽烟逐渐淡去，长城早已成为中华民族伟大力量的象征，成为文学艺术的宝库，成为和埃及的金字塔一样的观光旅游胜地。在我心里，长城仍然是神圣的，是可以让人焕发出自豪之情的历史杰作。背靠长城，觉得一股暖流充盈了灵魂，架起永远向上的精神！

这些年，我曾经多少次走过地处华阴、大荔、蒲城、白水、合阳和韩城等地的魏长城，特别是在暮春时分，又一次来到魏长城脚下，看着这穿越久远的历史遗留下来的长城遗址，不由得肃然起敬，魏长城的历史价值与历史意义虽然不能和万里长城相比较，但是，它仍然是中华民族力量的象征。这是由黄土夯成的长城，也许包裹在黄土长城外的砖石早已脱落不复存在，然而，长城的骨架屹然挺立。在魏长城脚下，捡起来一块掉落的土块，坚硬如石核一样的土块，有棱有角，黄土的颗粒紧密地凝合在一起，几乎干燥到没有任何水分的地步，沉甸甸的——当初，魏国主要为了防御秦国的"兼并"以及自身国防安全，修筑了起自华阴玉泉院附近的朝元洞而经过渭河，直至上述地域，乃至到达渭北黄土高原的魏长城。

魏国之先祖毕万事晋献公有功，于公元前661年受封于魏，后来以魏为国号。其疆域包括河南的北部、山西的南部和陕西的东部，西边与秦接壤，北边与赵犬牙相错，东部与齐相邻，南有韩、楚。国都原在安邑（夏县），惠王时因为安邑近秦，受到威胁，迁都大梁（开封）。魏国修筑有两条长城，其一在大梁之西，因在河之南，故称河南长城；其二是在西边，河之西，称为河西长城——我所走过的魏长城，就是河西长城。《史记·秦本纪》说，秦孝公元年（前361），"魏筑长城，自郑（今渭南市华州区）滨洛以北，有上郡"。《史记正义》说得更为详细，"魏西界与秦相接，南自华州郑县，西北过渭水，滨洛水东岸，向北有上郡鄜州之地，皆筑长城以界秦"——魏国的全盛时期，是魏惠王执政的时候，竟然修筑了两条长城，可见国力之强盛。秦国经过"商鞅变法"，日渐强盛起来，到了秦嬴政，用李白的诗来形容就是"秦王扫六合，虎视何雄哉"，真是贴切不过。魏国为了国家安全，不惜一切代价修筑长城，确实是无奈之举，也是积极的军事防御工程，无可厚非。

不过，还是借用康熙的话，"当时用尽生民力，天下何曾属尔家"，修筑这么坚固的长城，仍然抵挡不住秦的横扫如卷席，看来，天下统一的大潮，是任何力量也阻止不住也无法能阻止得住的，这就是"势"，顺势而为，是非常聪明的，魏国还是被秦"扫"掉了。

站立在魏长城上，极目四野，华岳挺立，群山如黛，仿佛听见黄河的咆哮声。是啊，不管国家大小，不论国势强弱，如果从保护人民出发，修筑长城确实必要，若是只为权力的存在而"用尽生民力"，就不好了——好与不好，"俱往矣"——而今，留下的魏长城遗址，黄土构筑而起的城墙，默默仰望苍天、白云，似乎想诉说点什么，诉说什么呢？

原载《话说渭南》，中华书局 2021 年版